KB274185

한명희 시인이 엿본 문학의 사생활

한명희 시인이 엿본 문학의 사생활

삶은
조심스럽게,
문학은
지칠 없이

한명희 시인이 엿본 문학의 사생활

삶은 조심스럽게, 문학은 거침없이

1판 1쇄 인쇄　｜　2004년 2월 25일
1판 1쇄 발행　｜　2004년 3월 5일

지은이　｜　한명희
찍은이　｜　오종은
펴낸이　｜　김태석
펴낸곳　｜　천년의시작
등록번호　｜　제300-2002-186호
등록일자　｜　2002년 5월 16일

주소　｜　서울 종로구 내수동 1번지 대성빌딩 504호(우 110-070)
전화　｜　02-723-8668
팩스　｜　02-723-8630
홈페이지　｜　www.poempoem.com
전자우편　｜　webmaster@poempoem.com

ⓒ한명희, 오종은, 2004. printed in Seoul, Korea
ISBN 89-90235-95-2　03810

값 9,500원

• 잘못된 책은 바꾸어드립니다.
• 지은이와 협의에 의해 인지는 생략합니다.

한명희 시인이 엿본 문학의 사생활

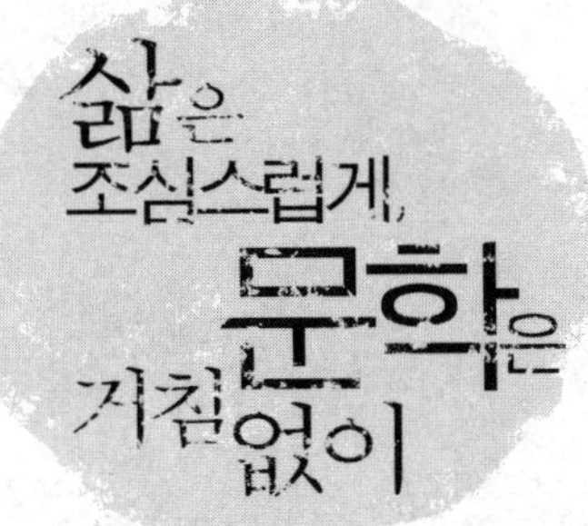

삶은 조심스럽게, 문학은 지침없이

글_한명희 · 사진_오종은

차.례

그리운 악마

숨겨 둔 情婦 하나
있으면 좋겠다.
몰래 나 홀로 찾아 드는
외진 골목길 끝, 그 집
불 밝은 창문
그리고 우리 둘 사이
숨막히는 암호 하나 가졌으면 좋겠다.

아무도 눈치 못 챌
비밀 사랑,
둘만이 나눠 마시는 죄의 달디단
祝杯 끝에
싱그러운 젊은 심장의 피가 뛴다면!

찾아가는 발길의 고통스런 기쁨이
만나면 곧 헤어져야 할 아픔으로
끝내 우리
침묵해야 할지라도,

숨겨 둔 情婦 하나
있으면 좋겠다.
머언 기다림이 하루종일 전류처럼 흘러
끝없이 나를 충전시키는 여자,
그
악마 같은 여자.

1942년 경상남도 함안 출생. 1965년 서울대학교 영어
교육과 졸업. 1963년 〈서울신문〉 신춘문예 당선. 1965
년 제4회 신인예술상 수상. 1980년 부산시문화상 수상.
1987년 제32회 현대문학상 수상. 1988년 대한민국문학
상 수상. 1995년 제7회 정지용문학상 수상. 시집 『우울
한 상송』(1969) 『야간 열차』(1978) 『슬픔의 핵(核)』(1983) 『단순한 기쁨』(1986) 『그리고 너를 위하여』(1988) 『아득한
봄』(1991) 『시간의 샘물』(4인 공동 시집, 1990) 『지상에는 진눈깨비 노래가』(4인 공동 시집, 1992) 『눈부신 마음으로
사랑했던』(2000) 『불과 얼음의 콘서트』(2002) 등.

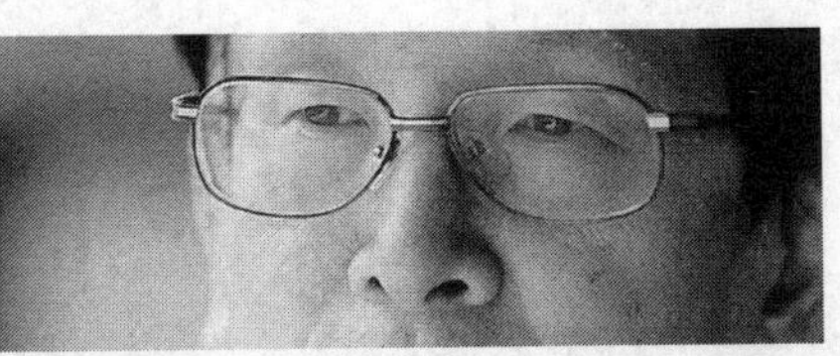

이
수
익

비애와 에로티시즘

즐거운 노역

처음에는 그냥 사진만 찍으려고 했었다. 팔 년 전에 인터뷰를 했으니 글이 좀 낡았다는 느낌도 들었지만 나에게는 새로 인터뷰를 할 시간의 여유도, 마음의 여유도 없었다. '오래된 글은 오래된 대로 그 맛이 있겠지' 자위하면서 그에게 전화를 했다. 언제 사진을 좀 찍으시자고. 만나자마자 카메라부터 들이댈 수는 없을 테니 차나 한 잔

하면 될 것이었다. 그렇게 하려고 했었다. 그랬는데, 이수익 시인에게 전화를 하는 순간부터 조금씩 마음이 기울기 시작했다. '그래. 뒷부분에 조금만 보충을 하자. 사진 찍은 얘기만 한 열 줄 쓰자.' 그를 만나고 와서는, 결과적으로 이렇게 글의 절반을 다시 쓰게 되었다. 처음에는 그냥 사진만 찍으려고 했었는데…….

지금 곰곰이 생각해 본다. 나는 안 해도 되는 이 노역을, 누가 시키지도 않은 이 일을 왜 자처해서 하고 있는가. 그가 전화를 너무 다정하게 받아서 그런가? 그 때문은 아닌 것 같다. 지난 팔 년 간 그와 나는 마주치기는커녕 전화 한 통화를 한 적이 없다. 그렇담, 그가 그 사이 시집을 여러 권 더 내서 그런가? 그것도 아닌 것 같다. 시집을 낼 때마다 인터뷰를 새로 할 수는 없는 노릇이니까. 지난 번에 쓴 글이 조금 미흡하다고 나 스스로 생각하고 있어서 일 수도 있겠다. 그러나 애초에 완벽주의자가 아닌 내가 이수익 시인을 다루는 글에만 유독 완벽을 기하려 한다는 이 모순은 또 어떻게 설명해야 할까? 어쨌든 나는 즐거운 마음으로, 기꺼이 이수익 시인에게 나의 '귀중한' 시간을 쪼개어 바치고 있는 것이다.

2003년, 운현궁의 봄

만남의 장소로 정했던, 거기서 사진을 찍으면 되겠다고 생각했던 경인미술관은 사람들로 넘쳐나고 있었다. 때는 토요일 오후였던 것이다. 우리는 조금 더 조용한 곳을 찾아, 더 정확히는 사진 찍기에 적당한 곳을 찾아 자리를 옮겨야 했다. 사진 작가 오종은이 우리를 데리고 간 곳은 운현궁이었다. 운현궁으로 가면서 이수익 시인에게 요즘은 어떻게 지내시는가 물었다. 방송국에서 정년을 했다고 들었으므로. 그는 협성대와 고대 사회교육원에 일주일에 하루씩 강의를 나간다고 했다. 그리고 일주일에 이틀은 친구가 경영하는 회사에 나가고. 국제 전시, 국제 회의 관련 회사라 그의 방송국 경험이 많은 도움이 되는 곳인 모양이었다. 자신이 주도해서 만든 방송 3사 시인들 모임에도 한 달에 한 번씩 간다고 했다.

어제 저녁에는 현대시 동인들이 모여 현대시 동인상 수상자를 정했다고 했으므로, 자연 현대시 동인들에 대한 얘기가 오갔다. 나는 현대시 동인들에 대한 그의 개인적인 생각이 궁금했는데, 아니 그것이 꼭 궁금했다기보다 이런 질문에 그가 어떻게 대답할지가 궁금했는데, 그는 평을 할 수가 없다고 했다. 좋은 면만 얘기할 수도 없고 나쁜 얘기를 할 수도 없으므로. 그래서 나는 다시 그러면 현대시 동인들 중 어떤 분과 제일 친하냐고 물었는데, 그는 "이유경, 박의상, 이승훈" 하다가 다른 사람들이 빠졌다고 뭐라고 하겠다면서 다른 동인들 이름을 죽 대었다. 그래서 나는 "싸움을 부치려고 해도 안 되네요" 하면서 웃고 말았다.

나는 그가 방송국에서 오래 일했다는 사실을 떠올렸다. 그래서 방송국에서 근무하면서 한 일 중에 보통 사람들이 알만한 게 어떤 것이 있냐고 물었다. 그건 어떤 프로그램을 만들었냐는 건데, 「안녕하세요. 황인용 강부자입니다」가 당시 시청률 1위였다고, 그리고 주로 주부 대상 교양 프로그램을 많이 만들었다고 했다. 잠시 방송국 얘기가 이어졌다. 방송국 생활은 리버럴해서 시간 나면 도서실에 가서 있었다. 물론 일할 때는 집중을 해야 하고 실패하면 책임도 져야 하지만. '책임'이라니 어떻게 책임을 진다는 걸까? 그는 시말서도 쓰고 감봉도 당한다고 했다. "나는 그런 것 없지." 내가 선생님도 그런 일을 당한 적이 있냐고 물었을 때, 그는 그렇게 말했다. "나는 무난하게 다 지났습니다. 시도 무난하게 썼고."(들을 땐 가볍게 들었는데 글을 쓰면서 보니 이 '시도 무난하게 썼다'는 말에는 많은 함축이 들어 있는 것 같다. 이 글에서 설명할 순 없지만 이 말의 뜻을 조금 알 것도 같다).

"내 시가 너무 힘이 없다든지 내용이 빈약하다든지 하는 결점을 잘 아니까 보완하려고 한다. 제대로 바로 잡힐 경우도 있고, 바로 안 잡힐 경우도 있고…. 열심히 써야지. 열심히 쓸 수밖에." 내가 어떤 질문을 했을 때인지 정확히 기억나지 않지만, 그는 이렇게 말했다. 자기의 시 얘기를 할 때나 방송국 근무하던 얘기를 할 때, 아니 무슨 얘기를 하더라도 그는 소위 '잘난 체' 하는 것 같지가 않다. 그리고 권위적인 분위기도 느껴지지 않는다. 그런데도 그는 어떤 '격'을 갖추고 있다. 그의 말이 그렇고 행동이 그렇다. 적당한 긴장감이 감돌면서도 가벼운 농담쯤은 주고받을 수 있을 것 같은 분위기. 딱히 재미있는 얘깃거리가 있었던 것도 아닌데 그와의 대화가 즐거웠던 것은 그런 때문이 아니었을까?

전통 찻집으로 자리를 옮겨서 그가 준 시선집을 넘겨 보았다. 회갑을 기념해 작년에 내었다는 『불과 얼음의 콘서트』. 60편의 시를 직접 골랐다고 했다. 나는 이 중에서도 더 마음에 드는 작품이 있지 않냐고 물었는데, 그는 「폐가」와 「말」을 꼽았다. 나는 "「그리운 악마」도 재미있던데요" 했다(「그리운 악마」는 "숨겨 둔 情婦 하나/있으면 좋겠다"로 시작되는 시이다). 그는 "우리 집사람이 이건 경험 안 하곤 절대 못 쓴다"고 했다며 웃었다. 정말 경험이 반영된 시일까? 그의 변명이 아니더라도 그에게 그런 경험이 있을 것 같지는 않다. 특별한 이유가 있는 건 아니고 그냥 그의 반듯하고도 깔끔한 분위기가 그런 생각이 들게 만들었다. 참, '집사람' 얘기가 나온 김에 이 얘기를 조금만 더 해 볼까? 그는 부인을 '전형적인 알뜰한 주부' 라고 했다. 1981년, 부산에서 서울로 올라와 서대문구에 자리 잡은 후 지금까지 반경 5킬로미터 내외에서만 살았다는 얘기가 있은 직후였다.

「우울한 샹송」, 「토르소」에서 「昇天」으로. 또 「그리운 악마」로 「廢家」로. 그리고 보면 그의 시가 안 변한 듯하면서도 많이 변해왔다. '연령에 따라 사물을 대하는 마음도 달라지고 사물에 대한 느낌도 다르다.' 고 그가 말했다. 20대에 안 보이던 것이 50대에 보이기도 하고 또 그 거꾸로도 가능하다고. 그리고 찻집에 흐르고 있는 음악을 예로 들어 말했다. 이런 음악도 전에는 시의 소재로 생각 안 했는데 지금은 소재로 생각하게 된다고. 사람들이 안 변한다고 하는 것은 그 시를 쓴 시인만큼 깊이 생각해 보지 않은 것이라고. 그리고 그는

재미있는 비유를 했다. 판사들이 업무량이 과중하고 읽어야 할 서류가 너무 많으면 서류를 충분히 검토하지 못하고 적당히 판결을 하게 된다고. 그처럼 평론가들이 바쁘면 시를 다른 방향으로 보거나 소홀하게 볼 수도 있다고.

얘기를 마무리 해야 할 시점이었으므로, 아니 더 많은 얘기를 들으면 자꾸 더 쓰고 싶은 욕심이 날 것 같아서 나는 서둘러 마지막 질문을 했다. 앞으로의 계획이 있는가 하고. 그는 지금까지 시집을 여덟 권 냈으니까 앞으로 두 권 정도 더 내고는 전집을 냈으면 좋겠다고 했다. 물론 '내 마음대로 하는 게 아니고, 출판사가 섭외되면' 이라는 유보 사항을 달기는 했지만. '작년에 낸 선집은 내 시의 과거를 알고 싶어하는 사람들에게 맛보기를 보여준 거고, 전집을 마련하면 나의 시세계를 보려는 사람에게는 좋지 않겠나.' 이것이 이수익 시인이 들려준 이유다. 전집을 내고 나면 그때 다시 한번 인터뷰를 해보면 어떨까?

1995년 봄, KBS

이수익 시인을 만나러 가던 날의 그 암담했던 심정에서부터 얘기를 시작해야겠다. 무엇보다 나는 이수익 시인을 잘 몰랐다(이 말은 이수익 시인의 시를 잘 몰랐다는 말과는 다르다). 다른 사람들이 그에 대해 쓴 글들은 한결같이 그가 '깔끔하고 단정한' 사람이라고 평하고 있었다. 내 발걸음은 무거웠다. '깔끔하고 단정하다' 는 말이 내게는 까다롭다는 말의 다른 표현으로 느껴졌기 때문이다. 그러한 글들 때문만이 아니라, 내 독서 경험을 통해 볼 때도 그의 시들은 내가 그의 '육질' 을 들여다보는 것을 허락하지 않았다. 그런데다 그를 만나기로 한 장소가 방송국이라는 사실이 나를 더 주눅들게 했다(방송국은 그의 오랜 직장이다).

사진으로 익힌 안면으로 나는 이수익 시인을 알아보았다. 참 예쁘고 단정한 사람. 내 느낌 역시 그랬다. 나는 그저 의례적인 인사로 첫마디를 여는 수밖에 달리 도리가 없었다. 수상 소감을 한 말씀 하시라고(이 자리는 무엇보다 그가 정지용 문학상을 받게 되었기에 마련된 것이었으므로). 그는 시협상 시상식에서 김종해 시인의 수상을 축하하고 돌아오던 날 수상 소식을 들었다고 했다. '지금은 상을 받을 시기가 아닌데' 하는 것이 처음 든 느낌이었다고 한다. 그가 곧 수상작 「승천」을 비롯한 여러 시를 쓴 정황을 설명한 것으로 보아 그것이 싫다는 느낌이 아니었다는 것만은 확실하다. 그는 작년에 연세대에서 육 개월 간 교육을 받을 기회가 있었다고 한다(아마도 그의 직장에서 시간과 돈을 할애해주었던 것이리라). 그 기간이 비교적 여유 있는 시간이어서 시를 여러 편 썼는데 그때 쓴 시들이 좋은 평가를 받은 모양이라고 했다.

이수익 시인이 시인으로서 어떤 길을 걸어왔는지 나는 자세히 모른다. 하지만 적어도 그의 연보가 보여주는 경력은 화려하고도 평탄

한 것이다. 중학교 때부터 글솜씨를 인정받았고, 대학 시절에 신춘문예에 당선했으며, 여섯 권의 시집을 내는 동안 〈부산시 문학상〉, 〈현대문학상〉, 〈대한민국 문학상〉 등 상도 여러 차례 탔으니까…….(이번에 또 상 하나를 보태는 것이다!). 그는 이 모든 것들을 주위 사람의 덕으로 돌렸다. 자신은 문단 모임이나 서클에도 적극적이 아니었는데, 인복이 많아서 그렇게 된 것 같다고. '인복' 만으로 어떻게 그의 시가 지니는 명성을 다 설명할 수 있겠는가. 하지만 그가 문단 활동에 적극적이 아니었다는 말은 맞는 것 같다. 그래서 그의 수상이 더 빛나는 것인지도 모르겠다.

　그는 어떻게 시인이 되었을까? 그는 나를 사십여 년 전의 중학교 교실로 데리고 갔다. 그 교실에는 국어 선생님이 있었다. 중학교 2학년 때의 그 국어 선생님이 이수익 시인에게서 시인으로서의 자질을 발견해 낸 분이라고 했다. 그는 아무리 가능성이 잠재되어 있는 사람이라도 그 가능성이 촉발되는 길을 만들지 못하면 그 자질은 썩히게 마련이라고 했다. 자신의 경우는 좋은 선생님을 만나서 재능을 닦을 기회를 가진 것이라고. 중학교 때 이미 자신의 재능을 알았으므로 그 후로는 무엇을 할까 고민할 필요도 없었고, 글쓰기라는 자신의 소질에 맞는 일을 했으므로 쓰는 행위 자체가 만족감을 주었다고 한다. 그리고 그 만족감이 좋아서 지금껏 시를 쓰고 있다고. 이런 것을 바로 천직이라고 하는 것이 아닐까?

　중학교 때의 국어 선생님이 발견한 이수익 시인의 재능이 그를 '시인' 으로 붙들어 놓았다면, 신춘문예 당선작의 심사위원이었던 박남수 시인은 그의 시가 구조적으로 완결된 시가 되도록 한 '촉발제'가 되었다고 한다. 문학 수업 시절, 그는 전봉건 · 김춘수 · 박목월 · 서정주 등의 시를 주로 읽었고, 시의 언어적인 면이나 리듬에 관심이 많았다고 한다. 1963년, 신춘문예에 당선될 때만 해도 「우울한 상송」처럼 운율감을 최대한 살린 시들을 썼다는 것이다(여기서 「우울한 상송」을 조금 인용할 필요가 있겠다. 이 글을 읽는 분들이 그의 시의 운율감을 충분히 느끼시도록. "우체국에 가면/잃어버린 사랑을 찾을 수 있을까/그곳에서 발견한 내 사랑의/풀잎되어 젖어 있는/비애를/지금은 혼미하여 내가 찾는다면/사랑은 또 처음의 의상으로/돌아올까"). 그러나 박남수 선생은 이미지만으로는 시의 견고성이 약하므로 견고한 틀에 더 신경을 쓰도록 깨우쳐 주셨다고 한다. 이수익 시인이 구조적으로 완결된 시를 쓴다는 점에 있어서 독보적인 존재로 인정받고 있는 것은 그가 박남수 선생의 가르침을 따른 때문일까? 어쨌든 그의 시 「토르소」나 「사진사」 등의 시는 무서우리만치 정갈한 구도를 보여준다.

이수익 시인은 시를 쓴다는 것을 '사물과 형상과의 만남'으로 표현했다. 직접적인 체험뿐만 아니라 TV를 본 것이나 독서 경험, 영화 감상 등 간접적 체험의 인상들이 그의 내면에 쌓여 있다가 어떤 이미지가 전율하는 것처럼 감정적으로 와 닿는 순간 그 감정에 상응하는 체험들을 오래오래 생각하게 되고 그런 순간마다 시가 된다고 한다. 그는 어떤 방향으로 자기 시의 주제를 정해 놓고 시를 쓰기보다는 어떤 이미지가 떠오를 때 과거에 받았던 인상이라던가 느낌을 토대로 시를 쓰게 된다고 한다. "외국 여행을 해도 시가 생각이 안 납디다."

시인들에게는 진력이 났는가?

시인들의 일상적이지 않은 사고와 행동들이 꼴도 보기 싫은가?

이수익 시인을 만나면 이렇게 반듯한 시인도 있구나 생각하게 될 것이다.

이 말 한 마디면 그의 시창작 방법이 설명되지 않을까 싶다.

이수익 시인의 시세계를 논하는 사람들은 '우수와 비애'를 많이 지적하고 있다. 그러나 그의 시가 그런 것들로만 이루어져 있는 것은 아닌 것 같다. 그의 시에는 '부푸는 피'의 에로티시즘이 있고, '독과 향이 가득 피어오르는' 야성이 있다. 그는 자신에게 양성적인 면과 극단적인 면이 있는 것 같다고 했다. 우수, 비애가 체질에 맞는 것 같기도 하고 다른 한편으로는 화사해지고 싶기도 하다는 것이다. 강하게 표출하려는 힘과 안으로 자제하려는 힘의 균형 사이에 그의 시가 놓여 있는 셈이다.

이수익 시인은 자신의 시의 한계를 '동적인 힘의 부족'이라고 생각한다고 했다. 그러나 무리하게 자신의 한계를 뛰어넘는 일은 시도하지 않는다고 했다. 자신에게는 자신만의 특질이 있고, 또 동적인 시를 쓰는 사람들이 갖지 못한 점을 자신이 가지고 있다고 믿기 때문에. 그는 시의 개별성과 주관성을 특히 강조했다. 자기 자신이 가장 편하게 할 수 있는 작업을 하겠다는 것, 또 흐름에 편성하지 않는 시를 쓰겠다는 것이다. 시인이 모두 자기나름의 '유(流)'를 가지면 우리시가 얼마나 다양해지고, 얼마나 풍요로워지겠느냐고 그는 반문했다.

나는 그에게 젊은 시인들의 시에 대해 어떻게 생각하는지 물었다. 60년대 시인들의 시에 비해 요즘은 시가 훨씬 다양해졌고 또 시인들이 시를 자유롭게 쓰고 있다는 생각이 든다. 우리가 그들에 비하면 훨씬 틀에 매여 있구나 하는 반성도 하게 된다. 그러나 시를 쓰는 기교에 대해 별로 생각하지 않고 시를 쓰는 시인들이 많고, 기초가 제대로 되어 있지 않은 시인들이 '개성'이란 이름으로 마구잡이로 나타나는 것은 경계할 일이다. 저널리즘에 편승해서 시가 되는 것과 안 되는 것의 구분도 점점 없어지는 경향이 있다. 매스컴이 시의 본질을 왜곡하는 경우도 많다. 이제는 조용해졌지만 80년대는 이데올로기가 시를 압도하는 불행한 시절이었다. 시란 예술의 가장 높은 형식이며, 가장 자유로운 형식이다. 기초가 없는 시인은 생명력이 없으므로 결국은 도태되고 말 것이다. 이것이 그가 나에게 들려준 얘기들이다.

이수익 시인은 거꾸로 내게 요즘 젊은 시인들은 어떤 시들을 많이 읽는지 물었다. 나는 주로 젊은 시인들의 이름을 대었고, 6·70년대 시인들 중에는 어떤 어떤 시인이 인기라고 말했다. 그리고 솔직히 선생님은 그 '인기인' 목록에는 들어 있지 않은 것 같다고 말했다. 그 인기라는 것의 허구성에 대해 말할 때는 내가 훨씬 더 흥분해 있었던 것 같다.

이수익 시인과 대화를 나누고 있는 방송국 휴게실은 방송국 특유의 활발함이 넘쳐나고 있었다. 나는 방송국에서 근무하는 일이 시를 창작하는 일에 도움이 되는지 물었다. 그는 프로그램을 만든다는 것도 따지고 보면 그것을 보는 사람이나 듣는 사람에게 내 의도대로 내 의사를 전달하는 작업이라고 했다. 따라서 늘 새로운 발상을 하려고 하고, 새로운 전달 방법을 모색하게 된다고 했다. 시를 쓸 때처럼 처음을 어떻게 시작할까, 악센트는 어떻게 줄까 모색하게 된다고. 그런

유사성이 있어 방송국 일이 시 창작하는 일에 적잖은 도움을 준다고 것이다.

준비한 질문이 다 끝났을 때, 나는 이럴 줄 알았으면 더 많은 얘깃거리를 만들어 올 걸 하는 생각을 했다. 그는 내가 예상했던 것보다 훨씬 더 따뜻했고 훨씬 더 얘기를 많이, 그리고 잘 했다. 그는 나서서 얘기하는 성격은 아니지만 자신의 시에 대해 얘기하는 이런 자리에서는 얼마든지 부담 없이 얘기할 수 있는 게 아니겠냐면서 웃었다.

인터뷰가 다 끝났다고 생각했을 때, 이수익 시인은 재미난 얘기를 들려주었다. 자신의 연애 얘기를. 그는 시와 자신의 관계를 연애 관계로 생각한다고 했다. 내가 시를 사랑해주지 않으면 시는 나를 떠나버린다. 시를 못 쓰는 순간은 내가 시를 계속 외면하고 있어서 시가 나한테 토라져 있는 순간이다. 그럴 땐 내가 시를 달래려고 갖은 노력을 다해야 한다. 시도 내가 정을 준 만큼 나에게 정을 준다. 시를 너무 오랫동안 안 쓰면 시에게 미안하다는 생각이 든다. 아마도 그와 시와의 연애는 한평생 지속될 것이다. 그의 연애 상대는 너무나 매혹적이어서 그를 가장 흥분시키는 존재이므로. 일생 동안을 연애 감정으로 살아갈 수 있는 사람은 얼마나 행복한 사람인가!

이수익 시인의 배웅을 받으며 봄기운이 살짝 감도는 방송국을 나섰다. 여의도 광장을 가로지르며 나는 그의 시 「아득한 봄」을 자꾸만 자꾸만 되뇌어 보았다. '창 너머로 황홀한 에로티시즘. 눈부시게 몰락하는 낙화의 군단.'

〉〉〉2003년 4월 25일 | 1995년 봄

뿌리에게

깊은 곳에서 네가 나의 뿌리였을 때
나는 막 갈구어진 연한 흙이어서
너를 잘 기억할 수 있다
네 숨결 처음 대이던 그 자리에 더운 김이 오르고
밝은 피 뽑아 네게 흘려보내며 즐거움에 떨던
아, 나의 사랑을

먼 우물 앞에서도 목마르던 나의 뿌리여
나를 뚫고 오르렴
눈부셔 잘 부스러지는 살이니
내 밝은 피에 즐겁게 발 적시며 뻗어가려무나

척추를 휘어접고 더 넓게 뻗으면
그때마다 나는 착한 그릇이 되어 너를 감싸고
불꽃 같은 바람이 가슴을 두드려 세워도
네 뻗어가는 끝을 하냥 축복하는 나는
어리석고도 은밀한 기쁨을 가졌어라

네가 타고 내려올수록
단단해지는 나의 살을 보아라
이제 거무스레 늙었으니
슬픔만 한 두릅 꿰어 있는 껍데기의
마지막 잔을 마셔다오

깊은 곳에서 네가 나의 뿌리였을 때
내 가슴에 끓어오르던 벌레들,
그러나 지금은 하나의 빈 그릇,
너의 푸른 줄기 솟아 햇살에 반짝이면
나는 어느 산비탈 연한 흙으로 일구어지고 있을 테니

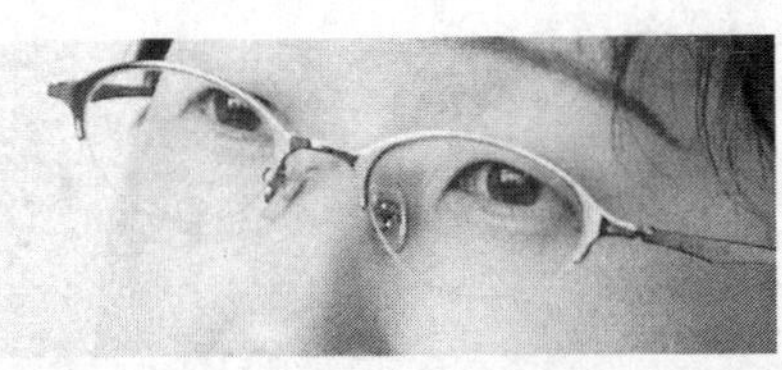

1966년 충남 논산 출생. 연세대학교 국문과와 동대학원 졸업. 〈중앙일보〉 신춘문예 당선. 시집 『뿌리에게』(1991) 『그 말이 잎을 물들였다』(1994) 『그곳이 멀지 않다』(1997) 『어두워진다는 것』(2001) 『보랏빛은 어디에서 오는가』(2003). 산문집 『반통의 물』(1999) 『보랏빛은 어디에서 오는가』(2003) 등. 제17회 김수영문학상(1998), 김달진문학상, 현대문학상 등 수상. 조선대 문예창작과 교수. '시힘' 동인.

표정보다 따뜻한 말,
말보다 따뜻한 글

20년 전으로

어디서부터 이야기를 시작해야 할까? 어디까지 이야기를 해야 할까? 나희덕 시인을 만나기 전에 나는 혼자 그런 고민을 했다. 아니다. 그에게 전화를 하기 전부터 나는 고민을 했었다. 존댓말로 얘기를 할까, 그냥 반말로 할까…… "학교에서 초청강연회가 있는데, 너를 연사로 초청하려고 하거든. 좀 와줄래? 그리고 이건 개인적인 부탁인데… 내가 인터뷰를 하려고 하는데……. 그것도 좀 해 줄래?" 내가 어색함을 감추지 못하고 두서없이 아무렇게나 말을 쏟아 부었을 때, 그는 이렇게 말했다. "나야 좋지." 그렇게 해서 고등학교를 졸업하고 20년 만에 그와 나는 만나게 되었다. 내가 긴장하고 걱정했던 것에 비하면 그는 너무나 쉽게 나의 '초대' 에 응했지만 그렇다고 그것이 나를 안심시키지는 못했다. 뭐랄까. 그의 전화 목소리에는 너무나 감정이 실려 있지 않아서 나는 그가 나의 초대를 기쁘게 생각하는지 아닌지 도저히 감을 잡을 수가 없었던 것이다.

약속 날짜를 잡아 놓고 나는 그와 관련된 기억을 떠올려 보려고 애썼다. 그러나 아무리 머리 속을 헤집어 보아도 고등학교 때 그와 내가 나눈 대화는 남아 있지 않았다. "착하고 똑똑한 부반장"이었다는 느낌. 그것만이 또렷이 남아 있었다.

시인들의 점심식사

"하나도 안 변했구나." 그의 그 첫마디 말이 20년 간의 시간을, 그와 나의 거리감을 일거에 없애주었다. 우리는 피차간에 반가워죽겠다는 표정 같은 건 짓지 않았고 이게 얼마 만이냐 하는 식의 호들갑도 떨지 않았지만 서로 저절로 편해졌던 것 같다. 20년 만의 만남이기는 하지만 내게 그는 전혀 소원한 인물이 아니었다. 굳이 내가 아니더라도 이 땅에서 시를 쓰고 공부하는 사람이라면 어떻게 '나희덕'이란 이름을 모르겠는가. 어쩌면 내가 그를 지금에야 찾게 된 것도 그의 이름이 너무나 일찍, 너무나 커져버린 탓인지도 모른다.

"몰라." 내가 〈현대문학상〉 받게 된 것을 축하하면서 '현대문학상 시상식은 언제야?' 하고 물었을 때, 그가 한 대답이다. 나는 무언가 상과 관련한 많은 얘기들이, 특히 심사를 둘러싼 많은 얘기들이 나오지 않을까 기대했지만 그에 대해서는 별반 말이 없었다. 지금 와서 생각컨대 그는 별로 감정을 과잉해서 드러내는 법이 없는 타입이 아닐까 싶다. 그렇다고 감정을 억누른다는 의미는 절대 아니다.

"내가 개성적인 시세계를 가진 것도 아니고……." 내가 그동안 문단의 주목을 많이 받지 않았냐고 했을 때, 세 번째 시집 이후 작가론이나 작품론이 많이 나오기는 했지만 정작 자신의 시가 깊이 있게 거론된 것은 별로 없다면서 그렇게 말했다. 물론 나는 그의 시가 개성이 없다고 생각지 않는다. 그 자신도 그럴 것이다. 나는 여러 사람의 시 속에서 나희덕의 시를 골라낼 수 있을 것 같다. "비평적 메스를 들이댈 수 있는 난해성이 없어서가 아닐까 해. 메스가 없어서이기도 하고……. / 제대로 작품을 꼼꼼히 보고 쓴 글은 없었어. / 정서적으로는 오는데, 논리적으로 말하기는 어려운 시, 시의 여백은 많은데 논리적으로 묶어내기는 부적당한 시……." 그는 자기 자신의 시를 마치 남의 시를 얘기하듯 조금은 냉랭하게 말했다. "내가 비평에 대해 민감하게 반응하는 편은 아니고"라고 말했지만 그 자신이 이미 자기에게 너무나 엄격한 비평가였다.

내가 본 그는 그렇다. 자신의 시의 장점과 단점을 너무나 잘 알고 있는 시인. 물론 그는 장점에 대해서는 얘기하지 않았다. "내 시의 한계나 단점이라고 할 수 있는 게, 뚜렷하게 꾀어질 수 있는 게 약했다는 거야. 담론이나 주제를 두고 집중적인 탐구를 보여주는 것을 독자들은 좋게 생각하겠지만 나에게는 맞지 않다고 느꼈어. 그건 나를 획일화시키는 느낌이 들어." 다른 사람들이 자기 시에 대해 무어라고 말하는지 다 알고 있다는 듯이 그는 말했다. 그는 시집을 너무 자주 내는 게 아니냐는 소리도 들은 모양인데, 그 점에 대해서는 이렇게 말했다. "2, 3년이면 빠르다고 생각 안 해. 나름대로는 최선을 다한 건데……."

"남편에 대해서 물어봐도 돼?" 얘기가 너무 딱딱해졌다고 느꼈을 때, 나는 그렇게 물었다. 꼭 그의 남편이 궁금했다기보다 나는 그냥 그의 사는 얘기가 듣고 싶었다. 사실, 그의 유명세 탓이겠지만 그의 가족에 대한 얘기쯤은 익히 듣고 있었다. "결혼도 일찍 하고, 아이도 일찍 낳고, 등단도 일찍 했지. 문학과 생활의 짐을 너무 일찍 지고 살았어. 시나 정신이나 겉늙어버리는 게 아닌지…. 그동안 평탄하지는 않았지. 1인 3역, 4역을 하면서 살았으니까. 최근 1, 2년 광주 가서 사는 동안이 가장 좋은 것 같아. 안정기가 한 육 개월 되면 불안해져. 또 무슨 일이 생기려고 그러나 하고……."

그럼에도도 불구하고, 그가 편안하게 살지 않았다고 말하고 있음에도 불구하고 그의 시는 언제나 부드럽고 편안했다는 생각을 나는 했다. "시에서는 날 걸로 드러내는 게 용납이 안 돼. 드러내는 방식도

잘 모르고. 혼란 후의 고요라고 할까? 내 시는 그것이 다 지나고 난
후에 문득 삶이 다르게 느껴질 때 그때 쓰여지는 것 같아. 차분하고
잔잔한 것 같지만 갈등과 고민이 많아. 역동적으로 드러내고 싶어도
잘 안 돼. 내 문단 이미지가 예의바르고 어머니 같고 순종적이고 그
런 건데. 너무 표면적으로 읽은 것 같아. 한 꺼풀만 더 들어가면 그게
아닌데." 나는 문단의 그런 이미지들이 싫은가 하고 물었다. "칭찬
도 여러 번 들으면 싫지." 정말 그럴 수도 있겠구나 하는 생각, 그런
것도 들었지만 조금 장난스런 생각도 들어서 나는 다시 물었다. "성
격 중에 고치고 싶은 게 있다면 어떤 건데?" "스무 살 때부터 고쳐온
것 같아. 달라진 걸 느껴. 비관적, 자학적 요소들이 여러 가지 일을
겪으면서 무뎌지고 거칠어졌어. 성숙이라고 할 수도 있지만, 상실의
측면도 있겠지. 지금은 그런 면을 깨뜨려서 모서리를 만드는 게 필
요한 시점이 아닐까 싶어." 내 가벼운 질문을 그는 그렇게 의미 심장
하게 받았다. 모서리를 만들 시점이라…….

　나는 그에게 시를 어떻게 쓰나, 시를 쓰려고 의식적으로 노력하나,
언제 시를 쓰나 하고 물었다. 선택한 단어는 달랐지만, 그것은 모두
같은 의미를 지니고 있었다. 그의 시는 생활 곳곳에서 베어 나온 것
들이어서 시를 쓴다는 자의식이 없이도 막 시가 쏟아져 나올 것만 같
다. "설거지하면서도 쓰고, 아기 데리러 가면서도 쓰고……. 늘 바빴
기 때문에 내 시간을 가질 수 없었어. 그래서 생활의 틈바구니 속에
서 시를 썼어. 그 속에서밖에 쓸 수 없어서 그랬을 거야."

　"내가 시인이구나 싶을 때가 있어?" 그것은 그가 문득, 너무나 단

정한 선생님처럼 느껴져서 물어본 말이었다. "시 쓸 때, 그때밖에 없지 뭐." 그러면서 그는 조금 웃었다. 조금 웃었지만 그때가 그가 제일 활짝 웃었던 때이다. 그러고 보니 그가 소리내어 크게 웃었던 적은 없었던 것 같다. "내가 교사 생활을 오래 해서 그런 규범에 어느 정도 적응력이 있다고 생각했는데, 가끔 세상 사람들이 공유하는 어떤 부분에서 백치에 가깝다고 느낄 때가 있어. 시를 쓰면서 자발적으로 베어내는 거지."

　점심을 먹고 있는 음식점 유리창 너머로 현수막이 보였다. "새 봄, 새 출발을 위한 시낭송회—나희덕 시인과 함께." 그는 유리창 가까이에 서서 현수막을 한참 쳐다보았다. "왜 첫 시집, 둘째 시집 시들은 뽑지 않았어?" 강연회 자료집에 실을 시를 보내달라고 했을 때, 그는 세 번째 시집 『그곳이 멀지 않다』와 네 번째 시집 『어두워진다는 것』에서만 열 편을 뽑아서 보내주었었다(그가 골라 준 열 편은 「오분간」, 「칸나의 시절」, 「뜨거운 돌」, 「누에의 방」, 「그 복숭아나무 곁으로」, 「상현」, 「기러기떼」, 「소리들」, 「월식」, 「사과밭을 지나며」이다). "첫 시집을 스물 다섯 살에 냈는데, 나이 들어서 누가 그 시집을 보고 있는 것을 보면 낯이 뜨거워져. 그때는 아무 생각이 없었어. 시집이나 결혼이나 마음의 준비 없이 더럭……. 첫 시집은 원천을 보여주는 것이기는 하지만 함량 미달인 것 같아. 나 자신을 정리한다고 할까? 자기 교정과 치유의 수단이었지 그때만 해도 시인이라는 자의식을 갖지 못했던 것 같아. 첫 시집 이후 시인으로서 산다는 것이 무엇인지 어렴풋이 느꼈지. 그 시집에는 개인적, 내면적 고민에 가까운 시들이 많아. 그러나 너무 개인적 고민에 사로잡히는 게 싫었어. 또 그 시집은 너무 오래 됐고……. 그때 나와 지금의 내가 너무 다르고……. 출발은 세 번째부터야.”

나는 얘기를 자르고 “가장 애착이 가는 작품은 뭔데?” 하고 물었다. 내가 그렇게 물었던 것은 나에게 나희덕의 시 한 편을 들라면 그의 등단작 「뿌리에게」를 들 것이기 때문이었다. 중앙일보 신춘문예 당선작으로 실린 그 시를 읽었을 때의 서늘한 충격은 아직도 잊을 수가 없다. 그도 이렇게 말했다. “그건 등단작이지.” 연대 국문과 시절, 수업 시간에 그 시를 썼다고 했다. 정현종 선생님의 『시창작론』 시간에. 그리고 그는 「뿌리에게」가 자신의 시의 실질적인 출발이며 무의식의 상징적인 모티프라고 생각한다고 했다.

많은 사람들이 그에 대해서 하는 말, ‘단정하다’는 것이 이것까지를 포함하는 것인지 모르겠다. 그는 자기 시의 변모 과정이랄까 지향이랄까 하는 것까지도 너무나 ‘단정하게’ 정리하고 있었다. 『뿌리에게』에서 출발해 『어두워진다는 것』까지 온 과정, 그리고 준비하고 있다는 다섯 번째 시집이 나아가야 할 곳. 그의 설명에 따르자면 그의 다음 시집은 ‘어둠’에서 하나 더 나간 것, 다시 대지와 만나는 것, 다시 거기로 가기 위해 휴식하는 것, 그런 것들을 다룬 시들이 주조를 이루게 될 것이다.

“너 얘기 좀 해 봐라.” 오랜만에 그가 나에게 질문을 던졌다. 그리고 어떤 사람들을 주로 만나는지 물었다. 물론 문단 사람들을 말하는 것이었다. 그러나 공은 금방 그의 코트로 도로 넘어갔다. 그는 주

로 〈민족문학작가회의〉 사람들과 어울렸었다고 하면서 요즘은 "칩
거해 생활인으로 살려고 노력"한다고 했다. 거기서 받은 상처에 대
해서도 조금 내비쳤던 것 같다. 그리고 무슨 얘기 끝엔가 "내가 남성
적인 데가 많거든"이라고도 했다. 그는 선배라도 경우에 안 맞는 일
을 하면 직언을 한다고 했다. 야비한 방식으로 일을 처리하거나 하
면 말이다. 술상을 둘러엎은 적도 있다고 했는데 그 얘기는 뭐 충격
적일 것까진 없지만 조금 놀라운 것이긴 했다. "술 잘 해?" 그가 내게
또 물었다. "아니, 소주 한 잔. 맥주도 한 잔. 너는?" "남들이 술꾼이
라고 해." 얼마나 마시면 술꾼 소리를 듣게 되는 것일까?

꼭 술상을 둘러엎은 얘기가 아니더라도 그는 내게 "똑 부러진다"
는 느낌을 주었다. 문단의 선배들에 대한 그의 칼 같고 직설적인 평
가가 그런 느낌이 들게 했다. 누구에 대해 얘기를 하더라도 그는 나
를 의식해 말을 줄이거나 하지는 않는 것 같았다. 내가 그에 대해 들
은 소문들은 모두가, 아니 모두는 아니어도 거의 대부분이 그가 예의
바르고 착한 사람이라는 것이었는데, 이 친구에게 이른 면도 있었구
나 하는 생각, 그리고 이것도 그만의 비결이라면 비결이겠구나 하는
생각을 나는 했다.

초청강연회

초청강연회장으로 들어서면서도 그는 조금도 긴장하는 것 같지 않았다. 강연이 시작되자 그는 차분한 목소리로, 어쩌면 나와 단둘이 얘기할 때보다 훨씬 더 논리적이고 정연하게 얘기했다. 그는 자신이 왜 시인이 될 수밖에 없었는가, 시인이 될 때 어떤 체험들이 관련되어 있는 것인가, 한 편의 시가 어떻게 발견되고 이루어지는가에 대해 얘기하겠다고 말했다. 그리고 자신의 시를 한 편 한 편 예를 들어가며 주로 시와 현실의 문제에 대해 얘기했다. 그가 「기러기떼」를 비롯해 몇 편의 시에 대해 얘기했을 때는 그 시에 그렇게 깊은 뜻이 있었구나 하고 감탄이 일기도 했다.

나는 강연장 뒤쪽에 앉아서 그의 말을 부지런히 메모했다. 그러나 여기서 강연 내용을 옮기지는 않으려 한다. 그것은 그의 입을 통해 직접 듣는 것이 더 좋을 것이다. 대신 강연을 들었던 사람들이 인상 깊었다고 했던 얘기 둘을 소개할까 한다. 하나는 시적인 발견을 어떻게 할 것인지를 설명한 후에 이어진 얘기였다. 시적 발견을 하고도 그것이 언어로 잘 옮겨지지 않는다고 하는 사람이 있는데, 그것은 '발견'이 덜 되었기 때문이라고 그는 말했다. 그리고 다른 하나는 대학 다닐 때는 국어학자가 되는 게 꿈이었다는 것이다. 공부를 하다 보니까 내가 다른 기질의 사람이란 걸 느끼게 되었다, 내가 살아 있다는 느낌을 가장 강렬히 받는 일이 시를 쓰는 일이었다고 말했던 것을 대학생들은 오래 기억했다.

술상을 둘러엎은 적도 있다고 했는데 그 애

기는 뭐 충격적일 것까진 없지만 조금 놀라

운 것이긴 했다. "술 잘 해?" 그가 내

게 또 물었다. "아니, 소주 한 잔. 맥주도 한

잔. 너는?" "남들이 술꾼이라고 해." 얼마

나 마시면 술꾼 소리를 듣게 되는 것일까?

강연이 끝나고 학생들과 질문을 주고받는 시간이 이어졌다. 내가 예상했던 것보다 많은 질문이, 그것도 상당히 나희덕의 시를 공부한 학생들의 질문이 이어졌다. 역시나 첫 질문은 '착한 여자'에 관한 것이었다. "착하다, 선하다는 말이 처음에는 긍정적으로 들리다가 나중에는 그것이 제가 넘어서야 할 것으로 여겨졌습니다. 그런 수사를 넘어설 다른 자질이 내게 있을까 고민도 많이 했구요……. 인간으로도 저는 착한 인간이 못 됩니다. 흔히 작품과 인간성은 반비례한다고 말하거든요. 그런 도식이 다 성립한다고는 생각지 않구요." 중학교 교과서에 수록될 예정이라는 그의 시 「배추의 마음」에 대한 얘기를 비롯, 여러 질문들이 나왔고 그때마다 그는 알아듣기 쉽게 설명을 잘 했다. '연애를 할 거냐 시를 쓸 거냐고 묻는다면 시는 못 써도 연애는 하라고 한다'는 말에는 학생들이 박수를 보내기도 했다.

시집을 들고 그에게 사인을 받으러 가는 사람들을 보면서 나는 그의 '인기'를 실감했다. "선생님을 하셔서 그런지 말씀을 참 잘 하시네요." 누군가 그렇게 말했을 때, 그는 이렇게 대답했다. 선생님 같다는 말이 제일 싫다고, 요부(妖婦)라는 소리를 듣고 싶다고. 참, 강연회가 끝나고 내게 "나희덕 시인이 고아예요?" 하고 물어오는 학생이 있었다. 아마도 그가 「칸나의 시절」을 얘기하면서 보육원에서 자랐다는 말을 해서 그랬을 것이다. 이것은 그의 시를 꼼꼼하게 읽어본 독자라면 절대 하지 않을 질문이기에 이 자리에서 그 답은 하지 않으려 한다.

전자 메일

　희덕이가 돌아가고 나는 그에게 감사와 아쉬움을 담은 전자 메일을 보냈다. 그리고 그의 답신을 받았다. "나는 광주에 잘 돌아왔어. 밤기차를 타는 일도 이제는 이력이 나는지, 머리만 좀 멍하고 괜찮아. 나야말로 짧은 시간에 두서없이 얘기를 쏟아놓고 온 게 아닌가 싶지만, 네가 잘 정리해서 써주기만을 믿는다." 그렇게 시작되는 글이었다. 그가 보내온 글을 읽으면서 나는 이런 생각을 했다. 희덕이는 인상보다 말이 더 따뜻하다. 말보다는 글이 훨씬 더 따뜻하다. 그가 전자 메일에 쓴 것처럼 "일로 만나기보다 그냥 부담없이 얘기 나눌 수 있"는 그런 날이 마련되었으면 좋겠다. 그때는 희덕이를 지금과는 조금 다른 눈으로 읽을 수 있지 않을까 싶다. 아주 오래된 친구의 눈으로.

> > > 2003년 2월 20일

세운상가 키드의 사랑 1

이러지도 저러지도 못하는 지독한 마음의 열병,
나 그때 한여름날의 승냥이처럼 우우거렸네
욕정이 없었다면 생도 없었으리
수음 아니면 절망이겠지, 학교를 저주하며
모든 금지된 것들을 열망하며, 나 이곳을 서성였다네

흠집 많은 중고 제품들의 거리에서
한없이 위안받았네 나 이미, 그때
돌이킬 수 없이 목이 쉰 야외 건축이었기에
올리비아 하세와 진추하, 그 여름의 킬러 또는 불빛
포르노의 여왕 세카, 그리고 비틀즈 해적판을 찾아서
비틀거리며 그 등록 거부한 세상을 찾아서
내 가슴엔 온통 해적들만이 들끓었네
해적들의 애꾸눈이 내게 보이지 않는 길의 노래를 가르쳐주었네

교과서 갈피에 숨겨논 빨간책, 육체의 악마와
사랑에 빠졌지, 각종 공인된 진리는 발가벗은 나신
그 캄캄한 허무의 블랙홀 속으로 빨려들어가고
나 모든 선의 경전이 끝나는 곳에서 악마처럼
착해지고 싶었네, 내가 할 수 있는 짓이란 고작
이 세계의 좁은 지하실 속에서 안간힘으로 죽음을 유희하는 것,
내일을 향한 설렘이여, 우우
무덤은 너를 군것질하며 줄기차게 삶을 기다리네

내 청춘의 레지스탕스, 지상 위의 난
햇살에 의해 남김없이 저격되었지
세상의 열병이 내 몸 속에 들어와 불을 밝혔네
금지된 生의 접어등이여, 지하의 모든 나를 불러내다오
나는 사유의 야바위꾼, 구멍난 영혼, 흠집 가득한 기억의 육체들을
별빛의 찬란함으로 팔아먹는다네
내 마음의 지하상가는 여전히 승냥이 울음으로 붐비고
나 끝끝내 목이 쉰 야외 전축처럼
해적을 노래부르고 해적의 애꾸눈으로 사랑하리

1963년 전북 고창 출생. 세종대 영문과와 동국대 대학
원 영화과 졸업. 1988년 『문예중앙』 등단. 시집 『무림
일기』 『바람부는 날이면 압구정동에 가야 한다』 『세상
의 모든 저녁』 『세운상가 키드의 생애』 『나의 사랑은
나비처럼 가벼웠다』 『천일馬화』. 산문집 『이소룡 세대
에 바친다』 등. 제 15회 김수영문학상 수상. '21세기 전망' 동인. 영화 『결혼은 미친 짓이다』 『말죽거리 잔혹사』 감독.

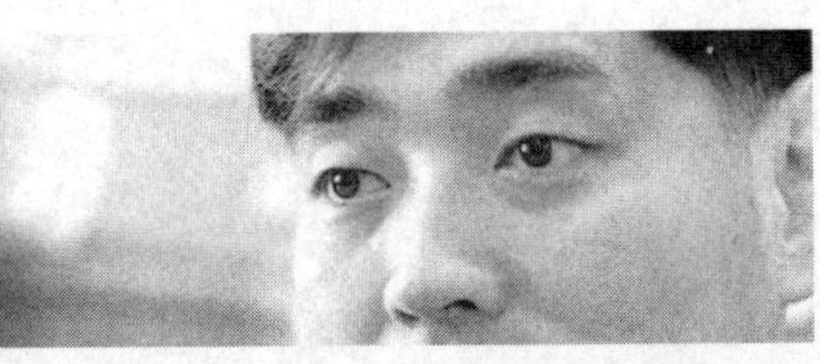

배반의 장미 | 시 | 영화

　니콜라스 케이지 180센티미터, 조금 살찐 니콜라스 케이지. 내가 유하 시인을 만나러 간다고 했을 때 내 측근이 정보라고 나에게 제공해준 것이다. 청담동에 있는 그의 사무실로 가면서 나는 『라스베가스를 떠나며』의 니콜라스 케이지를 떠올렸다. 알콜중독자 니콜라스 케이지. 이 한 가지 말고 다른 이유는 없다. 오전에 전화 통화를 했을 때 그의 목소리는 '잠'이 잔뜩 묻어 있었고, 잠든 지 얼마 되지 않아서 두 시까지는 잤으면 좋겠다고 했던 것이다. 두 시 반에 오라는 것을 억지로 두 시로 당겨서 간 것이었으므로 그가 부시시한 머리에 까칠한 피부로 나를 맞으리라고 생각할 수밖에 없었다. 그러나 나를 기다리고 있는 것은 『라스베가스를 떠나며』의 니콜라스 케이지가 아니라 『패밀리 맨』의 니콜라스 케이지였다.

시 | 영화 자웅동체 나는 그를 시인으로 대할 것인지 영화감독으로 대할 것인지 그를 만나는 순간까지도 결정하지 못하고 있었다. 그에게 물었다면 아무래도 상관없다고 했을 것 같지만, 그때 나에게는 그것이 아주 중요한 문제였다. 시를 중심으로 영화를 얘기하느냐 영화를 중심으로 시를 얘기하느냐의 문제였으므로 말이다. 그를 만난 지 몇 분이 되지 않아서 나는 그에게 시와 영화는 자웅동체의 한 몸으로 붙어 있는 것이라는 것을 알게 되었다. 그러나 이 글에서는 그를 시인으로 부를 생각이다. 이것도 한 가지 이유밖에 없다. 이 글이 영화 잡지가 아니라 문예지에 실리는 글이므로.

말죽거리 잔혹사 당연한 순서처럼 나는 만나면 제일 먼저 그에게 근황을 물을 생각이었다. 사실 이것이 가장 궁금했다. 도대체 무얼 하고 사는가. 그러나 물을 필요도 없이 나는 그가 지금 영화를 준비하고 있다는 것을 알 수 있었다. 사무실 벽에 붙은 『말죽거리 잔혹사』라는 쪽지, 그리고 그 밑에 잔뜩 붙어 있는 영화배우들 사진. 척 봐도 그가 지금 영화를 만들고 있음을, 그리고 이 영화는 지난 번 영화 『결혼은 미친 짓이다』와는 다른 분위기의 영화라는 것을 알 수 있었다. 그는 지금까지 이 영화의 시나리오 작업을 했고 이제 막 캐스팅 작업에 들어갔다고 했다. 7, 8월에 촬영을 시작해 한 삼사 개월 영화를 찍을 것이라고 하니 연말쯤이면 그가 직접 시나리오를 쓴 영화를 볼 수 있게 될 것 같다.

결혼은 미친 짓이다 나는 지난 번 영화 『결혼은 미친 짓이다』에 만족하는가 하고 물었는데, 그는 어떤 만족을 말하는 것이냐는 표정을 잠시 지었다. 그러면서 그는 그 여건에서는 최선을 다했기 때문에 후회는 없는 작품이라고 말했다. 관객들도 기대했던 것보다 더 들었다고 했다. 나는 개인적으로 그 영화에 높은 점수를 주고 있다. 자극적인 영화 포스터에도 불구하고 야하다기보다는 섬세한 내면심리 묘사가 두드러지는 영화가 아니었나 싶다.

독자 | 관객 그의 영화에 많은 관객이 든 것은 그가 확보해 놓은 시인 독자들을 영화 쪽으로 다 끌어들였기 때문일까 아닐까? 무슨 얘기 끝엔가 그는 자신의 두 번째 시집 『바람 부는 날이면 압구정동에 가야 한다』가 13만 부 나갔다는 얘기를 했는데 나는 그 독자들만 영화 관객으로 확보해 놓아도 굉장한 것이 아닌가 생각했다. 그리고 그의 시를 읽은 적이 없는 관객들이라도 시인이 영화를 만들었다니 한 번 보자는 생각도 하게 되는 것이 아닐까? 그러나 그는 "오히려 그 반대"라고 말했다. 한국 사회가 크로스 오버를 부정적으로 보는 경향이 농후한 데다가, 전에 만든 영화 『바람 부는 날이면 압구정동

에 가야 한다』가 실패하는 바람에, 또 시인으로 이미지가 너무 굳어
져 있어서. 실제로 『결혼은 미친 짓이다』를 만들 때 영화는 무슨 영
화냐 시나 쓰라는 야유를 하는 독자도 있었다고 한다. 그러나 그의
시를 좀더 꼼꼼하게 읽은 독자라면 그런 소리를 하지 못했을 것 같
다. 그의 첫 시집 『무림일기』는 물론이고 특히 『바람 부는 날이면 압
구정동에 가야 한다』는 그의 화려한 영화편력을 잘 보여주고 있기
때문이다. 또 그가 대학원에서 영화를 제대로 공부한 사람이란 걸
알았다면 그에게 시인이 무슨 영화냐는 소리는 할 수 없지 않았을
까?

　　질서에 대한 깽판 그 자신의 표현대로 ‘첫 번째 영화에 실패’ 하
고 ‘10년 이상 영화판을 떠나 있다가’ 어떻게 다시 영화를 하게 되었
는가, 어떻게 이만교의 소설 『결혼은 미친 짓이다』를 영화로 만들게
되었는가에 대해서 그는 잠시 얘기했는데 그것을 여기에 옮기고 싶
지는 않다. 이미 그 얘기는 알려질대로 알려졌다는 것이 내 생각이
다. 내가 주의깊게 들었던 건 이런 얘기다. "여자가 두 집 살림을 하
는 얘긴 전복적이라고 생각했다. 이걸 확대하면 내가 추구하는 것과
부합될 것 같았다." 나는 그에게 "〈추구하는 것〉이란 얘길 여러 번
했는데 그 추구하는 게 뭔가 하고 물었다. 그는 잠시 뜸을 들였고
"질서에 대한 깽판이랄까?" 이렇게 말하고 다시 조금 뜸을 들였다.

"전에는 이 '깽판' 이란 말을 좋아했어요." 그리고 이윤택의 시 「깽판」의 구절을 기억해내려고 했다. "저는 〈압구정〉에서 〈천일마화〉에 이르기까지 금지되고 억압된 것들을⋯⋯." 그가 발화하는 구체적인 내용을 기억하려 애쓰기보다 나는 그가 시와 영화에서 추구하는 것이 같다는 점을 더 중요하게 기억했다.

압구정 그는 『바람 부는 날이면 압구정동에 가야 한다』를 말할 때면 늘 「압구정」이라고만 했는데 그것이 영화를 말하는 것인지 시집을 말하는 것인지는 이상하게도 대화의 맥락에서 저절로 이해가 되었다. 지금 생각해보면 그는 영화에 대해 물으면 시를 통해 대답했고 시에 대해서 물으면 영화로 또 그렇게 했던 것 같다. 그러나 그는 시와 영화를 자유롭게 넘나드는 것만큼이나 시와 영화의 차이에 대해서도 분명히 인식하고 있었다. 영화는 관객과 호흡해야 하는 것으로 매 신(scene)이 관객과의 싸움이지만 시는 관념을 추구하는 것이다. 영화는 관념 덩어리도 철저히 일상으로 풀어내지 않으면 안 된다. 『결혼은 미친 짓이다』를 시나리오로 각색했을 때 소설 속 대사들을 영화적인 언어로 바꾸는데 시간이 많이 들었다. 이런 그의 얘기를 듣고 있으면 마치 강의를 듣는 것 같았다. 그것이 지루했다는 의미가 아니다. 어떤 것을 물어도 그가 시원시원하고 정확하게, 그러면서도 자세하게 대답을 했다는 뜻이다.

행 | 신, 연 | 시퀀스 그러면 여기서 '시와 영화의 관련성' 에 대

한 그의 '강의'를 한 토막 소개해 볼까. 시를 아는 것이 영화에 많은 도움이 된다. 시를 해석한다는 것은……. 시는 언어의 집약체이다. 시의 함축된 언어를 해독해내는 능력이 생긴다는 것은 모든 예술을 감식할 수 있는 능력이 생긴다는 것이다. 시의 한 행은 영화의 한 신에 해당한다. 시의 한 연은 영화의 한 시퀀스라고 할 수 있다. 감독의 컷트 개념을 키우게 하는 훈련이 시일 수 있다. 물론 시가 영화에 도움이 안 되는 점도 있다. 내 시는 다른 시인들의 시에 비해 일상어가 많이 사용되고 있음에도 불구하고 시나리오로 옮기면 너무 관념적인 언어가 된다. 아무리 시 속에 비어나 속어가 나오더라도 시는 시이다.

시나리오 그는 시보다 시나리오가 더 어렵다고 말했다. 소설도 써보았지만 시나리오가 가장 어렵다고. 그는 드라마도 문학이고 시나리오도 문학이라고 했다. 영화를 한 건 글 쓰는 게 싫어서였다고 몇 번 말했지만 그는 여전히 글을, 그것도 그 자신이 가장 어렵다고 말하는 시나리오를 쓰고 있다. 시나리오를 그렇게 힘들여 쓴다면, 그리고 시나리오도 문학이라면 그는 그의 시나리오를 독자들에게 읽히고 싶은 것일까? 그는 시나리오가 읽힐 가능성은 거의 없다고 했다. 레제 드라마처럼 레제 시나리오도 있을 수는 있겠지만, 시나리오는 영화를 전제로 한 것일 뿐이라면서 '설계도'가 무슨 가치가 있겠냐고 했다. 그리고 내게는 너무나 어려운 얘기들도 많이 했는데, 그 얘기는 내가 정확히 알아들은 단 두 문장으로 줄여서 전달할 수밖에 없다. "소설은 '오해의 생산성' 같은 게 있는데 시나리오는 소설과

달라서 행간이 없어요. 시나리오는 나와 있는 것만큼만 찍혀요.”

　시와 영화에 관한 진실 전화로 약속을 할 때부터 그가 다섯 시에 약속이 있다고 했으므로 나는 마음이 급해서 이것저것 두서없이 막 물었던 것 같다. 그리고 내가 한 질문은 영화와 관련된 것이 더 많았던 것 같다. ‘영화인’을 처음 접하는 나로서는 시보다 영화에 더 호기심이 생기는 것이 당연한 일이었지만, 그보다 1999년 시집 『나의 사랑은 나비처럼 가벼웠다』를 낸 후 시를 쓰고 있지 않다는 그의 말 때문에 더 그랬다. 그리고 또 지금 한창 새 영화를 준비하는 감독에게는 영화 얘기를 하는 것이 맞지 않을까 하는 나의 지나친 ‘예의’도 작용했을 것이다. 그러니 얘기가 자꾸 시 쪽으로 넘어간 것은 나 때문이 아니라 그 때문이었다고 할 수 있다. “말을 하는 건 문인들이 재밌죠”, “영화일을 하다보면 문우들이 그립기도 하죠”, “시가 좋아요” 이것이 다 그가 한 말이다. 그러나 영화 잡지와의 인터뷰에서 그가 “영화인들이 훨씬 인간성이 좋죠”, “시를 쓰다보면 영화 하는 사람들이 미치도록 그리워요.”, “영화가 백 배 좋아요” 하더라도 그 말은 또 그 말대로 그의 진실이라고 생각한다. 시 쪽에 조금도 흠집을 내지 않는 진실.

　문학과지성사 그의 다섯 시 약속은 그가 결정했고 또 주 연락책

을 담당했던 〈21세기 전망〉 동인 중의 한 사람의 출판기념회라는 것이 밝혀졌으므로, 그리고 그 시집이 문학과지성사에서 나온 것이라는 점이 밝혀졌으므로 나는 조금 가볍게 내가 준비한 질문을 할 수 있었다. 계간지 『문학과 사회』를 내는 출판사, 〈문학과지성 시인선〉을 내는 출판사로서의 문학과지성사를 어떻게 생각하는가 하고. 이 질문을 하게 된 것은 어떤 시인이 문학과지성사를 끌고 가는 대표 시인으로 '유하'를 지목한 데 힘입은 바 크다. "시를 쓸 때는 애증이 있었어요. 소외받는 건 아닌가 하는 생각도 더러 했어요. 지금 밖에서 들여다보니까 굉장히 좋은 데예요. 묵묵히 정통 문학 작업을 계속한다는 게……. 다른 일을 하다보니까 그것이 얼마나 좋은 것인지 알겠어요. 문지 정도의 진정성을 가진 그룹도 없죠. 거기는 출판사 같은 느낌이 안 들어요. 문지에 가면 친정집에 간 것 같아요." 그리고 다음에 시집을 내면 거기서 낼 것이라는 말로 '문지 사랑'을 확인시켜 주었다.

기획 시집 그는 1998년 등단 이후 지금까지 여섯 권의 시집을 냈고, 그 여섯 권의 시집이 모두 뚜렷한 색깔을 가지고 있고, 시집을 낼 때마다 '성공'했다. 그 성공의 비결 중 하나는 그가 시집을 내는 독특한 방식에 있지 않을까? 그가 시집을 낼 때 소위 '기획'을 해서 낸다는 것은 이미 문단에 잘 알려져 있다. 그는 문예지에 발표한 시들

을 모아 시집을 내는 것이 아니라 시집의 테마를 정하고 나름대로 시
적 시나리오를 쓴 후 시를 쓴다고 했다. "저는 수지가 안 맞는 거죠.
다른 사람들은 문예지에 발표하면서 원고료 받고 시집 내서 인세 받
는데…." 그는 시집의 테마가 정해지면 기획·감독을 한다고 했다.
이것이 다 되면 시골에 내려가서 삼 개월 정도 시를 쓴다는 것이다.
그의 시집 『무림일기』, 『바람 부는 날이면 압구정동에 가야 한다』,
『세운상가 키드의 사랑』, 『천일마화』가 그렇게 쓰여졌다는 것은 쉽
게 이해가 갔다. 그러나 『세상의 모든 저녁』이나 『나의 사랑은 나비
처럼 가벼웠다』는 조금 다르지 않을까? 그는 『나의 사랑은~』도 발
표한 시는 단 두 편뿐이라고 했다. 그때는 "쉽지만 의미있는 시를 쓰
고 싶었다"고도 했다. 그리고 그 시집이 가장 애착이 간다고 했다.
그래서 나는 그 시집에 가장 공을 들였기 때문이냐고 물었는데, 그는
단호히 아니라고 했다. "저랑은 다른 목소리를 낸 것 같아서요." 평
소의 색깔과는 다른 시들이기 때문이라는 것이 그의 설명이었다.

깊어지지 않기 어떤 맥락에서 이 얘기가 나왔는지를 설명하자
면 한없이 복잡해진다. 그러니 머리와 꼬리는 자르고 가운데 토막만
얘기하는 수밖에 없을 것 같다. "지금까지 문학을 하면서 싸워온 것
은 깊어지지 않는 것"이라고 그가 말했다. 그리고 "그것 때문에 몸부
림치면서 폐인 직전까지 가 보았어요"라고 했다. 최승자 시인의 시
중에서 "절대 달관하지 말 것"을 인용하기도 했다. 그것이 자신의 시
관이라면 시관이라고 말했다. 그러니 그의 시에 대해 깊이가 없다고

말하는 사람은 그의 세계를 정확히 읽은 사람이 아닐지도 모르겠다.

  좋은 영화 감독 이야기가 한참 동안 시쪽으로 넘어와 있었으므로 나는 다시 영화 얘기로 돌아갔다. 영화 감독으로서 꿈이 있다면 어떤 것이 있냐고 물었다. 그는 늘 고민하는 것이 하고 싶은 얘기가 없는 것이라고 우회적으로 말했다. 남들이 다 했는데 무슨 얘기를 새로 하겠느냐고. 그러나 만드는 것은 즐겁다고, 만들 때는 살아 있는 느낌이 든다고 했다. "쓰는 순간 괴롭고 만들어 놓으면 즐겁고." 그래서 그는 쓰고 만드는 작업을 계속 반복하는 것일까? 나의 '영화인'을 향한 질문을 그가 '시인이자 영화감독'의 대답으로 바꾸어 놓았으므로 나는 다시 그에게 자신이 어떤 영화 감독이라고 생각하는지 물어보았다. "감독은요, 하다보니까 인간이 나오더라구요. 자기 본색이 다 나와요." 그는 배우들에게 존경받는 감독이 제일 좋은 감독이라면서 감독에는 세 가지 유형이 있는 것 같다고 했다. 첫째는 자기 생각, 표현하고 싶은 것을 현장에서 구현하지 못하는 감독. 두 번째는 자기 생각을 밀어부치는 감독, 세 번째는 자기 생각을 자연스럽게 이해시키면서 작업하는 감독. 나는 그에게 그 세 가지 중 어떤 유형의 감독이라고 생각하냐고 물었는데, 그는 두 번째가 아닌가 싶다고 답했다. 물론 세 번째 유형을 지향하는 두 번째 유형의 감독일 테지만. 아니 이것은 그의 영화에 출연했던 배우들만이 정확한 답을 해줄 수 있을지도 모르겠다.

눈이 즐거우려면 장석남 시인을 만나는 것이 좋고 귀가 즐거우려면 유하 시인을 만나는 것이 좋다.

좋은 영화 배우 그렇다면, 영화 감독은 어떤 배우를 좋아할까? 그는 조금도 망설이지 않고 바로 답했다. "연기 잘하고 감독 말 잘 듣는 사람"이라고. 그리고 그의 달변이 이어졌다. 배우는 연기를 하면서 자기가 인물을 창조한다고 생각한다. 그러나 그것은 잘못된 것이다. 배우는 자기 배역만 소화할 뿐이지 영화 전체를 조망하지 못한다. 영화 배우는 문학적 인간이 아니기 때문에 그렇다. '혼을 담은 연기'를 좋은 것이라고 생각하지만 사실은 안 좋은 것이다. 열연했다고들 하지만 사실은 열연이 제일 안 좋다. 영화 배우는 문학적 인간이 아니라는 말이 그의 문학에 대한 애정이 과도하게 표현된 것인지 아니면 그것이 그의 굽힐 수 없는 소신인지는 모르겠다. 나는 조금은 장난스럽게 그러면 배우들에게 문학부터 가르쳐야겠다고 말했다. 그는 문학은 하루 아침에 이루어지는 것이 아니다, 문학은 당일치기가 안 된다, 영화 공부하는 사람들의 가장 큰 문제는 문학을 모른다는 것이다라고 말함으로써 문학에 대한 애정을 계속 드러냈다.

한국 영화의 수준 나는 그의 말 속에서 문학을 한 영화 감독의 자존심이랄까 하는 것을 감지할 수 있었으므로 그에게 한국 영화에 대해 어떻게 생각하냐고 물었는데 나의 예상을 벗어나지 않는 대답을 해주었다. 한국 영화 애기가 나온 김에 나는 이창동 감독의 영화에 대해 어떻게 생각하는지도 물었다. 내가 특별히 이창동 감독을 지목한 것은 그가 좋은 소설가로 이름을 굳혔던 사람이기 때문이다. "한국 영화를 많이 견인시켰죠. 문학의 힘이라고 봐야겠죠. 이런 애기는 영화쪽 사람들과는 안 하는 얘기인데… 제가 말하는 문학은 장르로서의 문학은 아니예요. 아리스토텔레스가 『시학』에서 시를 말할 때의 그 시 같은 것이죠. 홍상수 감독, 이창동 감독은 영화를 말이 되게 찍어요. 물론 소수지만 홍상수 감독의 영화에 열광하는 사람이 있는 이유는 말이 되니까 그런 거죠." 그리고 그는 영화에서 '개연성'이 얼마나 중요한지에 대해서 설명했다. "영화가 대중예술이긴 하지만 시만큼 감식안을 요구해요. 영화하면서 외로운 부분은 관객의 입맛을 찾아서 어떻게 개연적인 장면들로 연결하느냐 하는 거예요." 그리고 또 기억할만한 이야기 하나. "영화 관객은 충분해요. 그 관객이 다 내 관객이 될지는 모르겠지만."

끊임없는 배반 "영화와 시가 다른 점이, 시집은 십만 명이 읽었다고 해도 독자들이 어떻게 봤는지 시인이 알 수가 없다는 거예요. 그러나 영화는 전면적으로 몇 천 명의 반응이 그대로 와요. 그러니까 잔인하면서도 매력적이죠. 저를 좋아해주는 사람, 독자들을 끊임없이 배반하는 게 창작자의 의무가 아닌가 해요." 그러면서 그는 또 다른 배반을 준비하고 있음을 알려주었다. "오히려 이런 기간이 시를 더 생각할 수 있는 기간이 아닌가 해요. 『무림일기』, 『압구정동』, 『세운상가』, 『경마장』을 저는 4부작이라고 하는데, 이제는 다른 얘기를 해야되지 않을까 싶어요. 『경마장』까지 쓴 마당이라 새로운 모색도 필요하구요." 말은 그렇게 했지만 그는 모색을 끝낸 상태인 것이 확실했다. 서정시집 같은 걸 내고 싶어요. 다음 시집은 고향 얘길 해보고 싶어요 한 걸 보면 말이다. 나는 전에도 고향 얘기를 더러 쓰지 않았냐고 물었다. 그의 할머니 얘기와 하나대 이야기는 앞의 시집들에서도 읽을 수 있었으므로. "그때는 박물관적인 고향 얘기였죠. 그때 고향이 '복원' 하는 것이었다면 이제는 지금의 고향을 얘기하고 싶어요. 할머니가 재작년에 돌아가셨는데 할머니가 돌아가시고 나니까 고향이 없어지는 느낌이 들어요." 그리고 이번 영화 끝나고 나면 시집을 낼 것이라고 말했다. 그래서 그는 이 영화가 성공하길 바란다고 말했다. 영화가 성공하지 않은 상태에서 시집을 내면 영화가 안 되니까 시 쓴다는 소리가 나올 것이라는 것이 그 이유였다. 내가 어느 정도면 '성공' 이냐고 물었을 때, 그는 회사에 손해 안 끼치면 성공하는 거죠 라고 짧게 답했다.

다시 말죽거리 잔혹사 얘기를 접어야 할 시간이었으므로 나는 마지막으로 『말죽거리 잔혹사』에 대해 한 마디 하라고 했다. 그는 이 영화가 자신의 성장사라면서 산문집 『이소룡 세대에 바친다』를 영화적으로 번안한 것이라고 했다. 70년대의 교실 풍경이 지금 세대에게 얼마나 공감을 불러일으킬지 모르겠다는 말도 덧붙였다. 나는 이 영화의 줄거리는 전혀 모른다. 그러나 모범생이었던 한 학생이 막 개발되기 시작한 서울의 강남지역으로 전학을 가면서 "나쁜 친구들 때문에" 불량 소년이 되기까지, 그리고 불량 소년이 되어서 "하지 말라고 하는 건 찾아서" 한 얘기, 또 "쌈질"을 많이 해서 정학도 몇 번 당한 얘기가 나오지 않을까 싶다. 이것이 그가 나에게 들려준 그의 성장사이기도 하다.

❧

또 다른 곳 무림에서 압구정으로 그리고 세운상가로, 또 하나대에서 지중해로 경마장으로 그는 우리를 정말 많은 곳으로 데려다 주었다. 그곳들은 모두 색다른 곳이었고 놀라운 곳이었다. 앞으로 그가 우리에게 보여줄 세상이 무수히 많으리라고 나는 확신한다. 그러나 지금 그에게 다음 목적지가 어디냐고 묻는 것은 의미가 없다. 그것은 그도 아직은 모를 것이기 때문에. 배반과 모색 속에서 그는 새로운 장소를 발견해 내고야 말 것이다. 그때 우리는 또다시 '유하'를 마음껏 감탄해주면 될 것이다.

>>> 2003년 2월 3일

어느 날의 공자

공자 왈
일찍이 계집을 좋아하는 것처럼
공부 좋아하는 놈 본 적 없다 했을 때
나는 계집이라든가
공부라든가
그런 것보다
그 말을 내뱉은 어느 날의 공자
그 밥상 까다로운 공자
그 공자보다
그 공자를 둘러싼 제자들
그 제자들보다
일찍 세상 떠나
스승을 슬프게 했던 제자보다
그 세상
그 뒤숭숭히 어지러운 세상
그 전국시대의 땅이 다 떠올랐다

여기까지가 공자의 덕택이고
그 다음은 숫제 아무것도 없어야 한다
그 다음은 공자가
참새만도 못해

1933년 전북 군산 출생. 1958년 『현대문학』 등단. 첫 시집 『피안감성』 간행. 이후 시·소설·수필·평론 등에 걸쳐 100여 권의 저서(1960). 『고은시전집』(1984). 『만인보』(1986). 서사시 『백두산』(1987~94). 『속삭임』(1998). 시집 『머나먼 길』(1999). 『고은전집』(전38권, 2002). 미국 하버드대학 하바드옌칭 연구교수. 버클리대 객원교수 역임. 제3회 만해문학상, 제1회 대산문학상, 중앙문화대상 등 수상. 유네스코 세계 시 아카데미 회원.

식지 않는 분화구 혹은
동물적 광기

  고은! 아, 고은! 아―아―아―아! 고은! 고은에 대해 도대체 무슨 말을 보탤 수 있단 말인가. 고은에게 바쳐진 글들은 이미 너무나 많아 내가 할 수 있는 별다른 말이 남아 있을 것 같지가 않다. 설령 소박하게 남들이 했던 말을 되풀이한다거나 그가 한 말들을 얼기설기 엮어본다고 하더라고 내게 주어진 원고지 30매에 그를 어떻게 담을 수가 있단 말인가. 그의 이력을 듬성듬성 쓰는 것만으로도 원고지 30매는 금방 차버릴 것이다. 그가 낸 시집 제목만을 나열해도 그럴 것이다(소설집과 평론집은 빼고 시집만 치더라도 말이다). 중앙 언론에 오르내린 기사들 제목만 뽑아도 마찬가지일 것이다.

사정이 이러함에도 불구하고 내가 그를 만나러 갔던 것은 '어디 한번 내 눈으로 직접 확인해보자' 는 나 나름대로의 오기가 발동해서가 아니었을까? 사실, 나는 그에 대해 '반신반의' 하고 있었던 사람 중 하나라고 생각된다. 이 글을 읽는 사람들은 아마도 '반의(半疑)' 가 무언지 궁금하리라. 이것은 그냥 뭐 유명한 인물 주변에 떠도는 루머를 내 귀가 예민하게 받아들였다는 말로 이해해 주시기 바란다. 하여튼 나는 무지무지 추운 12월 어느날 그의 집으로 갔다.

❦

나는 인터뷰 대상자를 만나는 그 순간부터 인터뷰가 시작된다고 생각하는 사람이다. 차가 나오고 과일이 나오는 동안도 나는 그에게 이런저런 얘기들을 물었던 것 같다(딱히 중요한 얘기는 아니지만 그날 인터뷰의 성패를 가늠해볼 수 있는 그런 얘기들을). 그러나 그는 대답대신 사과를 계속 권했다. 그런 얘기는 조금 있다가 하자고. 일단 이것부터 먹으라고. 내가 마지막 사과 조각을 집을 때까지 그는 그렇게 했다. 어쩌면 단순할 수도 있는 그 행동의 효력이 얼마나 컸던지 나는 그때 무장을 반쯤, 아니 반까지는 아니고 10분의 1쯤은 해제했던 것 같다.

차를 마시자 나는 거실로 안내되었다. 원래는 벽난로를 피우기 위해 장작을 놓았을 자리, 거기에 최근에 나온 문제의 그『고은 전집』이 놓여 있었다. 우리나라 최대 규모라는 전집, 38권짜리 전집, 500부 한정판으로 찍어서 주문 판매한다는 그 전집. 나는 전집을 내게 된 특별한 계기가 있는가 하고 물었는데(그는 전에도 시전집을 낸 적이 있으므로), 그는 "없어"하고 짧게 대답했다(조금 장난스러운 것 같기도 하고 조금은 쑥스러운 것 같기도 한 그런 "없어" 였다. 아니, "말해주기 싫어. 메롱"하는 것 같은 그런 "없어" 였다). 왜 계기가 없겠는가. 단지 그런 건 중요하지 않다는 의미이리라. 이 전집은 여러 가지 면에서 화제를 모았지만 전집 머리책에 실린 그의 연보도 화제가 되었던 것 같다. 바로 그의 전생에 대한 기록들 때문에. 나는 '전생'에 대한 그의 관(觀)이랄까, 철학이랄까 뭐 그런 것이 궁금했는데, 그는 이것도 아주 짧게 대답했다. "전생이 기억이 나. 상상이 기억이지. 술 취했을 때도 기억이 나고 술 먹다가도 기억이 나고." 나는 그의 전생에 대해 사람들이 화제 삼았던 것보다 그가 전생에 더 집착하고 있는 것인지 아닌지 아직도 알지 못한다.

원고지 12만 장 분량이라는 그 전집의 양에 압도당하면서 나는 다시 물었다. 저 많은 책에서 한 권을 권해야 한다면 어떤 것을 권하겠는가 하고. 그의 대답은 이랬다. "없어." 그래서 나는 질문을 조금 바꾸어야 했다. 그렇다면 어떤 작품에 가장 애착을 가지고 있는가 하고. 이번에도 그는 이렇게 대답했다. "없어." 이 '없어' 는 진짜 없다는 뜻으로 받아들일 수는 없다는 것을 나는 담방 알았다. "그냥 다 내 몸을 통해 나왔어. 쉽게 나오거나 어렵게 나오거나 다 내 몸에서 나온 거니까……."

저 많은 작품을 쓰게 한 힘, 그것을 그는 '광기'로 설명했다. "예술은 광기 없으면 못해." 하긴 그의 광기는 익히 소문으로 들은 바 있다. 그는 광기가 느껴질 때 주체를 못한다고 했다. 그가 "내 속에 들어 있는 것만큼 나온 적이 없어"라고 말했을 때, 그때 나는 무척 놀랐던 것 같다. 프로이드 식으로 친다면 예술가들이란 다 때때로 광인(狂人)이 되는 것이겠지만 그처럼 광기 충만한 시인이 또 있을까? "김수영이 광기가 좀 있었어. 그렇지만 식물적이었지." 요새 시인들은 자기 자신을 관료화시키고 있다는 말 다음에 나온 말이었다. 나는 김수영이 식물적이었다는 말의 뜻을 물었다. "간헐적이었다, 색깔이 엷었다는 거지. 신록 쪽에 해당하지 진한 녹음이 아니었지."

편안한 거실 분위기 때문이었을까? 광기를 얘기하고 있었음에도 불구하고 나는 그날 그가 그 어느 날보다 '말갛다'고 생각했다. 목욕탕에서 막 나온 듯한 그런 '말감' 말이다(제발, 더이상의 상상은 하지 마시기를!) 몇 해 전인가 한 강연회에서 보았던 좌중을 압도하는 폭발적인 목소리, 강한 어조, 카리스마 넘치는 제스처의 그가 아니었다. 그날 그는 그것과는 전혀 다른 힘으로 나를 끌었다. 그 힘의 핵심이 바로 '말감' 이었다고 나는 생각한다. 부드러움도 아니고, 따뜻함도 아니다. 그냥 말갛다는 "뜻밖의" 느낌. 그 느낌이 나를 끌었다.

내가 그를 만나면서 꼭 물어보고 싶었던 것 중의 하나가 바로 어떤 인물이 가장 기억에 남는가 하는 것이었다. 그것은 우선 그가 살아온 행적이 평범치 않았기 때문이고(그의 연보는 자살 시도, 출가, 환속, 민주화 투쟁, 구속, 사면 등의 역정을 기록하고 있다), 또 그가 최근 문화계의 중요 인사가 되어 많은 사람들을 만날 수 있는 위치에 있기 때문이고, 그리고 무엇보다 그가 작품 『만인보』를 통해 수많은 민중들의 모습을 그려내고 있기 때문이다.

그는 늘 생각나는 사람은 게리 스나이더(Gary Snder)라고 했다(식탁 옆 벽에는 게리 스나이더가 사막 한 가운데 앉아서 명상하는 포스터가 붙어 있었다). 그는 스나이더를 "피붙이 같은 시인" 이라고 소개했다. 그보다는 세 살 정도 위인데, 고은 시인을 "지구 저편의 형제 시인" 이라고 했다고도 했다. 지구 반대편의 이 두 시인을 교감하게 한 건 아마도 시와 불교 때문이 아닌가 싶다. 그가 그 많은 사람들 중에 게리 스나이더를 가장 기억에 남는 인물로 손꼽았다는 것도 내게는 의외였지만 이 두 시인을 중매한 것이 알렌 긴즈버그라는 사실도 뜻밖이었다. 80년대에 알렌 긴즈버그가 그에게 게리 스나이더를 만나보라고 권한 적이 있다고 한다. 긴즈버그는 스나이더에게도 꼭 그렇게 고은을 만나보라고 했던 모양이다. 그들이 정작 만난 것은 긴즈버그가 죽고 나서라고 한다. 스나이더 얘기를 했을 때, 대담 전체를 통해 가장 행복한 얼굴을 하지 않았었나 싶다.

"머슴 대길이와 우리 외할머니"도 그가 기억에 남는 인물로 꼽았던 사람들이다. 대길이… 대길이는 그의 작품 『만인보』에 등장하는 인물이다. 거기서 그는 "대길이 아저씨/그는 나에게 불빛이었지요/자다 깨어도 그대로 켜져서 밤새우는 불빛이었지요? 라고 쓰고 있다. 외할머니에 대한 얘기는 듣지 못했다. 외할머니 얘기를 물으려는 찰나 그의 손전화가 울렸고 통화가 끝나자 다른 이야기가 시작되었기 때문에. "문단에서 나를 격렬하게 좋아한 건 김수영이지. 그것도 한때지. 나 제주도 있을 때 '너를 제일 좋아한다' 고 말했었지." 김수영 얘기를 두 번째 하는구나. 나는 그런 생각을 했다. "시인들이 그나마 제일 나은 것 같아. 기본적으로 '돈' 과 머니까". 그리고 돈의 메커니즘에 대해 짧게 얘기했다.

그의 말은 대체로 짧고 명쾌했던 것 같다. 그러면서도 많은 함축을 담고 있었다(때문에 나는 그의 얘기의 많은 부분을 놓쳤고 또 잘못 해석했지도 모르겠다). 나는 부러 그가 싫어할만한 인물들(또는 싫어한다고 소문이 난 인물들) 얘기를 슬쩍슬쩍 해보기도 했는데, 그는 그때도 "좋지", "그럴 수도 있지" 정도로 짧고 쉽게 대답했다. 최고로 나쁜 반응은 "그런 사람은 모르고"가 아니었나 싶다. 꼭 한 번 화제가 그를 벗어났을 때 그는 이렇게 말했었다. "그런 얘기하러 왔니?"

그는 내 질문에 충분히 대답을 하고도 정작 아무런 대답을 하지 않은 것처럼 되어 버리는 수가 가끔 있었다. 이를테면 내가 그의 가족에 대해 물었을 때가 그랬다. 그는 영문과 교수인 자신의 아내에 대해서도 차령산맥을 보고 낳았다는 딸 차령이에 대해서도 얘기했지만 거기서 나는 그가 가족들을 대하는 감정이 어떤 것인지, 가족들과의 관계가 어떤지 전혀 눈치챌 수 없었다(이런 화법을 구사할 수 있는 사람이 몇이나 될까?).

얘기를 하다가 우리는 그의 서재로 장소를 옮겼다. 그의 서재는 흡사 도서관에 들어온 느낌. 그런 느낌을 주었다. 바닥에서 천장 높이의 7단 책장이 온방을 꽉 채우고 있었고(그는 지하실에 이만큼의 책이 있고 처분한 책도 이만큼은 된다고 말했다), 책상도 세 개나 놓여 있었다(한 책상은 시를 쓰는 책상, 또 한 책상은 「만인보」를 쓰는 책상, 창가 쪽 큰 책상은 다른 글을 쓰는 책상 그렇게 그가 분류했던 것 같다). 그의 화려한 명성에 비해 서재는 소박했다고 생각된다. 온통 책밖에 없었으니까. 그 흔한 기념패 하나 놓여 있지 않았다. 그의 향락이 공부하는 것이라고 하니 책보다 소중한 것이 있을 수 없겠다. 그는 스스로 '주경야독' 한다고 말했다. "공부를 안 하면 기분 나빠. 몸이 기분 나빠." 그렇게 말하면서 그는 즐거운 표정을 지었다. 그는 요새는 공부할 시간이 너무 없다고 했지만 그 많은 책 중에서 아무 책이나 쓱 빼서 읽는 향락, 그런 향락을 그는 오래오래 누려 왔음이 틀림없었다.

"나보다 더 많이 쓴 사람도 있지. 브레히트는 열 군데쯤 되었을 거야. 세 군데는 적은 거야." 내가 서재의 세 책상을 번갈아 구경하며 신기해했을 때, 그가 한 말이다. 그러면서 그는 지금도 하루에 서른 장씩은 쓴다고 했다. 전에는 하루에 쉰 장도 쓰고 백 장도 썼지만.

"자고 나면 떠오르는 게 얼마나 많은데…. 쓸거리들이 얼마나 많은데……. 자고 나면 쓸 게 이런데도 붙어 있고 이런데도 막 붙어있지." 그는 진짜 온 몸에 쓸거리가 붙어 있는 것처럼 팔의 여기저기를 만졌다. 저 힘, 저 열정, 저 광기가 오늘의 고은을 만들었구나 하는 생각이 절로 들게 하는 얘기였다. "원고 기간 내에 주는 것이 원고 작성자의 정성인 것 같아. 대가들은 그렇게 않잖아. 대가들이 그렇게 하는 건 위선 같기도 하고 정성이 모자란 것 같아. 첫 마음을 죽을 때까지 가져야지. 처음엔 어디 그랬어? 처음엔 떨리는 정성이 있잖아." 나를 가장 반성케 하고 놀라게 한 것이 바로 그 얘기가 아니었나 싶다.

장식이 없는 그의 서재에 유난한 눈길을 끄는 단 하나의 소품이 있다면 시계가 아닐까 싶다. 그런 시계를 뭐라고 부르는지 모르겠지만

고은 시인에 대해서 나는

아직은 판단을 유보하고

있다. 내게 고은 시인은 만

나고 왔지만 만나지 않은

것 같은 사람이다.

세계 각국의 시간을 알 수 있는 그런 시계. 그는 "나는 저게 없으면 안 돼"라고 말했다. 그만큼 그가 국제적인 명성을 가진 시인이라는 증거일 것이다. 이 달에도 그는 외국에서의 행사 일정이 잡혀 있다고 했다(순전히 내 느낌이지만 그는 이제 국내 활동보다 국외 활동에 훨씬 더 많은 비중을 두고 있는 것 같다). 그는 외국에는 시와 관련된 국제 행사가 참 많다면서 독일, 스페인, 프랑스, 핀란드, 폴란드, 미국, 라틴 아메리카 등 외국의 경우를 얘기했다. 멀리 동양에서 온 시인의 사인을 받기 위해 몇 백 미터 줄을 섰다는 폴란드 사람들의 얘기는 정말 인상적이었다. 나는 북한의 시인들은 어떤가 하고 물었는데 그는 "거기도 순박한 시인들이지"하면서 통일 후의 한국 문학에 대한 견해를 피력했다. " '이질화' 가 있어서 새로운 힘을 만들어 낼 수 있는 거지. 통일이 되면 진정한 한국 문학의 르네상스가 될 거야. 통일 이후는 이데올로기의 시대는 끝나는 거야. 그때는 창조력이 국가의 운명과 직결되겠지!"

글을 정리하는 이 마당에서 한 가지 빠뜨린 얘기가 있다는 것을 고백해야겠다. 바로 술 얘기다. "세포마다 술이 다 가지. 세포 끝까지……." 이 멋진 표현, "나 같은 술주정뱅이……." 이 솔직한 표현, 이것들은 그날의 대화 맥락 속에서 얘기하지 않으면 의미가 살아나지 않는다. 사진 작가에게 한 잔 하겠냐고 권했던 말. 그것도 그 말을 했을 때의 그의 눈빛, 그 방의 분위기와 함께 얘기하지 않으면 안 된다. 그러나 나는 술 얘기는 뺀 채 이 글을 마치고 싶다. 어째 고은과

술, 술과 고은은 다른 사람들에 의해, 또 그 자신에 의해 계속 얘기될
것만 같이 생각되므로.

그와의 인터뷰가 끝나고 나는 그를 세 번 더 만났다. 한 번은 전화
를 통해서였고 또 한 번은 한 문학상 시상식장에서였고, 마지막 한
번은 텔레비전을 통해서였다. 전화는 내 시집을 읽고 느낌을 말해주
겠다는 약속을 지킨 것이었는데, 내게 "네 얘기도 좋지만 좀더 넓은
세상으로 나와라"라는 약이 되는 소리를 해주었다. 시상식장에서는
수상자들에게 "일주일만 기뻐하고 또 열심히 쓰라"는 축사를 해서
사람들로부터 '역시 고은'이라는 소리를 들었다. 그리고 텔레비전
을 통해 만난 그는 대통령 당선자에게 "문화를 섬기는 대통령이 되
기를 바란다"는 말을 했다. 고은. 아! 고은! 아—아—아—아— 고은!
참, 그런데 내가 고은 선생 인터뷰하러 간다고 했을 때, 사람들은 내
게 왜 단 둘이서 만나지 말라는 말을 했던 것일까?

〉〉〉2003년 1월

얼굴

죽은 얼굴이 아닌
분명 잠자는 얼굴인데
흰 상보(喪褓)를 씌워 둔다
그의 얼굴이 아닌
너의 얼굴도 아닌
내 얼굴인데

패전을 고하는 백기,
유서의 여백이나
조화(弔花)의 흰 빛 같은
그처럼 철이 든 순백에서 골라
흰 상보를
씌워 두자는 게다

사랑은 인생의 별,
고독한 영혼의 창문에서
보는 거란다

사랑은 인생의 울음,
고독한 영혼의 창변에서
우는 거란다

잠자는 얼굴이 아닌
깨어서 눈이 검은 얼굴인데
검은 눈은 검은 동굴
슬픔으로 익은 검정 열매가
훌훌 떨어져 쌓이는
깊은 동굴인데

1927년 대구 출생. 서울대학교 사범대학 국문학과 졸
업. 한국시인협회상, 서울시문화상, 대한민국 문화예
술상, 예술원상 등 수상. 시집 『목숨』 『나아드의 향유』
『나무와 바람』 『정념의 기』 『풍림의 음악』 『겨울 바다』
『설일』 『사랑 초서』 『동행』 『김대건 신부』 『빛과 고요』
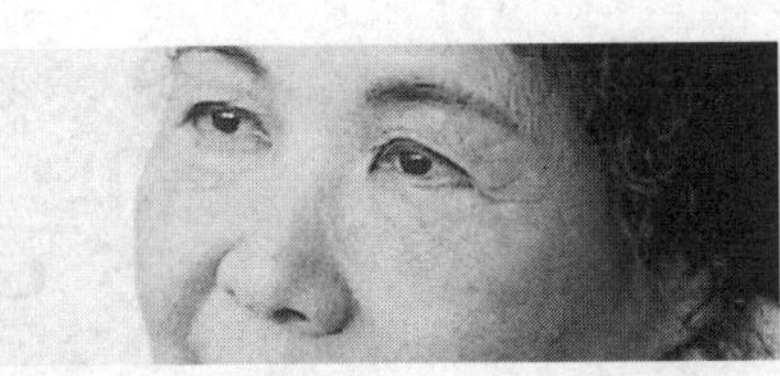
『바람 세례』 『평안을 위하여』 『회망학습』 등. 다수의 수상집과 콩트집 『아름다운 사람들』 등. 숙명여자대학교 교수,
한국시인협회, 한국여성문학인회 회장 역임. 현재 숙명여대 명예교수, 예술원회원.

풍요의 뿌리,
시들지 않는 감수성

하얀집 "국민은행과 치과 사이 골목길 직선으로 120미터 올라와
서……." 김남조 시인이 일러 준 바로 그 자리에 하얀 2층집이 있었
다. 신혼 때부터 살아왔지만 한 번도 문패를 단 적이 없다는 바로 그
집. 집은 외벽만 하얀 것이 아니라 방문과 복도, 천장까지가 눈처럼
하얗다. 그 집 2층 방에서 김남조 시인이 우리를 맞아 주었다. 평소
에도 이렇게 화사하게 화장을 하고 있는 것일까? 손님이 오니까 저
렇게 한 것이겠지 싶으면서도 시인의 고운 얼굴과 우아한 차림새에

자꾸만 시선이 갔다.

오늘의 주제 인사가 끝나자 나는 노트부터 꺼내 놓았다. 김남조 시인은 노트 같은 건 치우고 자연스럽게 대화를 나눈 후, 주제를 간추려서 얘기하자고 했다. 지난 번 다른 잡지와의 인터뷰 때는 "사이버문학"이라는 주제로 얘기했다면서. "이 나이쯤 되다 보면 지금까지 얼마나 많은 인터뷰를 했겠어요?" 김남조 시인의 말처럼 정말 얼마나 많은 인터뷰를 했겠는가. 그리고 얼마나 많이 동일한 얘기를 반복했겠는가. 결과적으로 보자면 대화를 시작한 지 채 10분도 되지 않아 우리는 본론으로 들어갔고, 인터뷰가 끝날 때까지 '주제' 얘기는 다시 나오지 않았지만, 선생의 제안에 나는 조금 부담을 느꼈던 것 같다. 아니 꼭 그 탓만은 아니다. 원로 시인에게서 풍겨 나오는 엄숙한 분위기― 나는 이것이 김남조 시인 특유의 말씨와 그윽한 시선 때문이 아닐까 생각한다―때문에도 나는 조금 주눅이 들었던 것 같다.

시 | 수필 본격적으로 인터뷰가 시작되었다고도 할 수 없고 아니라고도 할 수 없는 그런 상황에서, 나는 주로 시집과 수필집에 대한 얘기를 여쭈었다. 그의 책들은 시집이든 수필집이든 내는 족족 베스트셀러가 되었다는 것을 나는 '전설'처럼 알고 있다. 그래서 시집 중에 어떤 것이 가장 많이 팔렸냐는 조금 세속적인 질문도 했고, 공전의 히트를 쳤던 수필집 『바람에게 주는 말』을 쓸 당시의 정황에 대해서 묻기도 했다. 김남조 시인은 시에 못다 담은 것이 있어서 수필도

진정한 카리스마의 여왕은 누구일까?

그것은 단연 김남조 시인이 되어야 한다.

쓴다면서, 시인은 수필을 쓸 때도 정성을 들여 어렵게 쓰기 마련이라고 했다. 그러나 젊은 시절에 쓴 수필들은 감상 과잉이 있기도 하고, 문장은 화려하지만 주제 의식이 부족한 면도 보인다고 했다. 글에 대한 철저함, 끊임없는 자기 성찰, 그런 것이 느껴지는 말이었다. 그리고 무엇보다 내가 중요하게 들었던 말은 이것이다. "시는 천 편을 써도 한 편 한 편마다 주제와 창법에 새로움이 깃들도록 애써야 합니다."

'시'라는 동거인 "산문을 반 년 정도 쓰다보면 시가 잘 안 돼요. 일종의 복수 같은 것이라 할까요? 마치도 사랑하는 사람을 두고 다른 사람에게 마음을 분산시켰다 되돌아오면 먼저 사람과의 사랑이 멍들거나 구겨져 있듯이……." 예의 그 존댓말로 시인이 말했다. "나는 시를 인격체인 사람으로 느끼곤 해요. 동거인인 셈이지요. 그러나 시를 쓴 지 수 십 년만에야 겨우 시가 편안해집니다. 나는 시에 대한 완벽주의 같은 게 있는데, 시를 가르치다 보면 '명작'에 대해 위축이 생기면서 자기 시에 엄격해지지요. 지금도 원고지를 펴놓으면 얼어붙는 듯한 긴장이 치받아 오르고……." 시인은 편안한 표정으로 차근차근 얘기했다. 결국 시라는 것이 '정직하게', '절실하게'라는 두 가지 정도에 주로 유념하면서 마음을 기울여 쓰는 것이다. 정직이라는 것은 있는 것을 그대로 토로하는 것만은 아니고, 시에 있

어서 궁극적인 명징, 맑고 투명한 것을 뜻한다. 누구라도 '나는 정직하게 썼다' 고 본인이 안심을 해서는 안 될 일이다. '절실감' 역시 한없는 수심 같은 것이 있고, 참으로 그 자신의 가슴과 영혼까지도 관통했다고 할만큼의 진실성이 아니면 안 된다. 그런 내용이었던 것 같다.

예수 | 카톨릭 나는 김남조 시인을 만나면서 종교에 관한 얘기는 될 수 있으면 안 해야겠다고 생각했었다. 그것이 중요하지 않아서가 아니라 이미 다른 사람들에 의해 너무나 많이 논의된 것이어서. 그러나 생각지 않은 계기에서 얘기는 '종교' 쪽으로 흘러갔다. 그때 나는 일본에서의 중·고등학교 시절에 대해 여쭈었었다—김남조 시인의 연보는 시인이 초등학교를 마치고 일본 후쿠오카로 갔고 거기서 규슈高女를 다녔다고 쓰고 있었다. 일본에서의 학생 시절을 떠올리다 보니 자연스레 세례를 받은 얘기가 나왔다. "중요한 얘길 안 한 게 있는데, 나는 어려서부터 예수 그리스도에게 깊이 사로잡혀 왔어요. 사람 중에 70년을 알고 지내 온 사람이 어디 있겠어요? 이 점만 보더라도 예수 그리스도가 가장 특별한 분이라는 걸 알 수 있지요."

희망 학습 그리고 잠시 '카톨릭 정신' 이랄까 '카톨릭 문학' 이랄까 하는 것에 대한 설명이 이어졌다. 선생은 진정한 카톨릭 문인들은 '죽음' 을 작품 안에서조차도 함부로 설정하지 않는다고 말했다. 소설이나 영화에서 인명이 너무나도 손쉬운 소모품처럼 흔하게 다루어지는데 대해 이를 침통하게 꺼려함을 알 수 있었다. 그리고 시인은 다반사처럼 '허무'나 '절망'을 시 속에 넣지 않아야 한다고 했다. 순간 나는 시인의 시 「희망 학습」을 떠올렸다. "총탄이 몸에 명중했다. 살을 꿰뚫는 얼음번개의 얼얼한 상처,/한데 죽지 않았다//머리에 총 맞지 않았으니/아직 살아 있고/생각하는 일 가능하리라/가슴에도 총 맞지 않았으니/아직 살아 있고/사랑하는 일 가능하리라//이런 까닭으로/한국인들/다시금 희망의 학습을 시작한다" 이 작품도 그런 정신 속에서 나온 것이었구나. 나는 혼자 고개를 끄덕였다.

감동의 수원지 1953년 첫시집 『목숨』을 낸 후, 아니 1947년 연합신문에 시 「잔상」을 발표한 이래 오늘까지 만 50년이 넘도록 시의 길을 걸어온 시인. 그 어떤 힘이 선생을 지금껏 시의 가파른 고지로 끌어 올려온 것일까? 김남조 시인은 시를 쓰려면 감동의 수원지가 필요한데 자신은 예수와 막달라 마리아의 성서적 사건에서 그것을 찾았다고 했다. 또 예수는 구세주가 되지 않았으면 "천혜의 시인이셨을 것"이라고도 했다. '시인'의 한계를 넘어서기에 '천혜'를 붙여서 그렇게 불러야 할 것이라고. 예수와 막달라 마리아를 좋아한 지가 50년이 넘었지만 지금도 이 두 분에 대한 감동이 고갈되지 않는다고 말하는 선생을 보면서, 그렇다면 앞으로도 그 수원지에서 끊임없이 시가 나오겠구나 하는 생각을 했다.

사랑 | 위대한 보편성 나는 시인의 말에 공감하면서도 한편으

론 '예수' 나 '막달라 마리아' 에게서 감동의 근원을 찾는 사람은 많지 않은가 하는 생각을 했다. 시인은 나의 질문에 대해 "그런 가치는 보편적인 것이지 않을까요?" 하고 되물었다. "나는 위대한 보편성의 가장자리로 들어가는 것에 만족해요. '사랑' 같은 것도 그런 것이지요. 사랑을 노래하지 않은 시인은 한 사람도 없을 것입니다. 이러한 보편성은 무량하고도 무한한 가치지요. 해가 뜰 때 산천초목이 다 햇빛을 받지만 하나하나가 다 특별하잖아요?" 아, 사랑. 김남조 시인의 시세계를 한 마디로 말하라면 역시 '사랑의 시학' 이라고 해야 할 것이다. 그러나 나는 '사랑' 에 대해 구체적으로 여쭈어 보지는 않았다. 이것 또한 다른 사람들이 너무나 많이 한 얘기여서.

관심과 배려 "내 얘긴 그 정도로 하고 한명희 씨는 어떻게 살아요?" 시인의 그 물음은 애정이랄까 진정한 관심이랄까 그런 게 묻어 있다는 느낌을 주었다. 그래서 나는 남들한테 별로 말해 본 적이 없는 개인적인 문제들까지 술술 얘기해버리지 않을 수 없었다. 김남조 시인은 이를테면 이런 사람이었다. "인물사진과 풍경사진 기법이 다르지요?" 하면서 사진 작가에게도 관심을 보여주는 사람. 그러나 나나 사진 작가에게 던져진 질문들이 결코 시인의 인터뷰와 무관한 것은 아니었다고 생각된다. 김남조 시인은 자기의 얘기를 하면서도 우리를 얘기 속에 계속 끌어들이는, 그럼으로써 자신의 얘기와 함께 하여 사람에 대해 더불어 생각하게 하려는 그런 사람이었던 것 같다. 아, 사진 작가 얘기가 나온 김에 사진에 대한 얘기를 조금 해볼까. 김남조 시인은 사진 찍히는 것을 달가워하지 않는 사람에 속하는 것 같았다. 그러면서도 시인은 이런 자리나, 모임에서 함께 사진을 찍자는 사람이 있으면 거절하지는 않는다고 했다. "내가 어떻게 찍히는지는 문제가 아니고……." 아마도 시인의 이 짧은 말에는 '타인에 대한 배려' 라는 말이 생략되어 있었던 것이지 싶다. 나는 이런 관심과 배려 때문에 시인들 중에 "김남조 선생님은 부모님 같은 분" 이라고 하는 사람이 여럿 있는 모양이구나 생각했다(시인은 '누나' 같다고 안 하고 '부모님' 같다고 하더냐며 웃었지만……).

조각 | 김세중 김남조 시인을 만나면서 꼭 물어보아야겠다고 생각했던 것 중 하나가 시인의 부군이었던 김세중 선생의 조각 세계가 시에 영향을 미쳤다고 생각하는가, 미쳤다면 어떤 영향을 미쳤다고 생각하는가 하는 것이었다. 그러나 나는 그런 식으로 질문하지는 않았다. "선생님 쓰신 글 중에서, 민감성 및 감수성 훈련을 위해 음악 요법을 썼다는 것을 읽은 적이 있습니다. 혹시 조각요법 같은 건 쓰지 않으셨나요?" 시인은 뜻밖에도 이 문제에 대해서 생각해 본 적이 없다고 말했다. 그러면서 이렇게 답했다. "조각과 문학은 개성의 충돌성이랄까, 각자 독립성이 너무 강해서 그것이 내 안에서 용해되었다고 볼 수 없고……. 두 가지는 대결성이랄까 서름서름한 관계……." 나는 서름서름하다는 말이 무슨 뜻이냐고 여쭈었는데, 시인은 그것이 "익숙하기 어려운 것, 만만하지 않은 것, 내가 삼켜버릴 수가 없는 것" 이라고 했다. 그리고 시인은 방안을 가득 채운 김세중

선생의 작품들 중 몇에 대해 언급하기 시작했다. 내가 두 분 사이에 예술적 교감 같은 것은 없었냐고 물었더니 시인은 이렇게 답했다. "더러는 있었기도 했겠으나, 두 사람 모두 바쁘게 살면서 훗날에 둘이 함께 할 여러 좋은 기회가 있으려니 했다가 김 교수가 황급히 생을 마친 게 되어 버렸지요." 그래서 이번에는 그럼 신앙에서는 서로 교감했냐고 여쭈었는데 시인은 비교적 그랬다고 대답했다. 그러면서 "사람으로도 김세중 교수는" 하고 덧붙이면서, 잠시 생전의 김세중 선생의 인품과 그의 작품 세계에 대해 얘기했고 "자랑하면 안 좋은데" 하며 말을 맺었다.

김남조 문학상 얘기가 조금 느슨해진 틈을 타서 나는 '김남조 문학상'을 제정할 의사가 있는지 여쭈었다. 그것은 '김세중 조각상'이 제정되어 벌써 16회째 수상자를 내고 있다는 것을 염두에 둔 질문이었다. 시인은 단호하게 대답했다. 나는 절대 그런 거 안 할 생각이라고. 현재 시행되는 문학상이 허다하거니와 상을 제정하려면 시인의 작고 후 상당 기간에 걸쳐 삶과 예술에 대한 검증이 있어야 할 것이라고. 대신 선생은 '노천명 문학상'이나 '모윤숙 문학상' 같은 건 제정하면 좋겠다는 의견을 피력했다. 이 두 시인을 비롯한 여성 시인들에 대한 연구가 더 많이 이루어져야 한다는 얘기와 함께. 나는 그냥 혼자 상상해 보았다. 김남조 문학관이 생긴다. 그리고 같은 날 이곳에서 김세중 조각상과 김남조 문학상을 수상한다. 즐거운 상상!

헤어스타일 내가 김남조 선생께 했던 가장 가벼운 질문은 아마

이것이었던 것 같다. "선생님, 그 헤어스타일은 언제부터 하신 건가요?"(이 부분은 시인의 독특한 헤어스타일을 떠올리면서 읽어야 한다). 그는 젊었을 때부터 이런 스타일을 했다고 했다. 그러나 미장원에 간 건 3, 40년은 됐다고 해서 나를 놀라게 했다. 미장원에 가는 대신 동네 아줌마를 집에 데려와 그저 일 년에 서너 번 파마만 한단다. 저렇게 멋을 안 내고도 독특한 분위기를 연출하는 것도 아무나 할 수 있는 것이 아니리라(김남조 선생은 내가 선생의 시 속에 자주 등장하는 '머리카락'의 이미지에 관심을 가지고 있다는 것을 알까? "머리 풀어 바치는/나의 제사/어느덧 서리 묻은/내 귀밑머리"—「바다」). 시인은 앞머리를 만지면서 자신은 머리에 물도 안 들인다고 말했다. "하나 다행인 게 내가 눈이 좋아요. 지금도 1.0이에요. 그래서 이 나이에도 세상의 풍경들을 선명하게 바라볼 수 있는 건 행복이지요." 그가 하는 말과 행동은 모두 평화로움이 묻어 있었다.

늙지 않는 감수성 "아까 한명희 씨가 감수성 얘기를 했는데, 내게 있어서는 감수성이 비교적 늙지를 않는 것 같아요. 지금도 젊었던 시절만큼 민감하고 아프고 설레이는 등의 그 농도랄까가 젊었을 때와 비슷한 듯합니다. 다만 지금은 조금 편안해졌지요." 나는 이것이 '김남조 시'의 비밀이 아닌가 생각했다. 시인의 시들은 지금도 팽팽한 긴장을 유지하고 있다(내가 읽기로 시인이 가장 최근에 발표한 시는 「근황 2」가 아닌가 한다. "사람이며 여성이다가/사람이기만 하는 쪽으로/전공을 수정하여/학적과에도 통보했다"). 나는 시인의 최

근작과 2, 30년 전의 작품을 구별할 수 있을 것 같지가 않다. 도대체 저 시들지 않는 감성의 비결이 무엇일까? 그 비결의 한 조각도 얻지 못하고 인터뷰를 접고 말았다는 것을 이 글을 쓰면서 깨닫는다.

일관성 | 변화 점심을 먹고, 커피도 한 잔 마신 뒤에는 얘기가 더 많이 부드러워졌던 것 같다. 나는 조금 질문의 수위를 조금 높이고 싶은 욕심이 났다. 그래서 이렇게 여쭈었다. 선생님의 시세계는 기본 율조가 뚜렷해서 겉으로 드러나는 전환기가 잘 잡히지 않는다고 말하는 사람이 있습니다. 이 점에 대해서는 어떻게 생각하십니까 하고. 선생은 자신이 쓴 시가 천 편 가량인데 나름으로는 끊임없이 새롭게 변화를 시도한 것이라고 말했다. 그리고 구체적인 예를 몇 들었다. "같은 '겨울'이라는 개념도 연륜에 따라 그 해석이 갱신되어 왔겠지요. '신년시'도 많이 썼는데 이 정도에서 신년시에 대한 내 생각을 접으려고 해요. 크리스마스 시도 이제 더는 안 쓰려고 하구요." 이 얘기는 내게 무척 인상적으로 들렸는데, 내가 시인의 말을 정확히 전달하고 있는 것인지는 자신이 없다.

시인, 숙대 명예교수, 예술원 회원 하루 종일 햇빛이 들어오는 이 방. 조각품이 벽면을 장식하고 있는 이 방. 작은 화강암 분수에서 물소리가 낮게 흘러나오는 이 방. 이 방을 다녀간 사람은 얼마나 될까? 김남조 시인의 화려한 이력이 절로 그런 생각을 하게 했다. 선생은 시인, 숙대 명예교수, 예술원 회원 이 세 가지뿐이라고 했지만 그동안 시인협회회장, 교육개혁심의회 위원, 여성문학인회 회장, 방송위원회 위원, 한국방송공사 이사 등을 지냈다. '문학주변'만 하는 것이고, 다른 직함은 있으면 안 될 것이라고 했지만 이것만도 충분히 화려하다는 생각이 들었다. 문학만으로 따지더라도 문단의 원로 중 가장 앞자리에 김남조 시인의 이름을 놓아야 할 것이므로. 나는 문득 이 방을 다녀간 사람 가운데 가장 아끼는 시인이 누구인지 물었는데 선생은 이렇게 말했다. "사람이 순수하고 글이 좋은 사람들이 귀하게 여겨지지요." 그리곤 구체적인 이름을 거명하지 않았다. 나의 물음이 부끄럽게 느껴지는 순간이었다. 얘기 내내 선생은 어떤 사람에 대해서도 부정적으로 말하지 않았으며 더구나 나쁜 얘기에 사람의 이름을 밝히는 법이 없었다. 선생의 이 하얀방을 드나드는 사람이 끊이지 않는 것은 선생의 이력 때문이 아니라 이런 품성 때문이겠구나 하는 생각, 그런 생각이 절로 들었다.

노트에 남아 있는 메모들 송창식 작곡의 "그대 있음에"/시라는 게 참 오묘하지요. 쓸수록 쓸거리가 있어요. 작가의 이름은 잊었으나 작품은 기억된다는 그런 시인으로 남고 싶어요./마흔 무렵부터 감성이 감미로워지면서 내연성이 생기고……. 괜찮은 시들이 사십 대부터 쓰여지는 것 같았어요./인터뷰를 하면 새해 계획을 물어보던데 이번 인터뷰에서도 이렇게 말해야겠네요. 올해도 그전처럼 살겠는데, 다만 더욱 정성을 기울여 하루하루 공들여 살겠어요.

〉〉〉2003년 1월 8일

잡히지 않는 나비 I

너무 먼 곳으로 나왔나 봐요
그가 보이지 않아요
꽃을 끌어안고 웃던 햇살도 보이지 않아요
차가운 바람만이 노련하게
언덕을 넘어 오고 있어요

그는 어디로 갔을까요?
푸른 하늘 속을 자유롭게 헤엄치던 하얀구름도
땅의 체온이 그리운지
오랫동안 대지 위로 그림자를 떨구고 있네요

너무 먼 곳으로 와버렸나 봐요
낮에 뜬 저 반달처럼
혼자 너무 멀리 나와 떠도는 천성은
어쩔 수 없나 봐요

아무럼 어때요
이 세상과 작별인사 하려고
밤새 달려오다 넘어진
저 시간처럼

우리끼리 다정하게 작별인사 해요
눈처럼 흰 마음과 장미처럼 붉은 가슴으로
어젯밤 배표를 사 놓았어요

작고 아름답고 순한 배들일수록
깊은 바다 밑에서 그 일생을 마치듯이

정말 이 세계는 나와 아무런 상관이 없어요
스스럼없이 편히 쉬어요
잡히지 않는 나비, 내 사랑이여!

1957년 부산 출생. 1990년 『작가세계』 여름호 등단. 시집 『모자는 인간을 만든다』 『검은, 소나기 떼』 『잡히지 않는 나비』. 제4회 박인환 문학상 수상(2003).

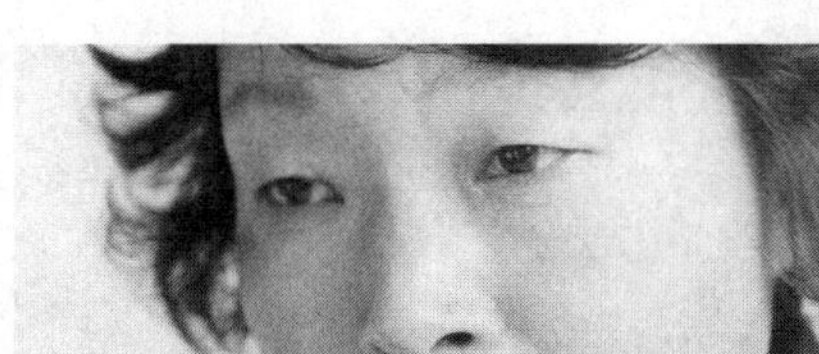

잡히지 않는 나비의
행방

이 글을 잘 쓸 수 없는 두 가지 이유

"잘 써줘요." 헤어지면서 그가 했던 애교 섞인 부탁을 들어주기가
힘들다는 생각을 한다. 두 가지 이유 때문이다. 첫 번째는, 잘 안다고
까지는 할 수 없어도 여러 번 만난 적이 있는 사람에 대해 쓴다는 것
이 처음 만나는 사람에 대해 쓰는 것보다 훨씬 어렵기 때문이다. 잘
아는 사람과의 인터뷰는 개인적인 감정이 개입되기 마련이고 그래

서 인터뷰어와의 거리 조정에 실패할 가능성이 많다. 김상미 시인은 내가 문단에서 알고 지내는 몇 안 되는 사람 중의 한 사람이다. 그리고 그처럼 나에게 잘 해준 시인도 많지 않다. 그래서 잘 써야겠다는, 또 잘 써주고 싶다는 생각을 하지 않을 수 없다. 그러나 마음만 앞설 뿐, 글이 도저히 마음을 따라가지 못하고 있다. 내가 이 글을 잘 쓰기가 어렵겠다고 생각한 두 번째 이유는 도대체 어디까지 써야 할지 글의 수위를 아직도 정하지 못하고 있기 때문이다. 그가 얘기한 그대로 실명을 들어가며 쓰자니 몇 사람의 프라이버시를 침해할 수도 있겠다는 생각이 드는 것이다. 그렇다고 그 부분을 가리고 얘기를 하자니 이 글이 그야말로 '앙꼬 없는 찐빵' 이 되고 말 것 같다. 도대체 무슨 얘기길래 그러냐고 하는 사람이 많을 것이다. 그래도 할 수 없다. 다음의 얘기를 함으로써 우회적으로 나의 심정을 전달할 수밖에.

유별나게도, 그와는 인터뷰를 두 번 해야 했다. 첫 번째 인터뷰는 30분도 안 되어서 끝났다. 그도 그랬겠지만 우선 내가 인터뷰를 계속 할 기분이 아니었다. "도대체 내 인터뷰를 뭘로 보고…" 라는 항의성 발언까지 했건만 그는 별로 미안한 기색이 아니었다. 그에게 더 중요한 일이 있었으므로. 한 달쯤 지나 두 번째 인터뷰를 했다. 내가 그렇게 으름장을 놓았건만, 그리고 그는 전혀 우연이라고 했지만, 첫 번째 인터뷰 때의 그 사람이 또 문제가 되었다. 에휴…. 무슨 연애를 그리 요란하게 하누…….

첫 번째 인터뷰

삼청동. 화랑을 겸한 카페. 하얀 찻잔이 인상적인 곳. 그곳에서 그에게 묻는다. "시인이 된 계기가 있어요?" "시는 어릴 때부터 좋아했어요." "시집을 엄청 읽었어요. 휘트먼, 엘리어트, 파운드, 특히 벤을 참 좋아했어요. 우리나라 시인들 시는 그때 민음사판으로 나와 있는 것을 거의 다 읽었고…. 김수영, 이상, 신동집……." "시집을 권해주는 사람이 있었나봐요?" "아니, 한 사람을 읽으면, 그러니까 엘리어트를 읽으면 자연스럽게 스승인 에즈라 파운드를 읽게 되잖아요." "문예반 활동했었다고 했죠?" "고등학교 때. 부산 사대부고 다녔는데, 그때 문예반이었어요. 그때 소설도 썼고. 남녀공학이었는데 글 잘 쓰는 애들이 참 많았어요. 중학교 때 국어선생님이 여자였는데, 4개 국어를 하는 분이었거든요. 그 분이 문학 이야기를 참 많이 해줬어요. 아리스토텔레스의 「시학」 공부도 같이 하고." "중학교 때요?" "네."

그에게 왜 대학에 가지 않았냐고 물었던 적이 있던가, 없던가. 물어도 될까, 안 될까. 물으면 그가 대답을 할까, 안 할까. 나는 끝내 묻지 않는다. 묻지 못한다. "고등학교 졸업하고 공장에도 다녀봤어." "어떤 공장이요?" "그때 전자제품 회사에서 인문계 졸업한 고졸 사원을 특채로 뽑았거든." "마음이 힘들었겠네요?" "아니, 하나도 안

힘들었어. 단순 노동인데 뭐. 고졸이라고 대우도 잘 해주고…. 한 일
년 정도 다녔나?" "그리고는요?" "재일 교포가 하는 무역회사 경리
도 해봤고……."

　그림이 잘 그려지지 않는다. 무역회사 경리가 시인이 되는 그림이
라……. "시인이 되어야겠다는 생각은 언제 했어요?" "부산에서 백
일장에 두 번 나갔거든. 신춘문예는 안 해봤고. 동생이 부산대 독어
과 졸업하고 서울에 잠깐 취직을 했었거든요. 그때 동생따라 서울
올라와서 서울에 주저앉았지. 동생이 부산대 다닐 때 박상배 선생님
을 무척 따랐는데, 마침 박상배 선생님도 서울의 한양대로 옮기셨거
든요. 박상배 선생님 권유로 『작가세계』로 데뷔했어요." 박상배 선
생님 얘기가 나올 때 나는 그의 표정을 특히 유심히 살펴본다. 그러
나 그는 태연하다. 그가 태연하므로 나도 원래대로 돌아간다. "그 무
렵에는 조그만 공장에 경리로 취직했었거든요. 전철이 비좁고 무서
워서 그만뒀지만. 사무실에서 열 일곱 편 써가지고 『작가세계』에 냈
었어요."

　그는 그를 서울로 오게 한, 그리고 시인이 되게 한 동생이 이번에
시인으로 등단을 한다고 말한다. 김상미, 김점미 자매 시인이 탄생하
는 것이다. 그에게서 여동생 얘기를 여러 번 들은 것 같다. 그에게는
오빠, 언니, 여동생, 남동생이 한 명씩 있다. 내 느낌에 그는 부산에
서 선생님을 한다는 이 여동생을 가장 자랑스러워하는 것 같다. 시
로 서로 교감하기 때문일까? 그는 김점미 시인(이제 시인이라고 불
러야 한다!)과 생일도 같다고 한다. 태어난 시(時)까지도 비슷하다

고. "공부만 하게 나뒀으면 더 좋았을텐데." 그렇다고 진짜로 후회를 하는 것 같지는 않다. 자매의 시는 비슷할까 어떨까? 그는 결코 동생의 시를 손봐준 적은 없다고 한다. "동생한테 어떤 식으로 영향을 주었는데요?" "책도 소개해주고, 음악도 같이 듣고……. 걔는 나랑 달라서. 나는 좀 불안하고 그렇잖아. 걔는 어른스럽고 키도 크고 날씬해." 좋은 것은 다 동생 것, 나쁜 것은 다 내 것, 그러는 것만 같다.

'박상배 선생님' '이승훈 선생님' 이 그에게서 자주 거론된다. 두 분이 그가 등단할 때 시를 심사한 분들이기 때문이라고. 또 그 두 분이 『외국문학』과 『현대시사상』을 했을 때 자신을 많이 격려해 주었기 때문이라고. "박상배 선생님, 이승훈 선생님 말씀을 많이 하셨는데, 선생님 시는 그분들 시보다 더 보수적인 것 같아요. 적어도 형식적인 면에서는." "전 형식 파괴는 잘 안 해요. 형식 파괴는 의미 없는 것 같아. 표시나게 해체주의처럼 하고 싶지는 않아요. 박상배, 이승훈 선생님보다 조금 더 보수적일 수 있어요."

누군가 말했다. 김상미는 24시간 전업 시인이라고. 그 말이 맞다는 걸 그를 만나면 만날수록 실감한다. 그의 삶은 철저히 시를 향해 수렴되어 있다. 그의 일상이 그렇고 그가 만나는 사람들이 그렇다. 그는 데뷔 이후 잠깐 출판사에 다닌 적이 있다고 하는데 그것이 상근해서 하는 일로는 마지막이었다고 한다. 그가 만나는 사람들의 면면도 모두 시와 관계가 있는 것 같다. 시를 위해 삶의 다른 한 부분을 희생한 것만 같은 느낌. 다른 한 부분이 무언지 꼭 집어서 말할 수는 없지만 말이다.

한 달 후, 두 번째 인터뷰

좀 편하게 얘기를 하려면 맥주를 한 잔 하는 게 좋겠다고 생각한다. 술도 한 잔 할 수 있으면서 너무 시끄럽지는 않는 곳, 그런 곳을 찾기 위해 이 골목 저 골목 다녀본다. 이럴 때 그는 주장이 없다. 그러고보니 그는 늘 이런 식인 것 같다. 다른 사람이 우선이다. ‘시’ 말고는 무엇이든지 다 내어주겠다는 태도라고나 할까? 술도 안주도 그는 다 내게 선택권을 준다.

오늘 그는 조금, 많이는 아니고 조금 들떠 있는 것 같다. 시집을 내기로 했다고 한다. 세 번째 시집이다. “잡히지 않는 나비, 제목 어때요?” 그가 묻는다. “좋아요. 나비. 선생님 같아요. 선생님 아이디도 나비잖아요.” “응. 그런데 이 나비는 그 나비 아니다. 내가 아이디로 쓰는 ‘나비’는 ‘랍비’에서 나온 말이거든요. 고대 히브리어로 나비가 ‘신의 입’이라는 뜻이라거든요. 나비가 랍비로 변했대요. 이번 시집의 나비는 날아다니는 나비고.” “이번 시집엔 어떤 변화가 있어요?” “둘째 시집과는 달라요. 이번에는 내가 세계를 향해서 묻는 것이고…….” 그리고 그는 이번 시집을 내고도 시집 한 권 분량의 시들이 더 있다고 말한다. 진짜 부자다. 시 부자. 어느 대목에선가 그가 말한다. “그래도 기분은 좋아.” 진짜 오늘 그는 기분이 좋아보인다.

그를 어떻게 알게 되었던가? 사무적인 일로 그가 전화를 했었고,

반쯤 우연히 여러 사람들이 모이는 자리에서 그를 만나게 되었었다. 그때 나는 그가 무척 발이 넓은 사람인가보다 생각했었다. 소문도 그랬고. "문단에 돌아다니지 않아요." 손을 휘휘 내저으며 그는 자신이 결코 그런 사람이 아니라고 말한다. 그냥 글을 통해 알게 되었을 뿐이라고. 그러나 그가 사람들에게 친화력을 발휘해온 것은 사실인 것 같다. 그가 문단의 원로들이나 선배 시인들에게 어떻게 하는지는 잘 모른다. 그러나 적어도 후배 문인들을 그는 잘 보살핀다. 그가 늘 입에 달고 다니는 말, "너 참 예쁘다"란 말을 못 들어본 후배들은 없지 않을까 싶다. 그는 진짜로 후배 시인들을 예뻐한다.

'ㄱ을 감옥에 가둔 ㅁ' 얘기가 나온다(그는 실명으로 얘기했지만, 나는 그냥 그의 시를 인용해서 얘기하고 싶다). 조금 잔인할 수도 있는 질문을 나는 던지고 만다. "개인적으로 덕 본 것도 있지 않을까요? 시인으로 활동하는데 있어서……." "그런 것, 전혀 없어요. 내가 모시고 가서 소개하고 그랬지 선생님이 나를 소개하지는 않았어." 그는 ㅁ에 대해서, 또 A에 대해서도 얘기한다. "언젠가 그런 얘기들 글로 쓰실 생각이 있어요?" "내가 만난 사람들 얘기 하나 쓸 거야. 나이 들면 쓸 기회가 올 것 같아." 그래서 그가 들려준 많은 얘기들을 여기에 옮기지 않는다.

"남자가 인생에 도움이 된 적이 별로 없었던 것 같아. 내가 남자한테 도움 받을 생각을 안 해서 그럴 수도 있고." 그의 이 말은 너무 쓸쓸하게 들린다. "누군가는 나에게 너 자신을 사랑하라고 하고, 또 누군가는 내게 너는 너 자신만을 너무 사랑한다고 말하던데……." 이

요즘 같은 세상에 바보가
어디 있냐고들 한다.

그러나 바보는 있다. 김상미 시인은 내가 아는 한 바보다.
시밖에 모르는 바보.

말도 마찬가지로 쓸쓸하다. "선생님 스스로는 어느 쪽이라고 생각하시는데요?" "잘 모르겠다. 내가 나를 좋아하거든. 명희 씨가 좋아하는 것보다 내가 나를 더 좋아할 거야." 나는 그가 자신을 더 좋아하기를 바란다. 내가 보기에 그는 사람을 너무 좋아한다. "진짜 좋아하는 사람은 몇 안 돼. 한 번 좋아하면 누가 나를 좋아하고 안 좋아하고는 상관없고…. 내가 좋아하는 것하곤 다른 것 같아." 이렇게 사람을 좋아하니 상처가 많을 밖에…….

"엄마 생각 안 나요?" 문득 내가 묻는다. "나지. 맨날 나지. 전화할 데가 없잖아. 있으면 전화해서 뭐라고 할 건데……." 괜히 물었나 싶다. 그는 지난 해 어머니를 여의었다. "깊게 생각하지 말고 빨리 답하세요. '내 인생의 한 장면' 을 꼽는다면요?" 순전히 분위기 전환용 멘트를 날려본다. "생각이 없지. 특별히 불행한 때는 없었던 것 같아." "그럼, 가장 행복했던 때는요?" "A와 놀러 다닐 때." 그리고 그는 금방 행복한 표정이 된다. 나는 그가 말하는 이 행복이 '불안한 행복' 이라 그의 행복에 동의해 주지 않는다. 물론 그래도 그는 아랑곳 않지만.

"하고 싶은 얘기 없어요?" "하고 싶은 얘기 다 했잖아." "자랑도 안 하고." "자랑할 게 있나. 그 자체가 자랑인데……." 그와의 대화는 때로 이렇게 짧다. 내가 생각해도 선문답 같은 데가 있다. 그러나 그는 하고 싶은 얘기는 어떻게든 다 하고야 만다. 얘기가 끊어져도, 내가 억지로 다른 곳으로 말꼬리를 돌려도, 심지어 듣기 싫다는 표정을 지어도, 그는 하려던 얘기를 그만두는 법이 없다. 그의 시가 아무리

길어져도 긴장을 잃지 않는 것처럼 그의 말도 긴장을 잃는 법이 없다. 그의 시가 솔직한 것처럼 그의 말도 너무 솔직하다. 어쩌면 내가 그의 대화법에서 가끔씩 불안을 느끼는 것은 이 점 때문인지도 모른다. 그러나 바꾸어 생각하면 이게 또 그의 매력인 것 같다. 그의 솔직한 대화법…….

"불안 같은 거 없어요?" 나는 선문답을 한번 더 시도한다. 구체적으로 묻기 어려울 땐 이런 방법도 괜찮다. 그는 내 말의 의미를 정확히 간파한다. "나, 요새는 불안 같은 게 생기더라", "어떤 불안요?", "나이 들어서 그런가봐. 해놓은 것도 없고…. 엄마가 돌아가셔서 그런갑다. 그지? 늙어서 엄마랑 살려고 했는데……." 둘 사이 잠시 침묵이 흐른다. "제일 후회되는 게 아기야. 삼십 대 후반쯤 되면 사랑을 줄 대상이 필요하잖아. 그래야 안정이 돼. 모성을 발휘할 대상이 있어야 안정이 돼. 아무도 없어서 외로울 거라는 생각은 사치지." 이 말도 내게는 선문답처럼 들린다.

"시 안 쓸 때도 나는 내가 시인 같아." 그의 말에 나는 백 프로 동의한다. 그는 시말고 다른 생각은 없는 사람 같다(연애는 빼야 되지 않을까 생각하다가 그는 연애조차 철저히 시와 관련되어 있다는 데 생각이 미친다. 그래. 그는 시말고 다른 생각은 없는 사람이다). "역시 시인되길 잘 한 것 같아요?" "시인밖에 할 게 없는 것 같아." 그리고 잠시 사이를 두었다가 그가 말한다. "시인이 됐으니까 이렇게 해도 용서해 주는 것 아니야, 너가?" 나는 이 말의 함의를 잠시 생각한다. "시인 안 됐으면 뭐 했을 것 같아요?" "박상배 선생님 안 만나고….

그래도 시 썼겠지. 책을 워낙 좋아하니까. 시인들을 너무 좋아해.”
“시인말고 다른 꿈 없었어요? 어릴 때…….” “섬마을 선생님.” “그것
도 시인 같다.” “행복한 가정에 아들, 딸, 남편하고 사는 것도 좋다고
생각해. 현모양처가 꿈인 적도 있었지.” “지금도 그 꿈을 가지고 있
어요?” “인제 그런 생각은 별로 없는데, 그렇게 사는 것도 좋다고 생
각해. 좋은 엄마가 되었을텐데…….” 이 대목에서 나는 할 말을 잃는
다. 아무 할 말이 없다. “공부를 했다면 법조계로 나갔어도 좋았을
거야. 판단력이 비상해서. 지금 사는 것도 괜찮아. 누구나 원하는 게
자유인이잖아.” “자유인이라고 생각하세요?” “진짜 자유인은 이 세
상에 존재하지 않는다고 생각해. 근접하려고 노력할 뿐이지.”

“시인으로서 어떤 꿈을 가지고 있어요?” 얘기를 마무리하려는 의
도가 담긴 질문을 한다. “진짜 좋은 시 하나 쓸 거야. 깜짝 놀랄 시.”
그가 하도 큰 소리로 단호하게 외치는 바람에 나는 정말 깜짝 놀란
다. “한 편만요? 그럼, 아직도 안 썼다는 말이네요?” “응.” 대답은 그
렇게 했지만 그는 즐거운 표정이다. 진짜 좋은 시를 한 편 숨겨 놓고
있는 사람의 표정이라고나 할까?

잡히지 않는 나비

불행하게도, 나는 그의 시보다 그라는 사람과 더 친해져버렸다. 물

론 그의 시와 미리 친하지 않았다면 그와 친해질 수 있는 기회는 찾아오지 않았을 것이다. 그라는 사람을 읽고 있으면 늘 아슬아슬한 느낌이 든다. 나만 그런가? 나에게만 그는 아슬아슬한 사람인가? 차라리 그랬으면 좋겠다는 생각, 그런 생각이 든다. 그러다 문득, 그의 시집 제목을 떠오려 본다. 그리고 가만히 소리내어 발음해 본다. 잡히지 않는 나비. 잡히지 않는 나비. 그런가. 그는 잡히지 않는 나비인가. 그의 시집이 나오면 찬찬히, 그러나 꼼꼼히 읽어보아야겠다. "나랑 친하다하면서 내 시, 잘 읽지도 않잖아." 그가 종종 하는 투정이 다시는 나오지 않게. 그리고 그 시집 속에서 찾아보아야겠다. 그 잡히지 않는다는 나비의 행방을.

>>> 2003년 1월 6일

옛 노트에서

그때 내 품에는
얼마나 많은 빛들이 있었던가
바람이 풀밭을 스치면
풀밭의 그 수런댐으로 나는
이 세계 바깥까지
얼마나 길게 투명한 개울을
만들 수 있었던가
물 위에 뜨던 그 많은 빛들,
좋아서
긴 시간을 견디어 여기까지 내려와
지금은 앵두가 익을 무렵
그리고 간신히 아무도 그립지 않을 무렵
그때는 내 품에 또한
얼마나 많은 그리움의 모서리들이
옹색하게 살았던가
지금은 앵두가 익을 무렵
그래 그 옆에서 숨죽일 무렵

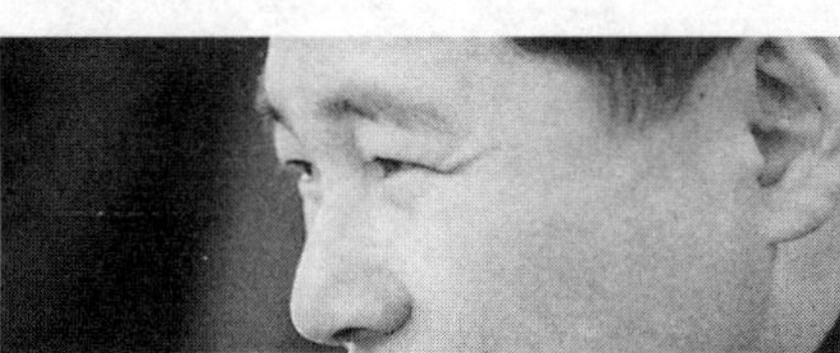

1965년 인천 출생. 1987년 경향신문 신춘문예 당선. 서울예대 문예창작학과 졸업. 인하대 박사과정. 시집 『새떼들에게로의 망명』(1991) 『지금은 간신히 아무도 그립지 않을 무렵』(1995) 『젖은 눈』(1998) 『왼쪽 가슴 아래께에 온 통증』(2001). 산문집 『물의 정거장』(2002). 1992년 김수영문학상, 1999년 현대문학상 수상. 한양여대 문예창작과 교수.

젊은 보수주의자와 한잔

그 날, 장석남 시인을 만나러 가는 발걸음이 가볍지 않았던 것은 추운 날씨 때문이었다. 올들어 가장 추운 날씨. 일기예보가 그렇게 말했었다. 아니다. 날씨 때문만은 아니었다. 인터뷰를 하기로 하고 약속 시간을 잡고 하면서 그가 나를 조금 애먹였기 때문이었다. 잘난 척 하는 것은 절대 아니라고 말하면서 그는 조금 잘난 척을 했던 것 같다. 아니 그것도 아니다. 내가 장석남 시인을 만나러 가면서 무언가 심기가 편치 않았던 것은 순전히 그에 대한 질투심 때문이었다. 밝혀 두건대 그와 나는 동갑이다. 그와 동갑인 대한민국의 모든 시인들 중, 그에게 질투심을 느끼지 않는 사람은 매우 드물 것이라고 나는 생각한다. 아니 동갑이 아닌 시인이라도 그럴 것이다. 이십대 초반에 신춘문예 당선, 지금까지 네 권의 시집 간행, 그리고 김수영 문학상과 현대문학상 수상……. 질투심과 시기심을 억누르고 나는 그를 만났다.

일단 서점에서 만나서 다른 곳으로 옮기자는 식의 약속 방식. 이것 이야말로 우리 386세대들의 벗을 수 없는 386스러움이 아닌가 싶다. 서점문을 열고 그가 들어섰다. 두꺼운 파커 차림이었다. 사진을 찍 기 위해 우리는 잠시 서점 앞에서 포즈를 취했다. 어색함을 피하기 위해, 혹은 자연스런 사진을 위해 나는 이것저것 물었다. 요즘 근황 은 어떠냐, 요새는 어떤 책을 주로 읽느냐, 전에 한다던 전각은 계속 하고 있느냐, 여기 오기 전에는 무얼 했나 등등의 중요하달 수도 안 중요하달 수도 없는 얘기들을……. 이것저것 대답을 하던 그가 문득 말했다. 진짜 인터뷰하는 것처럼 한다고. 내가 하려는 인터뷰는 물 론 가짜가 아니라 진짜 인터뷰다. 그렇긴 하지만 나는 질문 방식을 바꾸는 것이 좋겠다고 생각했다. 인터뷰를 많이 했을텐데, 인터뷰할 때 제일 곤란한 게 뭐냐고 물었다. 이런 건 물어보지 않았으면 좋겠 다고 생각한 것이 뭐였냐고. 그는 가족에 대한 것이라고 했다. 가족 이라……. 그 말은 내게 여운을 남겼다. 그러나 나는 그의 이 말은 존중해주어야겠다고 생각했다. 그가 그렇게 말한 이유가 어떤 것이든지 말이다(실제로 나는 그렇게 했다고 생각한다).

　그가 지독한 독감에만 걸리지 않았더라면 우리는 앉을 곳을 찾아 길거리를 방황하는 시간을 줄일 수 있었을 것이다(그는 견디다 못해 오늘 드디어 병원엘 갔다왔다고 했다). 당연히 술집으로 갔을 것이므로. 나는 그가 어떤 장소를 택할지 조금 궁금해져서 장소 선택권을 완전히 그에게 넘겼다. "곱창집은 어때요?" 내게 곱창은 즉각적으로 '소주'를 떠올리게 했다. 그럼, 한 잔 하겠다는 건가? 나는 그를 따라 곱창집으로 갔다.

　막창을 구우며, 소주를 따르며 우리 그때 무슨 얘기를 했던가. 결혼에 대해 직장에 대해 그리고 친구에 대해 얘기를 했던가. 그랬던 것 같다. 결혼. 안 한 사람에게는 영원한 숙제이고 한 사람에게는 벗을 수 없는 짐 같은 것인 결혼……. 나는 "그럼, 장 선생님은 왜 결혼했어요?"라고도 물었던 것 같다. 솔직히 그에게선 '유부남'의 냄새가 나지 않는다. 아이가 둘이나 있다고 하는데도 말이다. 그리고 직장 생활……. 그는 10년이나 직장 생활을 했건만 아무도 자기를 그런 사람으로 봐주지 않는다고 말했다. 나로서도 그가 정상적으로(?) 직장을 다녔다는 것은 의외였다. 그리고 친구……. 그는 예상외로 친구들의 이름을 많이 대지 않았다. 고등학교 때부터 알고 지냈다는 이홍섭 시인 얘기를 했을 뿐이다.

"내가 생각하는 나보다 사람들은 나를 더 높게 생각하는 것 같아요." 나의 선망의 눈초리를 느꼈기 때문인가. 그가 이렇게 말했다. 아마도 '현대문학상'을 받았기 때문에 그런 것이 아닐까 생각한다고. 그리고 그는 자신은 운이 있다고 말했다. 상을 받을 때도 그랬지만 신춘문예로 데뷔할 때도 그랬다고 했다. 그 시로 되리라고는 생각도 않았는데 당선이 되었다는 것이다. 신춘문예에 응모한 지 세 번만에 당선이 되었다니 정말 '운'이 좋다고 해야 할까? 그는 그 외에도 많은 것들 '운'으로 돌렸다. 그렇게도 원하던 출판사에서 첫 시집을 내었지만 근 1년 동안 시집에 대한 아무런 반응도 없었다고 했다. 그동안 그는 소설을 쓸까도 생각했었다고 한다. 그런데 시집을 낸 1년 후, '느닷없이' 김수영문학상을 주겠다고 했다고 한다. 상을 받고 많은 것이 바뀌었다고 했다. 그의 표현대로라면 원고 청탁이 쏟아지고 난리였다는 것이다. 나는 그에게 주어진 이 모든 것들이 결코 '운'이라고는 생각하지 않는다. 그러나 또한 그가 자꾸만 '운'이라고 말하는 것이 그의 지나친 '겸손' 때문이라고도 생각하지 않는다. 그런 것들을 운으로 설명하는 것, 그것이 그냥 그의 체질인 것 같았다.

"본격적인 장석남론은 하나도 없어요." 이것은 내가 그에게 그의 시에 대한 평들 중 어떤 것이 제일 마음에 들었느냐고 물었을 때 그가 한 대답이다. 물론 그것이 섭섭한 차원은 아니라고 그는 말했다. 그리고 그는 몇몇 비평가들에게 인기 있는 시인들의 이름을 대었다. 문학과지성사의 시단을 이끌어가는 시인들은 A, B 같은 시인들(물론 그는 실명을 대었다)이라면서 자신은 마이너 시인이라고 생각한다고 말했다. 장석남이 마이너 시인이라……. 아무도 그렇게는 생각하지 않을 것이다. 그러나 나는 그가 이렇게 말하는 이유를, 그리고 스스로를 그렇게 생각하는 그 마음의 깊이를 조금은 알 수 있을 것 같았다.

"시인으로서의 폼에 대한 꿈은 있었죠." 내가 어떤 시인이 되고 싶으냐고 물었을 때 그는 이렇게 말했다. 시인으로서의 위치에 대해서는 생각하지 않는다, 다만 시인으로서의 폼에 대한 꿈은 있다고 말했다. 그는 김종삼, 박용래, 김수영 같은 시인들이 가진 '폼'이 정말 멋지게 인식되었다고 했다. 그러면서 자기도 조용히 살고 싶다고 말했다. 산이든 어디든 가서 공부를 하고 싶다고. 알려고 하는 자세, 그것이 멋있어 보였다고. "김수영 같은 분은 못 쫓아가지만……." 그가 김수영에 대해 꽤 많이 얘기했던 것 같다. "김수영은 다 내던졌잖아요? 젊었을 때부터. 그는 마흔 여덟에 죽었는데……." 김수영이라면 내 전공이다. 내 박사 논문의 테마가 바로 김수영이다. 그러나 나는 김수영을 그런 식으로 신봉하지는 않는다. 그래서 내가 말했다. "김수영이 살던 때와는 시대가 달라지지 않았나요?" 나의 이 공격성 발언을 그는 세게 받았다. "물론 그렇죠. 그러나 시에 대한 태도는 변하지 않았어요." 나는 그가 옳다고 생각했다. 그리고 나는 그가 시에 관한한 엄청난 보수주의자임을 알아차렸다. "정치적인

면에서는 진보적이지만 예술적으로는 보수적이예요.”
내가 자신을 보수주의자라고 생각하는 것이 부당하다고 느꼈는지
그는 이렇게 말했다. 그리고 그의 ‘시론’ 강의가 시작되었다. 시의
보수성은 궁극적으로 자유로워야 된다는 것이다. 시를 지킨다는 것
은 자유를 지킨다는 것이다. 따라서 시는 보수적이어야 한다. 그래.
시를 지킨다는 것과 자유에 관한 얘기는 김수영에서 읽은 것 같다.

　시인들은 시를 창작하는 과정에 대해 물어보는 것을 가장 좋아한
다. 이것이 내 짧은 경험에서 우러나온 식견이라면 식견이다. 나는
그에게 시는 어떻게 쓰느냐고 물었다. 그는 시는 쓰는 분위기를 조
성해야 한다고 말했다. 그럼, 그 분위기는 어떻게 조성하는가? 그는
얼굴에 웃음을 가득 띠고 말했다. “우선 몸을 풀어야지……. 약간 들
떠야하지 않아요? 직업이 있으면 그게 안 돼. 그게 불행이야. 약간
들린 상태(아마도 빙의 상태를 말하는 것이리라)를 계속 만
들어가면서 사물들을 천진하게 보는 거지. 분위기 조성하
는 그때가 참 행복하지 않나요?” 반말과 존대말을 적당히 섞어가며
말했다.

　시켜놓은 막창도 소주도 거의 줄지 않았지만 우리는 자리를 바꾸
었다. 흑맥주를 오래 팔아온 집으로. 그 집에서 나는 그가 시인이 되
기까지의 과정을 들을 수 있었다. “어린 나이에도 인생이 싫었
어요/섬/우리집이 화목하지 않았는데/1897년생 할머니/그 할머니

의 언어가 전혀 다른 언어가 아니겠어요/당연하게도 죽음이 옆에 있다는 그런 감각들이 있지 않았을까요/떨어진 사람에 대한 그리움." 이것은 모두 그가 한 말 그대로이다. 물론 앞 뒤를 잘랐지만 말이다. "인천으로 이사해서는 적응을 잘 했어요?" 그는 열세 살 때까지 덕적도에서 살았다. 이 질문이 내가 그에게 한 질문 중에서 가장 과격한 질문이 아니었던가 싶다. "의식적으로 적응했죠. 내면으로는 잘 안 됐지만… 애들이 무시하고. 선생까지도……." 그는 "선생까지도"를 정확히 세 번 반복했다. "정말 속 보이는 선생님들이… 알까요? 차별이 제일 나쁜 건데." 음악 소리에 묻혀 그의 말은 그 정도밖에 들리지 않았다. 그리고 고등학생 때의 문예반 활동에 대한 얘기, 서울예대에서의 대학생활에 대한 얘기를 그는 경쾌하게 들려주었다. 고등학교, 대학교 때의 얘기에는 별로 나쁜 감정, 혹은 아픈 감정 같은 것이 섞여 있었던 것 같지 않다.

　그때, 그가 집에 핸드폰을 하겠다고 했다. "집에 애들만 있거든요." 나는 그를 빨리 놓아주어야만 할 것 같다는 생각이 들었다. 그보다는 그의 부인를 생각해서. 그의 부인은 유명 연애인을 남편으로 둔 사람의 심정, 그 비슷한 것을 느끼면서 살지 않을까 싶은 생각이 문득 들었던 것이다. 나는 계획하고 있는 시가 있는가 하고 물었다. 나로서는 얘기를 마무리해야겠다 싶어 물었던 것인데 그는 너무나 엄숙한 표정으로 진지하게 대답했다. "언어를 쫓아가는 게 아니라… 말하기가 좀 그런데… 어떤 상황, 어떤 언어… 언어들이 당기는……." 나는 그의 말을 잘 이해할 수 없었지만 그가 계획하는 작업이 지금까지 해온 것들과는 상당히 다르다는 느낌을 받았다. "다르죠. 다를 수도 있고 과격할 수도 있고. 또 하나는 강한 정신, '도덕성' 같은……." 나는 다시 물었다. "도덕성이 시가 되나요?" 그는 이번에는 한참 뜸을 들였다. 그렇게 진지하게 그렇게 신중하게 얘기하는 것은 처음이었지싶다. "김수영적인 어떤 건데 기본적인 '자기고발' ……. 이번 시집(『왼쪽 가슴 아래께에 온 통증』) 내면서 '청산 됐다' 는 느낌이 들었어요. 미당은 첫시집 『자화상』으로 자기 치료를 한 건데… 나는 이 시집을 통해 자기 치료를 한 느낌을 어렴풋이 받았어요. 빨리 털어냈어야 하는 건데……." 얘기하는 그가 진지했을 것은 당연하지만 나도 그의 이 얘기들을 무척 진지하게 들었다. 그가 자신의 시세계에 있어 무척 중요한 전기를 만들어가고 있는 중이구나 하는 느낌이 들었기 때문이다. 솔직히 나는 그의 시집 네 권을 읽으면서 약간의 싫증이 났다고 할까, 조금 답답하다고 할까 하여튼 그런 걸 느꼈었기에 그의 발언은 무척이나 중요하게 들렸다.

그때 전화가 왔다. "금방 걸 거야. 집으로. 알았어." 단 세 마디를 하고 그는 전화를 끊었다. 전화를 건 사람이 누구든 그가 일어나야만 한다는 것은 어쩔 수 없는 사실인 것 같았다. 그러나 그는 자리를 금방 털고 일어나지는 않았다. "시를 쓰기는 쓸 것 같아요. 끝까지. 그래도 역시 시다 하는 생각이 들어요. 시를 가볍게, 하찮게 생각해 볼까도 했지만… 시가 좋아요. 시가 매력적이고. 미래성도 있다고 보고. 시는 벤처적인 것 같아요. 시라는 장르를 지금보다 더 중요하게 여길 때가 올 거예요. 자기 위안일 수도 있지만……. 그때를 생각하면 시의 고유한 것을 지키고 있어야 할 것 같아요. 벤처는 모험을 중요시하는데, 모험을 배우려면 시를 알아야 하니까.”

시에 대한 그의 보수주의를 확인하며 나는 자리에서 일어났다. 그는 아이들에게 무얼 사가지고 갈까 걱정하면서 돌아갔다. 나는 그와 술판을 벌였다면 어떤 얘기들이 오갔을까 그의 대화는 얼마나 재미있었을까 그런 생각을 하면서 돌아왔다. 지금 상상해 보건데, 그와 술을 마셨다면 우선 그의 ‘반말’ 세례를 받았을 것 같다. 듣는 사람까지 자연스럽게 말을 놓게 하는 귀여운 반말. 그리고 그의 ‘잘난 척’을 많이 보았어야 할 것 같다. “술만 마시면 너무 솔직해져서…….” 라고 말하는 그의 ‘잘난 척’을…(이 ‘잘난 척’은 그가 한 말이지 내가 한 말이 아니다. 오해 없기를!). 물론 덤으로 영화의 주인공으로 캐스팅 된 적이 있다는 그의 그 멋진 얼굴도 맘껏, 실컷 볼 수 있었을 것이다. 그리고 무엇보다 귀가가 불투명했을 것이다. 이런 점에서 그날 그의 독감은 내게 다행이기도 했고 불행이기도 했던 것 같다. 그나저나, 그가 늦게 들어왔다고 아이들에게, 또 그의 부인에게 혼이 나지는 않았어야 할텐데…….

〉〉〉2002년 11월

악수

가을 햇살은
모든 것들을 익어가게 한다
그 품안에 들면 산이며 들
강물이며 하다못해 곡식이며 과일
곤충 한 마리 물고기 한 마리까지
익어가지 않고서는 배겨나지를 못한다

그리하여 마을의 집들이며 담장
마을로 뚫린 꼬불길조차
마악 빵 기계에서 구워낸 빵처럼
말랑말랑하고 따스하다

몇 해 만인가 골목길에서 마주친
동갑내기 친구
나이보다 늙어 보이는 얼굴
나는 친구에게
늙었다는 표현을 삼가기로 한다

이 사람 그 동안 아주 잘 익었군
무슨 말을 하는지 몰라
잠시 어리둥절해진 친구의 손을 잡는다
그의 손아귀가 무척 든든하다
역시 거칠지만 잘 구워진 빵이다.

1945년 충남 서천 출생. 공주사범대학교 졸업. 충남 공
주시 상서초등학교장 재직. 1971년 〈서울신문〉 신춘문
에 당선. 흙의문학상, 충청남도문화상, 현대불교문학
상, 박용래문학상, 시와시학 작품상 수상. 시집 『대숲
아래서』 『누님의 가을』 『막동리 소묘』 『굴뚝각시』 『아

버지를 찾습니다』 『그대 지키는 나의 등불』 『추억이 손짓하거든』 『딸을 위하여』 『풀잎 속 작은 길』 『슬픔에 손목 잡
혀』 『섬을 건너다보는 자리』 『산촌엽서』 등. 시화집 『사랑하는 마음 내게 있어도』.

비단강가에서 듣는 비단 같은 얘기들

"고속버스 타고 내려오는 사람이 더 정겹습디다." 내가 어디로 어떻게 가면 되겠는가 하고 물었을 때 나태주 시인이 한 말이다. "더 정겹습디다." 그 말에 끌려 나는 일요일 아침, 고속버스를 탔다. 새벽에 내리던 비가 그치고 더없이 맑은 가을 하늘이 드러나고 있었다. 나는 전에 꼭 한 번 나태주 시인을 본 적이 있다. 〈시와시학사〉에서 열린 출판 기념회에서였다. 그러나 나는 그에 대해 특별한 인상을 가지고 있지 않다. 아마도 그 출판 기념회는 여러 시인들의 시집 출간을 함께 축하하는 자리였던 것 같고, 또 다른 행사 끝에 2부로 열린 것 같기도 하다. 그 날 그 자리에서 그가 어떤 말과 행동을 했는지 아무리 기억해보려 하여도 특별히 기억나는 것이 없다. 그냥 근엄한 표정을 짓고 있는 '아저씨' 였던 것 같다고 하면 너무 실례가 될까?

공주 고속버스 터미널에 내려서 사방을 두리번거려 본다. 그러나 나를 마중 나온 사람은 없다. 다시 나태주 시인께 전화를 한다. 미안하지만 택시를 타고 '새이학' 이란 곳에 좀 가 있으라고 한다. 나는 조금 당황한다. '새이학' 이라……. 금강이 내려다보이는 음식점에 앉아 그를 기다린다. 무슨 얘기를 해야 하나. 나태주 시인이 말수가 많은 사람이었으면 좋겠다는 생각을 해본다. 그리고 그의 시집을 꺼내 읽는다. 10분쯤 지났을까 카운터 쪽에서 소리가 난다. 음식점 주인과 나태주 시인이 인사를 나누고 있는 모양이다. 나는 벌떡 일어나 그에게로 간다. 2층에 '내 방' 이 있다고 거기로 올라가자고 한다.
　2층에서 바라보는 금강은 또 모양이 다르다. 음식은 어떨지 몰라도 풍광으로만 치면 공주에 이만큼 좋은 곳이 있을 것 같지 않다. "이 방이 왜 내 방이냐면, 여기에 내가 쓴 시가 있어요." 자리에 앉으면서 나태주 시인이 말한다. 액자 속으로 제법 긴 시가 보이고 시 끝에 "김혜식 여사님을 위하여 나태주가 적었습니다"는 글귀가 보인다. 자리에 앉자마자 그는 들고온 가방에서 무언가를 꺼낸다. 그리고 내 이름을 확인한다. 아마도 책에다 이름을 써주려는 것이리라.

붓펜을 꺼내 시집 안쪽에다 무언가를 한참 쓴다. 시집 두 권, 산문집 한 권, 시 선집 세 권, 모두 여섯 권의 책을 내게 준다. 나는 재빨리 물어 본다. "거의 1년에 한 권 꼴로 책을 내셨지요?" 이 질문에는 "무슨 시집을 그렇게 많이 냈냐?"는 비난과 그의 부지런함에 대한 경원이 함께 들어 있다(그는 1973년에 첫 시집을 낸 이래 올해 스물 세 번째 시집을 냈다. 시선집에 산문집까지 포함하면 그의 저작은 서른 권이 족히 넘을 것이다). 그는 즉각적인 대답 대신 이 선집은 전집이 아니라고 말한다. 그의 말에서 나는 언젠가 전집도 내겠다는 뜻을 읽는다. 앞으로도 열심히 시를 쓰고 또 시집을 내리라는 뜻도 함께.

"별로 시 쓰고 싶은 마음이 없어요." 그가 뜬금없이 이렇게 말한다. 나는 그를 쳐다본다. "그래도 쓰지요." 그가 높낮이 없는 톤으로 계속 말한다. 요새는 서정 형식보다 서사 형식이 유용하다고 생각한다. 서정 형식은, 정신 세계를 표현하는데 시보다 좋은 것은 없다. 그러나 따뜻한 것을 보여줄 때는 조금 불편하다. 좀더 친절하고 따뜻하기 위해서는 서사 형식이 필요하다. 이렇게 만나자마자 별다른 서론이 없이 바로 본론이 진행된다. 그의 시선은 줄곧 비단강(그는 금강을 이렇게 불렀다)에 가 있다. 그래서 그의 얘기는 독백처럼 들린다.

"『문장』이라는 잡지도 있었고 『문장강화』라는 책도 있었는데, 이 '문장' 이라는 것이 독특하며 독립된 세계라는 생각이 든다." 그의 독백이 계속 된다. "어떤 강은 물이 모래밭을 할퀴며 가는데, 비단강은 물이 모래밭을 훑으면서 간다. 서서히 뜨거워지는 여자처럼……. 그런 강을 알려면 많은 강을 돌아봐야 한다. '말'의 다음 세계를 열고 들어가는 것이 '문장'이다." 나는 이런 식의 그의 화법이 몹시 낯설다는 생각을 한다. 이렇다면, 계속 이런 식으로 얘기한다면 그와의 '의사소통'은 불가능하겠구나 하는 생각도 한다. 그는 애초에 '의사소통'에 관심이 없는 것처럼 보인다. 그냥 그의 얘기를 하면 될 뿐인 것처럼. 나는 그의 "훑으면서 간다. 서서히 뜨거워지는 여자처럼"이라는 말에 마음 속으로 밑줄을 친다.

"시형식은 어차피 기·승·전·결이다." 그의 시강의가 이어진다. 주문한 음식이 들어왔건만 그는 음식에는 아무런 관심도 없다. 그가 워낙에 열강을 하였으므로 나는 밥상을 받아놓고도 한참 동안 숟가락을 들지 못한다. "그대가 내게 소중한" 어쩌구 하는 시를 한참 외우다가 문득 이렇게 말한다. "그 시도 시원찮아요. 사실은. 제 시는 미당이나 목월 선생에 비하면 B급이죠… 소월한테도 그렇구요. 윤동주는 시가 되다 말았어요." 그의 시선은 여전히 비단강에 가 있고, 그의 말은 여전히 독백이다. 만난 지 10분밖에 되지 않았건만 얘기 내용은 벌써 절정에 도달해 있다. 아니, 그의 말은 처음부터 절정이었다. 그러나 그 절정은 뜨겁지 않다.

소주가 한 병 오고, 우리는 잔을 주거니 받거니 한다. 그러나 그는 말의 속도를 늦추지 않는다. 술 먹으면 잔소리하는데 하는 말을 했을 뿐, 다시 시 강의로 돌아간다. 인생도 시도 세차게 흘러가는 강물을 건너가는 것이다. 발 벗고 건너갈 수가 없으니까 징금다리를 놓는 것이다. 첫 번째 징금다리는 자기가 놓고, 그 징검다리 위에 서서 강물이 다음 징검다리를 떠올려 줄 때까지 기다려야 한다. 그때 미숙하거나 성격이 급한 사람은 빨리 건너려고 마음 속으로만 징검다리를 놓고 강물을 건넌다. 그러다가 물에 빠진다. 강을 건너가는 사람도 있지만 그는 건너갔지만 못 건너간 것이다. 그의 말은 무척 쉬운 언어와 비유로 이루어져있음에도 불구하고 나는 그 속 깊은 뜻을 헤아리지 못한다. 그의 말이 맞을 것도 같고 아닐 것도 같다는 생각, 그런 생각을 해 본다. 그러나 이 말만은 새겨 듣는다. "다 어렵게 갔지. 그 세찬 강물을. 두렵고, 어지럽고, 자신 없게."

"다시 사람으로 태어나고 싶은 생각이 없어요." 이렇게 무거운 말을 그는 아무렇지도 않게 내뱉는다. "사람, 두 번 하기 싫어요." 나는 조심스럽게 묻는다. "고통스러워서요?" "사람이 고통스럽죠. 우리 같은 사람은 도통할 수가 없어요." 그가 전혀 고통스럽지 않은 표정으로 말한다. "나는 너무 많은 일을 하고 너무 많은 쓰레기를 남겼어요." 나는 이때다 싶어 묻는다. "상 받는 것도 쓰레기 만드는 일인가요?" "상은 찬물 한 그릇이라도 좋지요. 자기를 인정해주는 것이고 자기를 평가해주는 건데. 세상에 대해 고맙죠. 그러나 기쁘면서도 슬프죠." 그리고 또 알 것도 같고 모를 것도 같은 말을 한다. "상 받고 너무 기뻐하면 독이 돼요."

"사람이 얼마나 어리석고 불쌍해요?", "인생이 좋은 게 어디 있어요?" 툭툭 내던지듯이 그러나 진지하게 그가 이렇게 말한다. 나는 정

말로 그렇게 생각하세요 묻어 싶어진다. 그의 표정이 너무나 편안하기 때문이다. 그러나 그의 대답이 너무나 뻔하므로 나는 묻지 않는다. 그가 어떤 체계를 가지고 말하는지 어떤 얘기를 들려주고 싶은 것인지, 나는 여전히 파악하지 못한다. 내게 그의 말들은 여전히 일방 통행의 말처럼 들린다.

"나는 여자 찬미론자예요. 여자는 완전해요. 남자는 불완전하지요. 자연은 본래 여자로 태어났어요. 남자는 불완전한 상태로 태어나서 엉뚱한 짓만 하다가 불완전한 상태로 가는 것이지요. 세상을 알기에는 남자가 좋고 깊은 뜻을 알기에는 여자가 좋지요. 여성은 아름답고 고귀한 존재라 함부로 해서는 안 돼요." 그의 이 말들을 상징으로 알아들어야 할지, 아니면 그냥 사실 그대로 받아들여야 할지 나는 잠시 혼란에 빠진다. "사모님한테 무척 잘해 주시겠네요?" 나는 일부러 그의 얘기를 현실로 끌어내려 얘기해본다. "성질 나면 잘 못해 주지만 대게는 잘 해주지요. 지금도 마누라 생각하고 있는데……." 그러다 또 느닷없이 이렇게 말한다. "시인이 개고기지." 그리고 그는 교장실에 있을 때도 늘 문을 열어 놓는다고 말한다. 내가 어떻게 나를 믿겠는가 하는 것이 문을 열어두는 이유란다. "고등학교에 갔으면 일찍 죽었겠지. 눈이 피로하고 ○○이 딸려서." 나는 ○○이 딸려서 하는 말은 정확히 듣지 못한다. 그러나 그냥 넘어가기로 한다.

몇 잔 마신 소주 때문인가, 아니면 서로 얼굴이 좀 익어서인가 그의 표정이 좀더 부드러워진다. 그리고 창 밖만 바라보던 그의 시선이 종종 내 얼굴로 와 멎는다. 인생에 사낙(四樂)이 있는데… 그의 강의가 이어진다. 일 낙은 시골에 사는 것, 이 낙은 시 쓰는 것, 삼 낙은 초등학교 선생하는 것, 사 락은 차가 없는 것. 그의 시를 읽어본 사람이라면 그가 왜 시골에 사는 것을 일 낙이라고 하는지 금방 알 수 있을 것이다. 그의 시는 '시골'이 만들었다고 해도 과언이 아니다. 그는 바이런이 "시를 모르고 갔다면 세상에 나와서의 가장 고귀한 기쁨을 모르고 가는 것"이라고 했다면서 시 쓰는 것이 대단한 것이라고 말한다. 또 초등학교 학생들은 가소성이 제일 강한 아이들이라서 좋다고 한다. 그래. 그렇게 생각하지 않는다면 그가 오직 한 길, 시골 초등학교에서 선생님을 하면서 시를 쓸 수는 없을 것이다. 그러나 나는 차가 있으면 또다른 낙도 있을 수 있다는 생각을 잠시 해 본다. 그는 차가 없는 것이, 그래서 버스를 타고 다니는 것이 인생의 보너스라고 하지만 말이다.

나는 식탐이 많은 사람이라 그가 하는 말들을 받아 적는 한편 부지런히 젓가락질을 한다. 그는 간간이 내 술잔에 술을 따를 뿐, 식사에는 관심이 없는 것 같다. 시인은 사람과 자연한테 배워야 해요. 바람이 시를 쓰라고 몹시 흔드는 거예요. 나무는 가지가 없더라도 시인은 가지와 이파리를 많이 뻗을 필요가 있어요. 특별한 계기는 없었던 것 같은데 시와시학상을 심사한 심사위원들 얘기가 잠깐 나온다. 그는 운이 좋았다고 말한다. 얘기가 자연스럽게 여러 문인들에 대한 얘기로 이어진다. 몇몇 시인들에 대한 평도 나온다. 누구는 젊은 사람들이 많이 따르고 누구는 젊은 사람들이 잘 안 따른다는 그런 얘기도 한다. "나는 사람 수준 안 가려요." 그가 말한다. "학력이 짧기 때문에 가능하지요. 시를 좋아하는 사람은 무시하지 않아요. 시의 기교를 보지 않고 마음을 보지요." 순간, 그의 얼굴을 다시 한번 쳐다본다. 아, 이런 사람이구나 하는 감탄. 그런 것이 인다.

"시의 품목은 그리움, 애닲음 밖에 없어요. 시를 써서 인생이 불행하다거나 행복하다거나 하는 것은 말도 안 돼요. 시는 인생 그 자체지요." 내용은 심각하지만 그의 표정은 차라리 장난스럽다. 나는 그에게 말한다. 생각했던 것보다 안 점잖다고. 그는 다시 장난스러운 표정을 지으며 말한다. 나는 부뚜막에 올라가는 강아지 같다. 여자가 예쁘면 가만 안 둔다. 하긴 그러고보니 그가 "섹스"라고 말하는 것을 수 십 번은 들은 것 같다. 그러나 그가 특별히 성에 관한 얘기를 많이 한 것 같지는 않다. 그저 "섹스"라는 말을 많이 했다고 해야 할 것 같다.

"그래도 곱게 살고 싶다." 맥락을 알 수는 없는 말을 그가 한다. "마누라한테 더 잘 해주고 싶고… 가끔은 순대도 사주고 싶고, 향정살도 사주고 싶고… 밥을 먹을 때 음악도 틀어 놓고……." 부인한테 잘 해주고 싶다는 얘긴가보다 하면 어느새 화제는 음악으로 바뀌어 있다. 나는 클래식도 좋아하지만 유행가도 많이 좋아한다. 그래서 음악 얘긴가 하면 다시 화제가 바뀌어 있다. "하루하루가 바쁘지요." 그리고 다시 뜬금없이 이렇게 말한다. "세상은 참 좋잖아요? 나는 세상이 참 아름답고 즐겁다고 생각해요. 나는 세상한테 많은 축복을 많았어요. 조금은 돌려주고 싶어요. 만물에 대한 존경이 내 시의 끝이에요.”

　나는 선생님이 쓰신 그 많은 시들 가운데 어떤 시를 가장 좋아하나고 묻는다. 그는 없다고 대답한다. 말은 없다고 하면서도 시 한 편을 줄줄줄 외운다. “사랑하는 마음을 아끼며 삽니다”가 또렷이 들린다. 다른 사람들이 가장 많이 얘기하는 시라고 말한다. 그러면서 다른 사람들은 싸구려시를 좋아하는 것 같다고 한다. 그러면 선생님은 어떤 시가 좋은가 나는 다시 묻는다. 그는 『막동리 소묘』를 든다. 그래. 내가 나태주 시인이라는 이름을 또렷이 기억하게 된 것도 『막동리 소묘』 때문이었지. 그는 『막동리 소묘』를 통해 죽었다고 말한다. 이 말은 상징일 것이다. 그는 또 말한다. 『막동리 소묘』가 하나의 봉우리였다면 『산촌엽서』가 새로운 봉우리가 되었으면 좋겠다고.

　먹던 음식이 다 비워지기도 전에 국수가 나왔다. 나는 부지런히 젓가락질을 하지만 그는 도무지 먹지 않는 것만 같다. 그러나 어느 틈엔가 그의 그릇에는 국수가 남아 있지 않다. 나는 가난하다고 그가 말한다. 부자는 추하다고도 말한다. 누가 선생님을 가난하다고 생각하겠는가 하고 묻는다. 그는 그냥 이렇게만 말한다. 빈자일등(貧者一燈)의 마음으로 산다고. 그러다가 또 어느 맥락에 끼워 넣어 이해해야 할지 알 수 없는 말을 한다. “말도 안 되는 거지.” 무엇이 말도 안 된다는 걸까? 내게 그 말은 “내가 하는 말은 다 말도 안 되는 말들이다”처럼 들렸다. 아니면 무슨 뜻이었을까?

　그가 ‘물이 모래밭을 핥으며 가는 비단강’ 쪽을 오래 보고 있는다. 그러다 저기 좀 보라고 손가락으로 가리킨다. 글쎄……. 별 대단한

“학교는 왜 와?” “선생님 보려고.” “연습은
어떻게?” “실제같이” “실제는 어떻게?” “연
습같이”. 선생님이 “병아리” 하면 학생들이
“짹짹” 하는 것처럼 그와 나는 “학교는 왜

와?” “선생님 보러”를 몇 번 반복하면서 산
성을 내려온다. 그가 학교에서 어떤 교장 선
생님인지 조금은 알 것 같다는 생각도 하면
서.

풍경은 보이지 않는다. 그는 강가에서 놀고 있는 백로와 개 두 마리에 집중하고 있다. 나에게 그 풍경은 별 의미가 없었지만 그는 "백로를 쫓아다니는 두 마리의 개를 보았다"고 쓰라고 했다. 그렇게 말하고 보니 그 풍경은 그 나름대로 의미가 있는 것 같다. "천천히 보세요." 그가 천천히 말한다. 그러나 나는 비단강보다는 그의 얼굴에 더 관심을 가진다. 그는 너무나 천진난만한 얼굴을 하고 있다. 출판기념회 때 보았던 그 근엄한 표정은 어디로 간 것일까? 시를 외울 때마다 그는 정말 귀여운 얼굴을 했다. 안경을 썼다 벗었다하기도 하고 양손을 쥐었다 폈다하기도 했다. 아이들이랑 같이 생활한다고 해서 다 저렇게 천진한 표정을 짓는 것은 아니리라. 그러면 그의 저 얼굴 표정은 타고난 것일까?

문장은 엔트로피가 낮아야 된다. 내가 공주녹색연합 대표를 한다. 내 시는 난해하지 않은데 나는 난해한 사람이다. 그런 얘기들을 혼자말처럼, 혹은 강의처럼 한다. 또 "시는 고와야 되니까"라고 말한다. 얘기가 끝나는 분위기였는데 다시 얘기가 시작되는 것 같기도 하다. "내가 얼마나 음탕한 사람인데……." 이런 말도 다시 한다. 그리고 화가 에곤 쉴레의 작품에 대해서 얘기한다. 또 구스타브 쿠르베의 「세기의 기원」이라는 작품을 아느냐고. 여성의 음부를 그린 것이라고. 자신의 컴퓨터에 들어 있는데 원하면 파일로 보내줄 수도 있다고 한다. 글쎄… 이런 대화는 어떻게 반응해야 하는 것인지……. 그냥 웃자고 하는 얘기인지 진담으로 하는 얘기인지 그의 얼굴 표정으로는 도저히 읽어낼 수가 없다. 그렇게 애매하게 우리의 애기는 마무리된다.

음식점을 나와 공산성을 한바퀴 돌기로 한다. 휴일의 산성에서 그를 알아보는 사람들을 만난다. 그리고 그의 '강의'를 듣는다. 여뀌풀이 얼마나 아름다운지, 고마리는 또 얼마나 아름다운지 그가 열강한다. 그는 나와는 다른 눈을 가졌다. 이 평범한 것들을 이렇게 신기해하며 또 아름다워하다니. 그리고 또 즐거워하다니……. "학교는 왜 와?" "선생님 보려고" "연습은 어떻게?" "실제같이" "실제는 어떻게?" "연습같이" 선생님이 "병아리" 하면 학생들이 "짹짹" 하는 것처럼 그와 나는 "학교는 왜 와?" "선생님 보러"를 몇 번 반복하면서 산성을 내려온다. 그가 학교에서 어떤 교장 선생님인지 조금은 알 것 같다는 생각도 하면서.

고속버스를 기다리면서 그가 준 책들을 읽는다. 그가 나에게 했던 많은 애기들이 시집 속에, 특히 산문집 속에 고스란히 들어 있다. 이렇게 많은 애기를 했는데 내가 새로 무슨 애기를 할 수 있을까 하는 생각이 잠깐 든다. 그러나 똑같은 애기라도 그가 직접 입으로 하는 것과 내 손을 거쳐 하는 것은 다르리라 자위해 본다. 물론 그가 들려준 많은 아름다운 애기들이 내 손을 거치면서 많이 더럽혀졌으리라. 아무래도 나는 그만큼 세상을 보는 눈이 고운 사람은 아니니까. 그러나 한편 달리 생각해보면 서울 하이에나(그는 서울 사람들을 하이에나라고 했다. 자신의 시에도 그렇게 썼다고…)들의 마음을 시의 힘으로 정화시키는 것이야말로 그자 자임한 일이므로 그 더럽

힘이 그렇게 나쁜 것만도 아닐 것 같다. 곧 시상식이 있을 것이다. 그
러면 그는 이 고속버스를 타고 서울로 올라올 것이다. 오늘 다 못한
축하를 그 날 해야 할 것 같다.

〉〉〉2002년 9월

1940년 전북 장수 출생. 서라벌예대 졸업, 경희대 정외
과 수학. 1963년 성경의 유다 모티프를 도전적으로 재
해석한 단편 「아겔다마」로 『사상계』 신인상을 수상하
며 작품활동을 시작했다. 1969년 캐나다로 이민을 떠
난 그는 1973년 『죽음의 한 연구』를 발표한 이후 20여 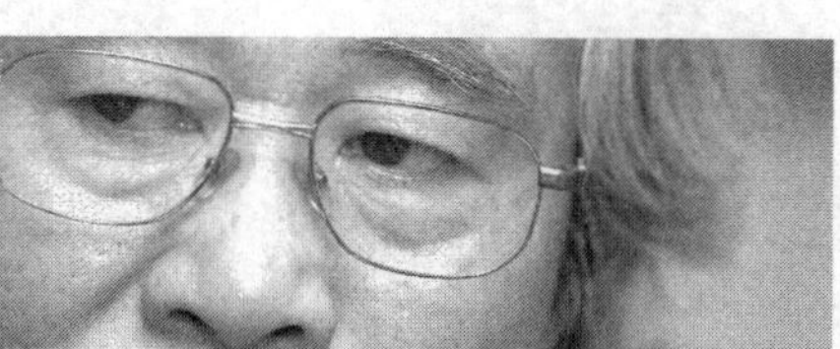
년간 『칠조어론』 집필에 전념하면서 인간 존재의 문제를 죽음과 재생의 측면에서 탐사해왔다. 그의 문학은 동서고금
의 종교 신화 철학을 아우르는 심오하고도 방대한 사유체계와 우주적 상상력으로 전개되는 거대한 스케일, 그리고 독
보적인 문체로 한국문학의 지평을 광대한 차원으로 확장시켜왔다. 장편소설 『죽음의 한 연구』, 『칠조어론』, 『神을 죽인
자의 행로는 쓸쓸했도다』. 소설집 『열명길』, 『아겔다마』, 『평심』, 『잠의 열매를 매단 나무는 뿌리로 꿈을 꾼다』. 산문집
『산해기』 등.

소설가, 아니 종교가,
아니아니 교주

과년한 처자가 남정네 혼자 있는 집에서 열 한 시가 넘도록 있었다면 흉이 될라나 안 될라나. 그 처자가 술에 취해 비틀거리며 그 집을 나왔다면 흉이 될라나 안 될라나. 딱히 즐거운 것도 아니었는데, 딱히 해결해야만 할 일이 있는 것도 아니었는데 그냥 그렇게 되어버렸다면 그 처자를 우습다고 할라나 안 할라나. 어쨌건 이 글은 어느 구월의 한 날, 그 처자가 밤늦도록 소설 쓰는 남정네와 단둘이 마주 앉아 나눈 얘기들을, 그리고 이야기를 둘러싼 공기의 일부를 기록한 것이 된다.

　나의 사전 조사에 의하면 박상륭 선생은 최근 『잠에 열매를 매단 나무는 뿌리로 꿈을 꾼다』를 내고 문단의, 아니 언론의 주목을 받고 있어서 여기저기서 인터뷰를 한 것으로 되어 있었다. 만나자마자 최근에 인터뷰를 많이 하셨지요 하고 물었더니 스무 번 정도 했다고 했다. 오늘 오전에도 인터뷰가 있었다면서. 그 소리를 듣고 나는 호흡을 한 번 가다듬었다. 흡—하고. 인터뷰를 많이 했다는 건 그만큼 주목을 받고 있다는 소리일텐데 최근의 이러한 현상이 기쁘지 않으냐고 물었다. 그는 아무 느낌도 없다고 말했다. 관심을 기울여 주는 것이 기분 좋은 것은 사실이지만 특별히 느낌은 없다고 했다. 심지어 상을 받았을 때도(그는 1999년에 『평심』으로 김동리 문학상을 받았다) 하나도 기분 좋지 않았다고 했다. 그 이유에 대한 그의 설명은 제법 길었지만 그가 말한 이 한 마디면 그의 심정을 다 전달할 수 있으리라 생각된다. "상을 받기로 말하면 그 이전에 다 받았어야죠."

　내가 그에 대해 가진 또 하나의 정보는 요즘 그의 이름을 건, 혹은 그의 소설 제목을 건 인터넷 커뮤니티가 많다는 것이었다. 그런 커뮤니티에 모인 사람들은 "박상륭교의 교도(教徒)"를 자처하는 젊은 이들이 대부분이다. 이렇게 젊은층에서 그의 소설을 광적으로 즐기는 팬이 많은 이유가 뭘까? 질문을 바꾼다면, 왜 나이가 든 사람들은 그의 소설을 잘 읽어내지 못했을까?(이 질문은 또 왜 그가 진작에 더 주목받지 못했을까 하는 것과 일맥상통하는 것이라는 점을 그는 충분히 눈치 챘을 것이다). 그는 나이든 사람들이 대해 이러저러한 말을 했는데 그의 말에서 나는 그간의 외로움이랄까 서운함이랄까 그런 것들을 한꺼번에 다 느낄 수 있을 것만 같았다.

그는 당뇨 때문에 먹지 못한다면서도 쿠키와 포도를 테이블 위에 잔뜩 내어놓았다. 그리고 커피를 뽑아서 들고 왔다. 지난 주 사모님이 캐나다로 들어가서 그는 혼자 생활하고 있다고 했다. 그도 곧 캐나다로 갈 것이라고 했다. 가서 한 일 년 정도 있을 예정이라고. 나는 캐나다에 가면 무엇을 할 것인가 물었다. 딱히 궁금해서 물어보는 것이 아니라는 것을 눈치챘기 때문일까 그는 "걸어다닐 겁니다." 이렇게 대답했다. "걸어다닐 겁니다." 이 말은 내게 오래 여운을 남겼다.

그를 만나기 전 나는 두 가지가 매우 궁금했었다. 첫째는 그의 말투가 어떨 것인가 하는 것이고 둘째는 그의 일상사가 어떨까 하는 것이었다. 그의 소설을 읽으면서 내가 혼자 상상해 본 박상륭이라는 소설가는 매우 짓궂으며 말씨와 사유가 몹시 독특한 사람일 것 같았기 때문이다(한국에서 제일가는 소설가가 누구냐고 물으면 여러 가지 대답이 나올 수 있겠지만, 제일 개성 있는 작가가 누구냐고 물으면 모두가 '박상륭'이라고 대답할 것이다). 다른 건 몰라도 그의 말씨에 관해서라면, 나는 그의 말씨가 너무나 단정해서 오히려 놀랐다. "합니다요" "그럴 겁니다요" "―것은 아니죠"를 자주 쓰는 것, "모르죠" "이런 식인데요" 할 때의 억양이 독특하다는 것을 빼면 그의 말씨는 평범했다. 그렇다면 소설의 그 이상한 말투들은 다 어디서 나온 것일까? 그는 '유리'('유리'는 그의 작품 『죽음의 한 연구』에 등장하는 공간이다)의 언어라고 했다.

나는 그의 소설이 프랑스어로 번역되고 있다는 기사를 읽은 생각이 나서 선생님의 작품은 번역이 쉽지 않겠다고 했다. 영어로라면 그가 직접 번역을 해 보는 것도 좋겠지만 말이다. 그는 자신이 영역(英譯)을 하면 때로 콩글리시가 나와서 어렵고, 큰 딸이 영어를 아주 잘하니까 딸과 함께 작업을 하면 좋은 영역이 될 것이라고 했다. 그러나 자신의 소설에는 딸하고 마주 앉아서 번역할 수 없는 내용이 많다고 했다. 하긴, 그 많은 성애의 장면을 다른 사람도 아니고 딸과 같이 얘기하기는 어려울 것이다. 그 장면들이 단순히 남녀관계를 얘기하자는 것이 아니라 더 깊은 뜻을 품고 있다고 해도 말이다.

"야심이 있을 때는 읽고 쓰고 했는데 언제부터 야심이 없어서……. 지금은 희망도 공포도 없는 상태입니다." 이것은 내가 그에게 하루 일과를 물었을 때 그가 한 대답이다. 그는 즐거운 것도 별로 없고 하고 싶은 것도 별로 없다고 했다. 그렇다면 그 전에는 어떤 야심을 가졌었다는 걸까? 그는 자기에게 세계를 구하려는 메시아 콤플렉스가 있었으며 그래서 종교에 대해서 공부를 하게 되었다고 했다. 그리고 '신'의 개념을 재정립하려는 자신의 시도에 대해 길게 설명했다. 나에게는 그 얘기가 지루하기도 했고, 또 오전에 다른 곳에서 인터뷰를 하면서 그 얘기를 했다니 내가 그것을 반복할 필요는 없을 것 같아서 그 얘기는 자세히 쓰지 않으려 한다. 사실, 그가

들려주는 얘기들은 여기저기서 이미 읽은 것들인 것 같아서 뭔가 새
로운 얘깃거리를 유도하지 않으면 안 되겠다는 생각이 의식적으로
그런 얘기들에 주목하지 않게 했는지도 모르겠다.

　어쨌든 그는 신의 개념을 재정립하고 있는 중이며 그것을 지금 글
로 쓰고 있다. 그래서 나는 조금 심술을 부려서 쉽게 써야지 많은 사
람들에게 퍼지지 않겠냐고 했다. 그는 내게 『심경』(아마도 송나라 진
덕수의 심경(心涇)을 말하는 것이 아닐까?)을 아느냐고 물으면서 그 생
각은 그 언어로밖에 표현 못한다고 했다. 고급한 깊은 생각은 시
중 언어로는 되지 않는다고. 나는 『성경』과 『불경』은 쉬운 언어
로 되어 있지 않으냐고 되물을 수밖에 없었는데, 그는 『성경』 속에는
깊은 철학이 없다면서 자신은 힌두교 경전이나 밀교 경전 같은 걸 애
기하는 것이라고 했다. 그리고 '밀교'에 대한 자세한 얘기가 이어졌
다. 그러나 이 밀교 얘기 역시 다른 글에서 읽은 적이 있으므로 여기
서는 자세히 쓰지 않는다. 최근에만도 스무 번이나 인터뷰를 했다니
뭐 새로운 얘기가 있을까마는.

　그의 밀교에 대한 얘기, 선(禪)에 대한 얘기, 불교에 대한 얘기가 오
래 이어지는 동안 나는 이렇게 종교에 깊은 관심을 가진 사람이 어떻
게 소설가가 되었을까를 생각했다. 그는 "문학에 크게 희망을 가
져 본 적이 없어요."라고 말해서 나를 놀라게 했다. 나는 그러면
서도 선생님은 소설가가 아닌가 하고 묻지 않을 수 없었다. "소설
은 설득력이 있는 재미있는 바퀴죠. 석가모니도 바퀴죠."
그때도 그랬지만 지금도 나는 이 말의 뜻을 정확히 이해하지 못한

다. 나는 바퀴의 의미를 묻는 대신 왜 시가 아니고 소설인가 하고 물었다. 그는 시는 그릇이 무척 작다고 답했다. 달을 썰어서 반 조각 담으면 꽉 찬다고. 시는 그렇게 큰 주제를 담을 수 없거나 담으려면 애매모호해질 것이라고 했다. 내가 시인이란 걸 의식해서일까, 그는 한국 소설은 시에 육박하지 못하는 느낌이라고 했다. 한국어는 아직 세계화를 치르지 않은 언어여서 비유하자면 지하자원이 풍부한 언어라고 했다. 한국어가 무궁무진한 지하자원을 지니고 있음에도 불구하고, 한국 소설에서 좋은 작품이 안 나오는 이유는 한국작가들이 너무 서구적으로 쓰려고 하기 때문이라는 것이었다.

테이블 위의 쿠키와 포도가 거의 줄지 않았는데 그는 다시 한과를 가지러 주방으로 갔다. 그가 테이블로 돌아오는 동안 나는 이 인터뷰를 조금 가볍게 해야겠다고 생각했다. 그가 가지고 있는 생각은 그가 글로 쓸 것이고 또 그것만이 가장 정확할 것이기 때문이었다. 나는 그저 그의 인간적인 면모를, 그의 생활하는 모습을 담담히 써내면 되지 않을까 하는 생각, 그런 생각을 했다. 그래서 나는 일부러 화제를 가벼운 걸로 던졌다. "캐나다의 자연은 정말 아름답지요?" 그리고 나는 캐나다의 록키 산맥에서 보름간 야영을 하면서 여행을 한 적이 있다고 했다. 캐나다가 어땠냐고 묻기에 나는 영화에서 하도 많이 봐서 그런지 전혀 생소하지 않았다고 했다. 그의 표정이 진지해지면서 그렇다면 내가 전생에 거기에 갔다온 모양이라고 했다. '전생'이란 말이 그때 내게는 너무나 생경하게 들렸다. 전생에 대해서도 공부를 했냐고 물었더니 전생에 관해서는 읽어볼 필요가 없다고 했다. 뒤돌아 볼 때에만 운명론이 의미를 가진다는 말도 했는데 그 말의 의미도 나는 정확히 이해하지 못했다. 다만 낯선 장소가 낯설게 느껴지지 않는다면 전생에 가 봤다는 것말고 어떻게 해석을 하겠냐고 했던 말만 기억에 남아 있다.

어떤 얘기를 해도 그와의 대화는 가벼워지지 않았다. "여행 좋아하세요?" 이렇게 물으면, 그는 "내가 『노자』를 잘못 읽어서 그래요. 문밖에 나가지 않고도 다 안다고…….." 라고 대답했다. "아침에 몇 시에 일어나세요?" 라는 나의 이 싱거운 질문을 그는 이렇게 무겁게 받았다. "늙으면 잠 많이 못 자요. 스물 네 시간 자고, 스물 네 시간 깨어 있고 그래요. 전문적으로 자는 일도 잘 없고… 2, 30분 자고 깨고 그래요. 그 대신 낮 동안 꼴딱꼴딱 졸지요. 늙는다는 게 그런 거예요." 그때 나는 이 분이 정말 특이한 사람이구나 하는 생각을 했던 것 같다.

나는 갑자기 그에게 언제가 가장 즐거운지 물었다. 문득 오늘 우리의 대화가 너무나 건조하고 높낮이가 없다고 느껴졌기 때문이다. 더구나 그의 대화에 유머 같은 것은 없었다. 여기에 생각이 미치자 그에게 즐거운 일이란 어떤 것이 있을 수 있을까 하는 의문이 들었던 것이다. 그는 뜻밖에 "지금 같은데요"라고 대답했다. 나는 그가 이 시간을 즐거워하고 있으리라는 생각지 못했었다. 전에는 담배, 술 이런 걸 했는데 지금은 그걸 안 하니까 인생의 즐거움이 없어진 셈이라고 했다. 나는 다른 즐거운 일들을 찾았는지 물었다. "잘 모르겠어요. 인생에서 뭐이 즐거운지 잘 모르겠어요." 너무나 건조한 대답이었다.

　나는 그 건조함이 견디기 힘들었고 그래서 '노래방'에 가 보셨냐고 물어보았다. 우선 나에게 가장 먼저 떠오르는 '재미있는 공간'이 노래방이었기 때문이었을 것이다. 그는 음치라서 노래방은 좋아하지 않는다면서 노래방이나 교회나 비슷한 영향력을 행사하지 않겠느냐고 했다. 대중이 포함된 문화는 언제나 하향성을 띠게 된다. 가곡은 상향성이 있는 정서를 자극하지만 대중가요는 그렇지 못하다. 대한민국 전체가 노래방화되고 전 국민이 노래방에 빠지고……. 보급된 노래가 국민 전체를 하향화시킨다. 노래방 문화가 없어지는 것이 지적 향상을 위해 좋을 것이다. 이런 걸 얘기할 때는 더듬거리지 않을 수 없다. 교회가 위쪽으로의 카타르시스라면 노래방은 아래쪽으로의 카타르시스다. 유행가가 왜 하향적인 것인가에 대해서는 잘못 얘기하면 욕을 얻어먹을 수도 있다. 유행가도 철학적인 것이 있기는 있다. 나는 가만히 듣고만 있다가 물었다. 그렇다면 다른 무슨 좋은 수가 있는가라고. 그는 뭐든 해소하는 다른 방법이 있을 거라면서 이 얘기는 새로운 것이라고 했다. 다른 인터뷰에서는 한 번도 한 적이 없는 얘기라는 소리였다. 하긴 누가 소설가를 인터뷰하러 와서 뜬금없이 노래방 타령을 하겠는가.

　그는 냉장고에서 백세주를 꺼내왔다. 자신은 술을 하지 않는다는데 저렇게 냉장고에 술병이 많은 것을 보면 이 집에 손님이 많다는 증거이리라. 그는 여자 시인들과 젊은 비평가들이 많이 온다고 했다. 소설가들은 동업자라 그런지 친한 사람이 없다고 하면서 유일하

입이 즐거운 면면

소설가 박상륭을 만나는 것이 좋을 것 같다
(박상륭 선생처럼 먹을 것을 가지가지
준비해 놓은 사람은 없었다).

게 소설가 '이문구'를 친한 사람으로 꼽았다. 그는 한국에 와서 "대리만족"이라는 말을 배웠다면서 나에게만 자꾸자꾸 술을 권했다. 평소의 내 주량의 몇 배를 넘는, 나로서는 꽤 많은 양의 술을 마시고 말았는데, 그것은 순전히 그의 '권주(勸酒)'가 너무나 수단이 높았기 때문이라고 생각된다. 물론 그가 전혀 강요한 것도 아닌데 말이다.

그가 갑자기 융(C. G. Jung) 전집을 보겠느냐고 했다. 그의 아파트로 올라오면서 우리는 융과 프로이드에 대해 잠시 얘기했었다. 그의 독서 편력 중에 내가 그와 더불어 얘기할 만한 것은 그것밖에 없었기 때문에 나는 그것을 화제로 꺼내지 않을 수 없었다. 그런데 우리는 중요한 것에서 서로 의견을 달리 하고 있었다. 그는 융 전집이 열 일곱 권이라고 했고 나는 스무 권이라고 했던 것이다. 융 전집이 스무 권인지 열 일곱 권인지는 중요한 것이 아니었지만 그의 서재를 구경할 수 있을 것이었으므로 나는 그를 따라 일어섰다. 방에는 책들이 꽉 들어차 있었는데 문예지들 외에도 영어로 된 책이 많았다. 책상에는 세 딸의 사진을 액자로 만들어 놓은 것이 있었다. 그가 한 얘기들을 종합해 보면 큰딸은 뮤추얼 펀드 부사장, 둘째딸은 영국의 랭카스터에서 종교학을 전공, 막내딸은 사회학 전공, 이렇게 세 딸이 모두 훌륭하게 큰 것 같다(그의 부인은 그의 소설을 열심히 읽어주고 교정도 다 봐주는 박상륭교 교도의 한 사람인 모양인데, 그의 딸들은 그의 표현을 빌자면 "저거 아버지가 뭐 하는지도 모르고" 있다니 좀 안타까운 생각도 들었다). 나는 혹시 아드님이 없어서 서운한 적은 없었는가 물었는데, 그는 이렇게 대답했다. "아들이 있었다면 정착했겠죠.”

　그와 얘기를 나누는 도중 나는 몇몇 대목에서 내가 읽은 융이나 프로이드가 그가 읽은 것과 다르다는 생각을 했는데, 그와 그런 것으로 토론을 벌이지는 않았다. 그 자리는 무엇보다 ‘소설가 박상륭’을 위한 자리였기 때문에. 그리고 그의 글에서 융이나 프로이드가 차지하는 비중은 그리 대단한 것이 아니기 때문에. 그 외에도 내가 동의할 수 없는 얘기들이 몇 가지 있기는 했다. 그 사람들(서양 사람들)은 ‘무아’를 이해할 수가 없다라든가 ‘자아’ 때문에 전세계가 불교화할 수는 없다는 얘기 같은 것이 그랬고, 오늘날 미술이 가는 곳이 없다는 얘기, 인류가 도달한 것 중 음악은 별로 대단한 것 같지 않다는 얘기가 그랬다. 워낙 그가 종교에 관심이 많은 인물이라 나는 이슬람교에 대해서도 물어보았는데, 그는 마호메트의 전기를 아는 탓에 이슬람교에 대해서는 별로 공부하고 싶은 마음이 없었다고 대답했다. 대신 그 사람들의 밀교인 수피즘에 대해서는 조금 읽어봤다고 말했다. 이 점도 나로서는 선뜻 이해가 가지 않는 부분이었다.

　나는 열심히 묻고 그는 열심히 답했지만 그날 인터뷰는 어째 나의 인터뷰어로서의 자질을 테스트당하는 그런 느낌이었다. 아마도 그가 내 수준을 고려해서 거기에 맞게 대답을 했기 때문이 아니었을까? 내가 왜 그렇게 종교에 관심을 가지게 되었느냐고 물었을 때, 그는 “늙은 어머니로부터 시작되어가지고” 이렇게 말을 꺼내다가 “그런 얘기는 한 교수가 안 해도 될 겁니다.”로 마무리 지어버렸

첫째는 그의 **말투**가 어떨 것인가
하는 것이고 둘째는 그의 **일상사**가
어떨까 하는 것이었다. 그의 소설을 읽으
면서 내가 혼자 상상해 본 박상륭이라는
소설가는 매우 **짓궂으며** 말씨와
사유가 몹시 독특한 사람일 것 같았기 때
문이다.

다. 이미 여러 곳에서 많이 얘기했다는 소리였다. 김현 선생에 관한 얘기도 그는 이미 다른 곳에서 여러 차례 했을 것이다. 그러나 나는 직접 그의 입으로 하는 얘기를 듣고 싶어서 다시 묻지 않을 수 없었다(김현은 그의 소설을 "이광수의 『무정』 이후 가장 잘 쓰인 작품"이라고 했다. 그가 이렇게 좋은 소설가로 부각된 것에는 김현의 영향도 조금은 있지 않을까?) 그는 김현에 대해 아주 솔직하게 말해주었다. 그러나 그가 "그런 얘기는 좋은 것 아니에요."라고 하면서 이 얘기는 쓰지 말라는 간접적인 의사 표현을 하였기 때문에 그의 뜻을 존중해서 이 글에서는 생략하기로 한다. 김현 선생뿐 아니라 우리는 오늘날의 소위 '문단의 대가'들에 대해서도 얘기를 많이 나누었는데, 그것도 모두 적지 않기로 한다. 그냥 "그 친구가 말하고 글이 다르다면서요?" 혹은 "대중이라는 술이 아주 독합니다. 누구든지 그 술을 한 번 맛보면 끊기가 힘듭니다."고 한 것으로 분위기는 전달할 수 있을 것 같다.

　다른 작가들 얘기가 나온 김에 나는 요새 젊은 여성 작가들의 소설에 대해서는 어떻게 생각하세요 하고 물었다. 그는 "저는 동업자 후생들의 얘기는 안 합니다." 하고 입을 꾹 다물었다. 그래서 나는 "격려할 것도 없다는 얘기입니까?" 하고 다시 물었는데, 그는 "그렇게 유도해도 소용없어요. 나는 그런 얘기는 안 합니다."고 말했다. 그러나 소설이 그렇게 황당한 게 아니고 조리정연해야 하는 것이라는 얘기, 또 공부를 안 하고 대중의 관심을 환기하려고 한다는 얘기는 분명 '후생'들의 소설들에 대한 것이었다고 생각된다.

"지금도 그렇습니다만 더 건강해질 수도 있어요. 글을 쓰면 모든 게 정화가 되기 때문에 더 건강하게 돼요. 오소리 발에 기름 난다고 그러죠. 그때 스스로 자가발전이 돼요. 그때 기분이 맑아지고 몸이 환해지니까 독이 있으면 걸러내고 그러겠지요." 그의 이 얘기를 들으면서 나는 정말 소설을 안 쓰면 안 될 사람이구나 하는 생각을 했다. 그는 산문을 쓰다보면 고양된 느낌, 일상으로부터 훨씬 더 높아진 느낌이 든다고 했다. 독한 감기에 걸린 것처럼 열이 난다면서. 그는 쓸 게 없어서 안 쓴다고 했지만 나는 그가 안 쓸 수는 없으리라는 확신이 들었다. 좋은 것을 맛 본 사람이 그것을 끊기는 어려운 법일테니까. 언젠가 또 그 '고양'을 맛보고 싶어질테니까.

나는 그가 권하는 대로 술을 계속 마셔버릴 뻔했다. 내가 그렇게 하지 않을 수 있었던 것은 내 얼굴이 발그스름한 복숭아빛을 지나 미운 고구마 색깔이 되어버렸건만, 그가 하나도 빨갛지 않다고 계속 말했기 때문이다. 어쨌거나 나는 열 한 시가 되어서야 그의 집을 나왔다. 그리고 비틀비틀 비틀거리면서 집으로 돌아왔다. 혼자 마신 술에 취해서. 아니 그보다 그가 한 말들에 취해서. 그를 둘러싼 수상한 공기에 취해서.

이 글이 책으로 되어 나올 때쯤 그는 캐나다에 가 있을 것이다(영주권을 받기 위한 어쩔 수 없는 선택이라고 하니 한편 안타까운 마음

이 들지 않는 것은 아니다. 그러나 집이라는 곳이 가족이 있는 곳을 말하는 것이라면 캐나다가 어쩌면 그에게 더 편한 곳일 수도 있겠다는 생각도 든다). 거기서 예의 그 쓸쓸한 표정으로 작은 방에 앉아서 책을 읽고 '잡설'을 쓸 것이다. 일년 혹은 그 이상을 거기서 보낼 거라고 하니 부디 잘 지내다 건강한 모습으로 그가 돌아와주었으면 좋겠다. 그가 돌아오면 이 글의 잘못된 부분을 하나하나 지적해 줄 수도 있으리라. 아니다. 그때는 그가 또 다른 사유, 더 큰 사유를 우리에게 보여주지 않을까? 그리고 그때, 박상륭 교도들이 신도수를 어마어마하게 불리고 그를 대대적으로 환영하게 되지 않을까?

>>>2002년 9월

달걀 속의 生 I

우리는 꿈꾸지,
삶을 위하여
좀더 강해졌으면 하고,
보다 견고한 집을 짓고 싶고
더욱 안전한 껍질을 원하네,
마치 몰락이 없이
차갑게 버티고 있는
벽처럼
진짜로 강해질 수 있다면,
우리는 스스로 철교처럼
결코 폭파될 수 없는
어떤 희망을 구하지,
전혀 희망이 없이

그리고 또한 우린 알고 있어,
우주에 내버려진
하나의 달걀
과도 같이
그대와 나는
어둠 속에 둥둥 떠 있는
버림받은 허술한 알(卵)이라는 것을,
수문이 열리면
제목도 없이 무너져 내리는
저녁물결 속에 고요히 으깨지는
조그만 수포
그리고 꿈 같은 고통

하얀 달걀이 하나
뜨거운 물 속에서 펄펄 끓고 있네,
찐달걀 속에선 어떤 부화의 깃도
돋아나질 않아,
무섭도록 고요한 침묵들의 비명,
(달걀꾸러미 속에 얌전히 누워 있는

하얀 찐계란들의 꽉찬 평화)
무섭게 달궈진 프라이 팬 위에서
성녀처럼 와들와들 해체되는
스크럼블드 에그,
어떤 꿈도 그 고통을 구할 순 없지

우주에 둥둥 떠돌고 있는 독방
처럼
헐벗고, 외로운,
달걀 속에서
우린 한번밖에 없는 자신의 삶을
꾸리고 있네,
뿌리가 없어 무엇보다도 뿌리가 없어 슬프지만
이름없는 운동
뒤에
하얀 결말,

모든 달걀은 와삭와삭 깨어져
무참히 와해되고 말지만
그 안에 방이 있어
방이 하나 있어
내 얼굴을 닮은 조그만 양초 하나가
고요히 빛을 뿌리며 타오르고 있지,
눈물과 함께
입술연지로
환한 미소를 은은히 뿌리면서

1952년 전남 광주 출생. 서강대학교 영문학과 졸업. 대학원에서 국문학으로 전공을 바꾸어 「이상 시 연구」로 박사학위를 받았다. 캘리포니아 대학 버클리 캠퍼스, 어바인 캠퍼스에서 한국문학을 가르침. 1973년 〈경향신문〉 신춘문예 당선. 1994년 〈동아일보〉 신춘문예 소설 당선. 시집 『태양 미사』, 『왼손을 위한 협주곡』, 『달걀 속의 생』, 『어떻게 밖으로 나갈까』, 『세상에서 가장 무거운 싸움』, 『빗자루를 타고 달리는 웃음』 등. 산문집 『33세의 팡세』, 『남자들은 모른다』. 소설집 『산타페로 가는 사람』, 『왼쪽 날개가 약간 무거운 새』 등. 서강대학교 국문학과 교수.

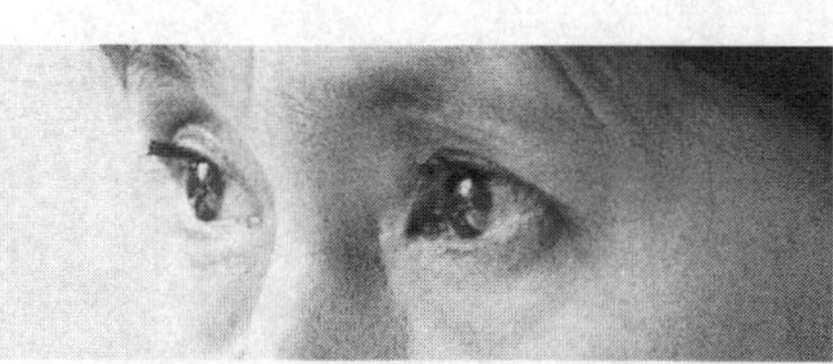

김승희

빗자루를 타고 달리는 마녀,
혹은 여전사

서강대 다산관 312호, 다산관 312호. 그렇게 중얼거리며 언덕길
을 오른다. 생각했던 것보다 서강대는 훨씬 크다. 더위 때문에 길이
길게 느껴지고 그래서 학교가 커보이는 것인지도 모른다. 어쨌거나
많이 더운 날씨다. 인문관 표시가 보이고 바로 옆으로 다산관 표시
가 보인다. 국문과 교수인데 왜 인문관이 아니지? 그런 생각을 잠깐
한다. 사진 작가 오종은이 로비에서 기다리고 있다. "어휴, 김승희
선생님이 워낙 바쁘셔서 약속 잡기가 힘들었어요." 김승희 시인에게

해야 할 투정을 사진 작가에게 미리 해버린다. 사실 오늘 만남은 어렵게 이루어진 것이다. 내가 김승희 시인에게 인터뷰를 하고 싶다고 처음 전화한 것은 두 달 전이었다. 그때 그는 6월말에 보자고 말했었다. 6월말은 방학을 염두에 둔 시간이었을 것이다. 그러면서 "그때는 너무 더워서……." 이렇게 말끝을 흐렸었다. 그것이 그가 인터뷰를 거절하는 방식인지 아니면 허락을 그런 식으로 하는 것인지 나로서는 분간할 수 없었다. 아니, 분간할 수 있었다고 해도 6월말에 다시 전화를 하지 않는 것은 '프로 정신'이 아니다. 나는 6월말에 전화를 했다. 그는 역시나 무척 바쁘다고 하면서 전자 메일로 인터뷰를 대신하면 안 되겠느냐고 했다. 그리고 이번에 인터뷰를 하지 않으면 어떻게 되느냐고도 물었다. 어쨌거나 그는 7월 18일, 22일 이렇게 두 날짜를 제시했고, 드디어 오늘 7월 22일이 된 것이다.

쥬스와 커피 연구실 문을 열자 바로 김승희 시인이 보인다. 간단한 인사가 오가고 우리는 창가쪽 테이블로 안내된다. 연구실 문 맞은 편 벽면이 그대로 창인데 창 아래에 동그란 테이블을 놓여 있다. 마치 오늘을 위한 자리인 것처럼 의자가 세 개다. "꽃을 사왔어요?" 그는 꽃다발을 들고 잠시 연구실을 돌아본다. 꽃을 곳이 마땅치 않은 것이다. 당연히 꽃병이 있으리라고 생각한 것은 아니었지만, 꽃병이 없을 수도 있겠다고도 생각해보지 않았기 때문에 나는 조금 머쓱

해진다. 특이하게 생겨서 사기는 했는데 꽃이름을 잊어버렸네요. 이름을 모르면 어떡해? 그런 얘기들이 조금 오고가고 그가 테이블로 돌아온다. 저 꽃은 잠시 그냥 두어도 시들지는 않을 것이다. 꽃을 포장하면서 주인 여자는 장미보다 오래가는 꽃이라고 세 번이나 말했었다. 뭘 좋아하느냐고 그가 묻는다. 내 자리와 사진 작가 자리 앞에 쥬스와 커피가 각각 쌍을 지어 놓여 있다. 일부러 사놓았구나, 신경을 썼구나 그런 느낌을 받는다.

시, 시인 안 그래도 한 번 만나고 싶었다고 그가 말해 준다. 그래 말해 주는 것이리라. 나에 대해 그는 생각보다 많은 것을 알고 있다. 내가 쓴 논문과 글 그리고 내가 다니는 학교. 나는 많이 놀란다. 유추해 보건데, 그는 기억력이 엄청 좋다. 그리고 엄청나게 독서를 한다. 사진 작가하고도 인사를 한다. 사진 작가의 명함을 보며 예술가들은 프리랜서가 제일 좋다고 말한다. 나는 기회를 놓치지 않고 그런데 선생님은 왜 직장을 가지고 계세요 하고 묻는다. 시는 다르지. 그가 말한다. 이래서 우리는 바로 시 얘기로 들어간다. 시는 폭발적으로 발작적으로 쓰는 것이라고 말한다. 시는 폭발을 기다리는 수밖에 없다고 말한다. 수문(水門)을 방류하지 않으면 안 되는 순간 쓰는 것이 시라고 말한다. 그의 말에서 나는 뜨거움을 느낀다. 시는 젊은 호르몬과 연관되는 것이다. 그가 너무나 시적으로 시에 대해 말한다. "시는 젊은 천재를 요구하는 것이 아닌가 싶어. 시는 '초혼(招魂)' 같은 게 있어야 해. 미친 년이 뭘 부르고 있는 거지. 시는 신기(神氣)가 내리지 않으면 안 돼. 나의 부름과 신기가 딱 맞아야 하는데 나이 들면 그게 안 돼." 그럼, 젊을 때 많이 써두어야 하겠네요. 내가 묻는다. "김춘수 선생님은 아직도 젊음을 유지하고 있잖아. 그게 결국 실험 의식인데……. 만족할 수 없는 마음이 있어야지. 결국 현재에 대한 불만을 키우는 수밖에 없을거야."

자유 | 자유로 그는 시인이고 소설가인데다가 대학 교수이며 기혼이다. 아니, 이것만으로는 설명이 부족하다. 그는 등단 이후 늘 우리 시단의 중심에 서 있는 시인이며, 신춘문예 소설 당선작 「산타페 가는 길」로 소설계에 충격을 주었던 소설가이며, 「이상 시 연구」로 박사 학위를 받고 모교인 서강대의 교수가 된 사람이다. 그에게 현재에 대한 어떤 불만이 있을까? 나는 세속적 관심을 드러내며 묻지만 그는 내가 원하는 식으로는 응수하지 않는다. "생존이란 엄숙한 거야. 내가 요새 '자유로'를 의식하기 시작했잖아. 아침에 자유로가 얼마나 막혀. 그래서 「호텔 자유로」라는 시도 썼지. 그게 아마 한국적 현상일 거야. 삶이란, 생존이란 엄숙한 거야. 조금만 늦게 나오면 길이 얼마나 막히는데. 차안에서 사과를 먹는 사람, 김밥을 먹는 사람… 다 함께 가는 거야, 가구 배달차, 제과점차, 정화조차에다 돼지, 닭을 실은 차까지 다함께 가는 거야. 생존은 엄숙해." 이렇게 삶을, 생존을 진지하게 받아들이는 사람에게는 삶의 모든 것이 그녀가 말한 의미에서의 '불만'을 자극할 것이다. 그의 '자유로론'은 계속된다. "자유로에 삶의 드라마가 있는 거지. 깡통과 풍선을 매단 결혼식

"논리를 세우고, 논문을 쓰고,
학술활동을 하는 나를 지워야 하니까,
음악을 많이 듣고…

좀 우스운 얘기지만 욕조에 물을 받아 놓고…

나이가 들어서 안 되는 것 같아.

내가 안 지워지는 거지.

나에게 붙박이 자아가 생긴 거지.

유동적 자아가 아니고….

음악이 나를 채워야해.

놓여나는 시간을 가져야지."

그녀의 말투에서 나는 문득 '무당' 의 말투를 떠올린다.

학술활동을 하는 나를 지워야 하니까,
음악을 많이 듣고…

차에 장의차까지 다 있지. 오후에 집에 들어갈 때, 그때는 경쾌해서 너무 좋지. 『포에지』 여름호 한 번 볼래요? 거기에 「자유로의 시론」 이 있는데.” 그는 이렇게 절반쯤은 말을 올리고 절반쯤은 말을 내린 다. 이것도 독특한 화법이라고 생각한다. 차가 하도 막히니까 한강 변에 있는 섬들의 이름을 그 나름대로 붙여주었다고 한다. 이 섬은 오감도, 저 섬은 귀촉도, 저것은 율도국. 이런 식으로. 그는 출근길에 자유로의 차량 틈에 끼어 있으면 「서울로 가는 전봉준」이 생각난다 고 한다. 그러면서 서울로 오는 과정에 얼마나 많은 꽃들이 떨어졌 는가라고 말한다. 이렇게 세상을 진하게 느끼면서 살아가는 사람이 다 있구나. 나는 새삼 감동한다.

주부? 그가 지금껏 쓴 원고량을 숫자로 환산하면 얼마나 될까? 모 르긴해도 어마어마한 분량일 것이다. 그 많은 글들을 언제 다 쓴 것 일까? 그녀는 가정적인 건 잘 안 맞는다고 말한다. “가정적인 건 부 정적이여.” 꼭 이렇게 말한다. “그냥 아마추어로 사는 거지.” 아마추 어라는 표현이 재미있기도 하고 또 아마추어 주부라는 건 뭘까 싶어 나는 눈을 동그랗게 뜬다. “열심히 하려고 하지. 하기는 하지만 다 잘 할 수는 없고… ‘주부’는 나의 일부이지. 일부인데 전체라고 할 수도 없고.” 그리고 가정 주부가 해야 할 일이 얼마나 많은지 설명한 다. 표도 안 나는 일상적인 일들……. 어디 가정주부만 그렇겠는가. 모든 사람에게 ‘일상’이 가장 무거운 짐이 아닐까. 그는 ‘일상’은 침 몰적인 것이라고 말한다. 그 중에서도 특히 가사노동은 침몰의 강도가 굉장히 셀 것이라고 한다. 그러면서 김혜순 시인의 「또 하나의 타이타닉호」를 보고서 김혜순이 천재라고 생각했다고 말한다. 그래. 그런 시가 있었지. 밥솥을 타이타닉호에 비유한 시가. 삶의 갈피 하나하나를 예민하게 느끼는 사람. 나는 일단 그렇게 김승희 시인을 정의한다.

여성시, 젊은 시 마침 그쪽에서 먼저 김혜순 시인 얘기를 했으므로 나는 슬쩍 떠본다. 김혜순 시인에 대해 어떻게 생각하는지. "김혜순, 최승자 이 사람들과 70년대 여성시의 에콜을 형성했다고 할 수 있지. 아파하는 혼들의 친연성을 함께 느끼면서 활동을 한 거지." 그렇게 늘 묶여서 얘기되는 것이 그는 싫지 않았을까? "들뢰즈, 가타리도 다 얘기했어. 소수문학이란 개인보다 그룹으로 논의되는 거라고." 그러나 그는 이런 말을 덧붙인다. 앞으로의 문학은 여성독자들의 손에 달려 있다고. 왜 그렇지 않겠는가. 독서 인구의 대부분을 여성이 차지하니까 말이다.

피! 피! 피! 얘기를 나누는 중 연구실 문을 따는 소리가 나고 조교가 들어온다. 방에 아무도 없는 줄 알았던 모양이다. 내가 전화를 걸었을 때, 그녀는 늘 연구실에 있었으므로 나는 당연히 그녀가 늘 연구실을 지키는 줄 알았다. 그러나 그녀는 일주일에 두 번 정도 학교에 나온다고 한다. 조교가 왔다간 후라 그런가, 나는 그녀와 '학문'에 대해 조금 얘기하고 싶어졌다. 강의는 어떤 과목을 하는지 나는 묻는다. 시창작 강의는 지금은 안 하고, 현대시론, 현대시 텍스트 읽기, 비교문학 등을 한다고 한다. 시창작 강의는 왜 않는 걸까? 내가 궁금해하는 걸 그녀가 눈치채지 못했을까? 아니면 얘기하고 싶지 않다는 것일까? 기다려도 그 얘기는 나오지 않는다. 그녀는 학생들이 참 좋아서 보람을 느낀다고 말한다. 더구나 요즘은 학생들이 다시 시로 돌아오는 추세라고 말한다. 나는 그녀에게 공부는 어떤 식으로 하는지 묻는다. 그녀가 학자로서 보여준 학문적 성취에 대한 찬사를 담아서. 그녀는 신간들은 무조건 수집한다고 말한다. 다 읽는다고는 못하지만 일단은 다 산다고 말한다. "다 읽는다고는 못한다"는 그녀의 이 말은 꼼꼼히는 다 읽지 못하지만 대강은 다 읽는다는 말로 해석되었다. 그렇겠지. 그렇지 않고서야 형식주의에서부터 구조주의, 기호학, 정신분석, 페미니즘, 포스트 콜로니얼 문학에 이르기까지 그 많은 이론들은 다 섭렵하고, 또 그 이론들을 원용해 논문을 쓸 수는 없을 것이다. 그녀는 요즘은 문학이론보다 문화이론이 더 많다고 하면서 좀더 단단한 문학이론이 필요하다고 말한다. 그리고 시인들이 이런 걸 공부해야 한다고 말한다. 그 이유가 재미있다. "끓어넘치는 피를 누르기 위해서."

주체 | 해방 나는 공부한 이론들 중에 특히 관심 있는 이론이 있는지 묻는다. 그녀는 즉각적으로 대답한다. 라깡과 크리스테바. 그들을 통해 '주체'에 대해 다시 생각하게 되었다고. 고정된 실체가 없다는 말을 듣고 굉장히 해방감을 느꼈다고 말한다. 전에는 사회 안

에서 고정된 역할, 그러니까 여성, 엄마 등등의 역할, 그것을 맞추지 못한다는 것에 대한 끊임없는 불안을 느꼈다고 한다. 그러나 그것은 상징계 안에서의 일일 뿐 본질이 아니라는 것을 라깡과 크리스테바를 통해 계시 받을 수 있었다고 한다. 그리고 그것이 자신을 돌아볼 수 있는 계기를 만들어 주었다고 한다. 그녀의 시집 『빗자루를 타고 달리는 웃음』은 그런 눈으로 우리 시대를 본 것이라는 설명도 덧붙인다. 그녀가 자신의 시집을 설명하는 걸 듣고 있으면서 나는 그녀 시집의 후기를 떠올린다. 나는 그 시집을 읽으면서 그녀가 후기에서 너무 많이 설명하고 있는 것이 아닌가 하는 생각을 했었다. 짧은 후기임에도 불구하고 시 세계를 그대로 요약해놓은 듯한, 그러니까 시집의 감동을 그녀 스스로 후기에서 닫아버리는 느낌. 이만큼만 읽어라 하고 말해버리는 느낌. 내가 이런 얘기를 하자, 그녀는 너무나 싱겁게 이렇게 대답해 버린다. "알았어요."

음악 ㅣ 목욕 학문과 창작의 벽을 그녀는 어떻게 넘나드는 것일까? 아마도 이건 공부를 하면서 창작을 하는 모든 시인들의 딜레마일 것이다. "정신적 목욕을 위해서 음악을 계속 들어요." 그녀의 비법은 의외로 간단하다. "논리를 세우고, 논문을 쓰고, 학술활동을 하는 나를 지워야 하니까, 음악을 많이 듣고… 좀 우스운 얘기지만 욕조에 물을 받아 놓고… 나이가 들어서 안 되는 것 같아. 내가 안 지워지는 거지. 나에게 붙박이 자아가 생긴 거지. 유동적 자아가 아니고…. 음악이 나를 채워야해. 놓여나는 시간을 가져야지." 그녀의 말

투에서 나는 문득 '무당'의 말투를 떠올린다. 무당의 말을 직접 들어
본 바 없지만 무당의 말이 꼭 이렇지 싶다. 시인들이란 모두 무당이
라고 하지만 김승희 시인처럼 무당의 모습을 많이 품고 있는 사람이
있을까. 요새 그녀는 "짚시 킹즈"를 많이 듣는다고 한다. 전 세계적
으로 8천만 장이나 팔린 베스트 셀러라는데 나는 들어본 바가 없다.
그들은 음반 판매로 엄청난 돈을 벌었음에도 불구하고 여덟 가족이
모빌 홈을 사서 노래를 부르며 떠돌아다닌다고 한다. 짚시들의 마차
바퀴 소리, 그것이 우리들의 뇌를 움직이게 한다고 그녀가 말한다.
나는 그녀에게 노래를 잘 하는지 묻는다. 「한국은 노래방」이란 시가
생각났기 때문이다. 나는 그 시를 수업시간에 학생들에게 자주 소개
한다. 이런 소재도 좋은 시가 될 수 있다는 걸 쉽게 보여줄 수 있기
때문에, 그리고 시인의 눈이란 것이 얼마나 예민한 것인지 보여줄 수
있기 때문에. 그녀는 고개를 젓는다. 노래방에 딱 한 번 가보고 그 시
를 썼다고 한다. 다음부터는 학생들에게 이 얘기도 꼭 들려주어야겠
다고 생각한다. 그러면 학생들은 엄청 더 놀랄 것이다.

　『남자들은 모른다』 그녀가 절대 의도하지 않은 것임에도 불구
하고 나는 그녀에게서 자꾸만 여전사의 이미지를 읽는다. 그녀는 포
스트 페미니즘 사회를 꿈꾸는 여자이지 남성중심주의 문화에 대해
전투 태세를 다지고 있는 여자가 아니다. 그러나 그녀의 글들은 남
성들을 찌르고도 남을 만큼 전투적이다. 그녀가 엮는 책 『남자들은
모른다』는 그 책 자체가 그대로 남성들을 향해 던지는 창이며 화살

이 아닐까? 그녀는 이 책을 "재미있는 책"이라고 표현한다. 여성들은 억눌렸던 경험이 있기 때문에 스프링처럼 솟구쳐 오르고자 하는 욕망이 강하다. 그녀의 달변은 계속된다. 그러나 요사이 젊은 여성들도 그러할까? 나는 의문을 던진다. 젊은 세대는 여성이니 남성이니 하는 문제에 대해 관심이 없다고 그녀가 말한다. 관심이 없어도 될만큼 사회가 좋아졌다는 의미도 되리라. 그녀는 남성 문화가 참 좋아졌다는 말도 덧붙인다. 그녀처럼 사회생활을 하는 4·50대 여성('사회생활을 하는 여성'이라는 말이야말로 가부장제 사회의 잔유물이라는 걸 이 말을 쓰면서 깨닫는다)들이 가부장적인 억압과 사회적인 성취 사이에서 가장 많이 갈등을 느낀 세대이리라. 우리 세대가 그녀 세대들보다 억압을 덜 느낀다면 그것은 그녀 세대가 이룩해 놓은 성과에 힘입은 바 크리라.

달걀 나는 선생님 시 중에서 꼭 한 편만 꼽으라면 어떤 시를 꼽겠는가하고 묻는다. "그렇게 어려운 질문을 해?" 이것이 그녀의 대답이다. "그거야 시대별로 다른 거 아닌가? 최근을 중심으로 얘기한다면 부음란이 나오는 시 「한국적 죽음」. 옛날 시에서는 「달걀」." 역시 그녀는 「달걀 속의 생」 연작을 꼽는다. 최근작에도 이 '달걀' 이미지가 계속되고 있다. 그녀는 '달걀'은 계속 쓰려고 한다고 말한다. 달걀이란 게 생과 사의 미묘한 경계 아닌가. 난자가 영어로는 egg, 즉 달걀이 아닌가.

웃음 "그런데 이제는 재미있게 쓰고 싶어." '달걀'을 써도 재미있게 쓰겠다는 것이다. "내가 '웃음'을 발견했잖아. 「빗자루」에서." 이 '빗자루'란 분명 그녀의 최근 시집『빗자루를 타고 달리는 웃음』을 말하는 것이다. 그래, 그 시집의 끝 시가 바로 김기창 화백의 대결레 그림을 보고 웃음을 발견하는 그런 내용의 시였지. 그런데 그녀가 발견한 '웃음'이란 게 도대체 어떤 것일까? 그리고 그것은 어떤 식으로 시에 나타날까. 이 문제는 그녀의 다음 시를 기다리는 수밖에 없다. 시에서 뿐만 아니라 실제 삶에서도 그녀가 '웃음'을 발견했으면 좋겠다. 두 시간 동안 그녀가 웃은 적이 있던가. 없는 것 같다. 희미하게라도 미소를 지은 적이 있던가. 없는 것 같다. 생각이 여기에 미치자, 아니 이 사람도 웃어본 적이 있을까 그런 생각마저 든다. 아무튼 '웃음'을 발견했다니 어떤 식으로든 그녀 얼굴에도 웃음이 나타나지 않겠는가. 비록 내가 아는 방식의 웃음은 아닐지라도 말이다.

쌍봉 낙타 그리고 달걀 얘기가 잠시 끊어진 틈을 타서 창문턱을 본다. 여러 가지 물건들이 놓여 있는 틈에서 낙타 인형을 찾아낸다. 나는 그것을 집어내어 탁자에 올려 놓는다. 손바닥 크기만한 헝겊 낙타다. "내 시 중에 쌍봉 낙타가 있잖아. 누가 여행갔다 오면서 사다준 거야." 그녀가 말한다. 그 '누구'는 누구일까? 낙타가 놓여 있던 자리 옆으로 이국적인 접시가 있고 그 접시에 달걀이 네 개 담겨 있다. 나는 그 접시도 탁자로 옮겨 놓는다. 부활절 달걀인 듯싶은 달걀이 두 개, 하나는 에그 아티스트의 작품, 하나는 꼭 달걀처럼 생긴 돌이다. 이것도 누가 준 것들이라고. 이 '누구'는 또 누구일까? 그녀는 늘 구체적으로 얘기하지 않는다. 이런 사람의 화법은 또 그대로 존중해주는 수밖에 없다. '만신'에게 그런 걸 일일이 따질 수는 없는 것이니까.

❧

소피아의 방 이제 그만해도 되지 않겠냐고 그녀가 말한다. 나는 부족한 부분이 있으면 전화나 메일로 여쭤보겠다고 답한다. 그녀가 내 노트에다 메일 주소를 적는다. 'sophiak'. 소피아에다 김승희의 K를 붙인 것이리라. 그래도 나는 확인해본다. "소피아네요?" 그녀는 그렇다고 답한다. 그녀에게 너무 잘 어울리는 아이디이다. 소피아. 지혜, 혹은 사물에 대한 완전한 인식. 대화가 끝나고 나는 잠깐 연구실을 '검사'한다. 마녀의 빗자루. 이런 건 어디에도 세워져 있지 않다. 영매(靈媒)라면 당연히 가지고 있어야 할 양초. 그런 것도 보이지 않는다. 그냥 평범한 연구실이다. 책상 위, 벽으로는 여자 아이의 사진(딸이라고 그녀가 말해준다) 한 장과 쪽지들이 잔뜩 붙어 있다. 나는 벽에 붙어서서 하나하나 훑어본다. 잡지사에서 온 시 원고 청탁서가 세 개. 학술대회 안내서가 한 장 붙어 있다. 이것이 그녀가 당장 해결해야 할 것들인 모양이다. 벽을 가득 채운 책장들. 책들이 어떤 질서를 가지고 꼽혀 있는지 짐작하기 어렵다. 연구실 문쪽으로 붙은 책장에는 영어책들이 가득하다. 500권은 족히 되리라. 그녀의 논문에서 보이는 이론들은 저 책들을 통하여 습득한 것이리라. 엘리베이 터까지 따라나오는 그녀의 배웅을 받으며 그녀와 작별을 한다.

　빽빽한 삶 그녀의 말들을 제대로 재생했는지 자신이 없다. 그녀 의 말은 너무나 밀도가 높았기 때문에 단어 하나를 빠뜨리는 것이 그 대로 그녀를 '오독' 하게 되는 것이라는 생각이 든다. 그러나 나는 오 독의 책임을 내가 다 떠안고 싶지는 않다. 뭐 처음 본 사람을 두 시간 만에 읽어내는 것은 아무래도 쉬운 일이 아닐테니까. 더구나 그녀처 럼 활화산을 품고 사는 사람을 두 시간만에 읽어낼 수는 없는 거니 까. 나는 지금 "밀도 높은 삶" "빽빽한 삶" 그런 것을 생각하고 있다. 그녀가 이런 말을 한 것은 아니지만 그녀를 만나고 와서 오래도록 떠 나지 않는 말이 그러한 것들이다. 밀도 높은 삶. 빽빽한 삶.

〉〉〉2002년 7월 22일

키 큰 남자를 보면

키 큰 남자를 보면
가만히 팔 걸고 싶다
어린 날 오빠에게 매달리듯
그렇게 매달리고 싶다
나팔꽃이 되어도 좋을까
아니, 바람에 나부끼는
은사시나무에 올라가서
그의 눈썹을 만져보고 싶다
아름다운 벌레처럼 꿈틀거리는
그의 눈썹에
한 개의 잎으로 매달려
푸른 하늘을 조금씩 갉아먹고 싶다
누에처럼 긴 잠 들고 싶다
키 큰 남자를 보면

1947년 전남 보성 출생. 동국대 국문과 및 동대학원 졸
업. 서울여대에서 박사학위를 받음. 1969년 『월간문
학』 신인상 당선. 시집 『꽃숨』(1965) 『문정희 시집』
(1973) 『혼자 무너지는 종소리』(1984) 『아우내의 새』
(1986) 『그리운 나의 집』(1987) 『찔레』(1987) 『하늘보다

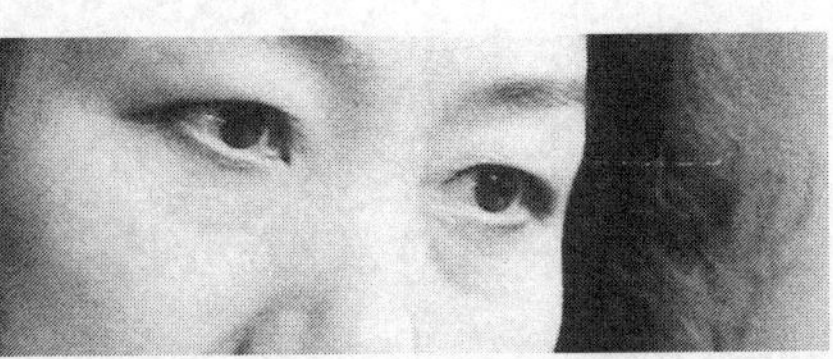

먼 곳에 매인 그네』(1988) 『제 몸속에 살고 있는 새를 꺼내주세요』(1990) 『남자를 위하여』(1996) 『오라, 거짓 사랑아』
(2001) 등. 시극집 『새 떼』(1975). 아포리즘 『오늘 같은 날, 나는 머리를 자르고 싶어요』(1991) 등. 아이오아 대학 국제
창작 프로그램 참가(1995). 소월시문학상, 현대문학상, 천상병시문학상 수상.

삶은 조심스럽게,
문학은 거침없이

약속 시간으로는 조금 이르다싶은 오전 열 한 시. 압구정동 스타벅스. 그녀가 도로에 면한 유리창 쪽 자리에 앉아 있는 것이 보인다. 나는 반가운 마음에 유리에다 대고 꾸벅 인사를 한다. 그녀가 금방 알은 체를 하며 밖으로 나온다. 그녀의 첫 마디. "예쁘게 하고 왔네." 그리고 그녀는 나를 그녀의 차에 태운다. 여기 말고 더 좋은 데로 가자고. 이렇게 크고 좋은 차는 처음이라고 생각하면서, 말로는 못하고 생각만 하면서 나는 곁눈으로 그녀를 탐색한다. 오늘 그녀는 어느 때보다 예뻐 보인다. 그녀를 가까이서 본 것은 몇 번 되지 않지만 그 어느 때보다 오늘 그녀는 생동감이 넘치고 예쁘다. "선생님, 요새 너무 좋으시지요?" 그렇게 물었더니 그녀는 내 질문의 의도를 금방 알아차린다. 내가 아는 한 그녀의 시가 요즘처럼 주목받은 적은 없었던 것 같다. 그녀는 "나, 요새 너무 좋아. 득음(得音)한 것 같아." 한다. 시가 너무 잘 써져서 너무너무 기쁘다는 것이다. 요즘은 약속을 하려면 스케줄 북을 봐야 할 정도로 바빠져서 집에서 시를 쓸 시간이 없는 것이 걱정이라고 한다. 이렇게 바람 피우고 다니면 시가 날 차버린다고 말하는데 전혀 싫은 기색이 아니다.

좀 멀리 가는 것인 줄 알았는데 차는 잠깐 만에 한 커피숍 앞에서 멎는다. 하얀 외벽과 창 밖 정원이 인상적인 집이다. 커피를 주문하고 그녀가 말한다. 사실은 시집 번역 출판 문제가 잘 안 되어서 며칠 기분이 안 좋았는데 어제, 오늘은 좀 나아졌다고. 나는 심술궂게 꼬치꼬치 물어본다. 그녀의 시를 최월희, 로버트 헉스 두 분이 영어로 번역해서 미국의 메이저 출판사에 출판을 의뢰했다고 한다. 그런데 당장 출판하는 것은 어렵고 시간이 좀 걸리게 생겼다고 한다. 나는 위로의 말을 이렇게 해본다. "꼭 미국에서 출판해야 하는 건 아니잖아요?" 그녀는 아니 그건 절대로 필요하다고 말한다. 우리 문학이 세계로 나가지 않으면 주변 문학, 토속 문학밖에 되지 않는다고. 그녀는 자신의 시집을 영어권에 내놓음으로써 자신의 시를 객관적으로 바라보고 싶은 것이다. 나는 그녀의 이러한 욕심의 기저에 있는 자신감을 읽어 낸다. 세계 어디에 내놓아도 빠지는 않는다는 자신감. 그녀의 얘기를 더 듣고 있자니 그녀의 이러한 자신감이 분명한 근거에 바탕한 것이라는 것이 느껴진다. 몇 해 전 아이오와 대학의 국제 창작 프로그램에 참가 했을 때, 거기서 그녀는 세계적인 문인들을 만났고 그들과의 대화 속 에서 자신의 위치를 어느 정도 가늠했던 것 같다.

❧

웃어서 예쁘지 않은 사람이 어디 있을까마는 그녀는 웃을 때, 특히 활짝 웃을 때 더 젊어보인다. 그녀를 처음 보는 사람이 그녀 의 나이를 짐작할 수 있을까? 나는 그럴 수 없으리라고 생각한다. 무 엇보다도 그녀의 뛰어난 패션감각 때문에. 그녀도 나이를 느낄까. 나는 슬쩍 물어본다. 그녀는 서른 살, 마흔 살이 될 때는 발광을 하고 넘어갔다고 한다. 마흔 살 때는 바닷가에서 장송곡을 틀어놓고 "오 버 더 힐 파티(over the hill party)"를 했다나. CNN 방송에서 쉰 살을 '완벽한 나이'라고 하는 걸 봤는데, 자신도 쉰이 될 때는 나이와 타 협했다고 한다. 정신도 같이 성숙하지 않는 게 슬프지 몸이 늙은 것 은 아무렇지도 않다고. 신세대니 네트워 세대니 하지만 그들을 보면 "나만한 경험은 없겠지" 하는 생각이 든단다. 나는 조금 더 심술을 부려본다. "갑년이 될 때도 아무렇지 않을 것 같으세요?" 그녀는 이 렇게 말한다. "나이 없는 여자로 가야죠." 너무나 단호한 목소리다. 아무리 철갑을 두르고 밀어닥쳐도 막아내고야 말겠다는 단호함. 그녀는 박경리 선생 정도면 '박경리 할머니' 보다 '작가 박경리'라고 불리는 것이 자연스럽지 않으냐며 자신도 나이보다 먼저 '시인'이 보이는 것, 그리고 괜찮은 시인이 되는 것이 소망하는 바라고 한다. 나는 "어떤 시인이 괜찮은 시인인데요?" 하고 묻지 않을 수 없다. "언어의 세계에서 빛나는 시인, 삶과 언어가 일치하면 좋겠지만 그렇게 하기 어렵다면 언어 속에서나마 완성되고 싶다"고 그녀가 말한다. 그래서 나는 또 묻는다. "선생님이 생각하는 괜찮은 시인이 있으세요?" 그녀는 한 마디로 딱 잘라 말한다. "없다." 이게 그녀다. 그녀는 이렇게 당당하다. 나는 그녀의 당당함에 대해 말한다. 부러움을 조금 섞어서. 그러나 조금은 놀리면서. 그녀는 겸손에는 위선의 냄새가 난다면서 늙어서 갑자기 하려니까 잘 안 된다면서 웃는다.

그녀가 자신의 최근 시집 『오라, 거짓 사랑아』를 꺼낸다. 그리고 겉장을 넘겨 사인을 한다. 평범한 글씨체, 평범한 내용이라고 생각한다. 그런데 받아보니 "2002년 초여름 문정희 드림"이라고 쓰여 있다. 5월 16일에……. 더구나 오늘은 비까지 내려 기온이 겨우 20도를 조금 넘었을 뿐이다. 나는 이게 문정희구나 생각한다. 저 끓어오르는 피.

커피숍을 나와 점심을 먹으러 간다. 그녀가 생각해 둔 곳이 마침 공사 중이라 압구정동 거리를 조금 걷는다. 예쁘기는 이 집이 참 예쁜데……. 그녀는 맛있는 곳을 찾지 않는다. 예쁜 곳을 찾는다. 그녀는 스타일리스트이지 미식가는 아닌 모양인가. 아무래도 밥을 먹으면서 하는 얘기는 훨씬 더 자유롭다. 그녀는 가끔씩 두 손을 내저으며 이런 얘기는 쓰지 말라고 하지만 그녀는 자신이 하는 그 어떤 말도 다 책임질 수 있을 것 같다. 책임질 수 없는 말이면 하지도 않을 것 같다. 그래서 나는 쓰지 말라는 얘기는 건성으로 듣는다. 압구정 동에서의 점심이라……. 과연 비싸고 과연 맛보다 분위기다. 나같이 촌스러운 사람은 이런 곳에 있으면 누가 뭐라지 않아도 저절로 위축된다. 그녀는 "나는 가난엔 소질이 없어"라고 말한다. 생태적으로 궁핍한 건 못 견딘다고 말한다. 이상하게도 "누구는 궁핍한 걸 잘 견디도록 태어났는가" 하는 반감 같은 것이 들지 않는다. 내가 비장의 무기라고 준비해 둔 질문, "선생님은 어떻게 이렇게 부자세요?" 라는 질문은 "가난엔 소질이 없다"는 그녀의 말 때문에 전혀 의미가 없는 것으로 되어버리고 만다.

  점심을 먹고 그녀는 다시 예쁜 찻집을 찾는다. 나는 기왕이면 사진 찍기 좋은 집으로 가시자고 권한다. 그녀는 사진 찍기에는 아까 그 집이 제일 좋다고 말한다. 같은 찻집을 하루에 두 번 가다니……. 그러나 좋은 사진을 위해서라면 커피 맛 정도는 포기해야 하는 것이다. 같은 찻집이지만 일 층으로 자리를 옮겨 앉으니 분위기가 또 다르다. 그녀의 시 속에서도 그렇지만 직접 만나본 그녀에게서도 가정주부 냄새 같은 건 나지 않는다. 그녀가 살림을 잘 할까? 그녀는 우선 순위 1위가 자식이지 일이 아니라고 한다. 일은 2순위, 그 뒤에 이어지는 3순위는 놀랍게도 연애 감정이란다. 그녀는 애들이 너무 예쁘게 컸다고 말한다(그녀는 미국에서 변호사로 일하고 있는 아들과 아이들에게 영어를 가르치고 있는 딸 자랑을 조금 했다). 그리고 자신도 애들한테 최선을 다했다고 말한다. 그녀의 삶에서도 그녀의 시

속에서도 불행의 흔적을 찾기가 어렵다면 이것은 나의 편견일까? 뛰어난 예술가들에게는 "근원적인 상처"가 있다는데 그녀에게는 그런 것이 없는 것만 같다. 그녀는 그 트라우마가 너무나 큰 것이기 때문에 언어로 쓸 수 없다고 말한다. 그러나 이 말은 어째 곧이 들리지 않는다. 그녀는 삶이 무겁고 힘겹고 고통스러웠지만 시 때문에 거뜬히 살아낸 것이라고 말한다. 내 삶이 시를 만드는 게 아니라 내 시가 만들어져 가면서 나를 만들어준 것이라는 말은 자못 비장하기까지 하다.

말을 하고 있는 그녀의 표정이 하도 풍부해서 그녀의 얼굴을 보고 있는 것이 즐겁다. 그녀는 얼굴 표정이 풍부할 뿐 아니라 제스처도 아주 크다. 양손을 허리에 얹는가 하면 머리카락를 가볍게 손으로 모아서 오른쪽 어깨 위에 올려놓기도 한다. 나는 때로 영화 배우와 얘기하고 있는 것 같은 느낌을 받는다. 그녀는 시를 쓰지 않았다면 배우가 되거나 시각 예술을 했을 것이라고 말한다. 나는 배우나 디자이너는 충분히 되고도 남았겠다고 생각하며 고개를 끄덕인다. 그녀는 어렸을 때 꿈이 화가였다고 한다. 어떤 전시회에 가도 이건 나도 그리겠다는 생각을 했다고 한다(아, 이 당당함이란!). 레슨을 잘 견뎠다면 그녀는 지금쯤 시각 예술을 하는 사람이 되어 있을지도 모른다. 그러나 반복되는 레슨을 견딜 수가 없었다고. 지금은 아무도 부러운 사람이 없다고 말하는 그녀. 언어와 더불어 살고 있는 이 삶이 좋다는 그녀.

사진 작가에게 전화를 했더니 압구정역이라면서 금방 도착할 거라고 한다. 그녀는 얼른 화장품 케이스를 꺼내 화장을 고친다. 나도 얼떨결에 화장을 고친다. 고개를 드니 그녀가 나를 빤히 보고 있다. 나는 에이 사진을 찍을 것도 아닌데 화장하는 것이나 자세히 볼 걸 하는 생각을 한다. 그녀가 오늘따라 이렇게 눈부셔 보이는 건 사진을 찍기 위한 그녀의 특별한 연출일까? 알 수 없다. 사진 작가가 오고 잠시 화제가 바뀌었지만 그녀와 나는 금새 우리의 페이스를 찾는다.

　나는 될 수 있으면 '미당' 얘기는 하지 않으려고 한다. "문정희" 하면 자연스레 "미당"을 떠올리는 사람이 많을 테지만 그녀는 미당에 기대지 않아도 그녀 자체로 좋은 시인이다. 나는 미당과 그녀를 연결시키지 않는 것이 "문정희 시"에 대한 대접이라고 생각했다. 그러나 얘기는 자주 미당 쪽으로 흘러갔다 돌아나오곤 한다. 미당에 대한 그녀의 어쩔 수 없는 애정 때문이리라. 그녀는 미당을 '산맥'에 비유한다. 그리고 정말 "대가가 있다"는 말로 미당을 평가한다. 그녀는 자신이 외로울 때면 시의 불을 쪼이러 미당에게 가곤 했었지만 미당 선생님한테 해준 건 아무것도 없다고 말한다. "사람들이 미당을 너무 몰라" 하는 말에는 진짜 안타까움과 애정이 묻어 있다. 미당 자신이 영어를 열심히 공부했고 그녀에게 제일 먼저 선물해 준 것도 영어 성경이었다고 한다. 그녀가 결혼을 할 것이라고 했을 때 미당이 한 말도 "양행(洋行)을 하지 왜 결혼하느냐"였다고.

　그녀는 좋아하는 외국 시인으로 러시아 출생의 요셉 브로스키, 옥타비오 빠즈를, 한국시인으로는 미당, 다형, 소월, 지용을 꼽는다. 미당에게 배운 건 많지만 서로 기질은 다른 것 같다고 한다. 미당한테 혹시 의욕 상실에 빠져 있는가?

문경희 시인을 만나고 오면
무엇이든 하고 싶어질 것이다.
나는 그녀를 만나고 돌아오던 밤,
빨래비젠을 치워버렸다.

배운 건 사물을 보는 눈, 합리적 노력이라고 한다. 합리적 노력이라는 말은 알 듯도 하고 모를 듯도 하지만 나는 확인하지 않는다. "귀신들렸죠." 그녀는 미당의 시세계를 이렇게 정리한다. 그리고 미당은 언어체계며 사유체계가 시로 시작되어 시로 끝난다고 한다.

내가 시인들을 인터뷰할 때 잘 하는 질문 중 하나가 어떤 사람들과 친하냐는 것이다. 친구를 알면 그 사람을 알 수 있지 않을까? 그녀는 소설가 윤후명과, 김형영 시인을 꼽았다(두 분 다 남자다!). 문인말고는 그림 그리는 김원숙 선생, 소비자를 위한 시민의 모임의 송보경 교수, 독문학 하는 차경아 교수를 꼽았다. 특히 송보경 교수로부터는 렘브란트 그림을 선물 받은 적이 있는데, 그 그림이 「물을 만드는 여자」라는 시를 쓰게 했다고 한다.

얘기가 길어지면서 문득문득 나는 가닥을 놓친다. 어쩌면 나는 그녀의 달변에 계속 박수만 치고 있는 것은 아닌가 조금 불안해진다. 이 와중에 그녀가, 여성시는 문전만 더럽히는 시 아니면 교훈시야 하는 얘기가 선명히 들린다. 코드가 문학에 꽂혀 있지 않고 교훈에 꽂혀 있는 시. 그녀는 문학은 부도덕이기도 하고 날강도이기도 하다고 말한다. 그녀는 조국과 민족이 최선은 아니다 라고 당당히 말한다. 그리고 자신은 '낙랑공주' 라고 말한다. 내가 눈을 동그랗게 뜨자, 조국과 민족이 최선은 아니다. 나는 사랑을 위해서라면 북도 찢는다 라고 말한다. 내게는 조국과 민족보다 사랑이 중요하다고 당당히 말할 수 있는 사람이 몇이나 될까. 나는 또 어쩔 수 없이 마음으로 뜨거운 박수를 치고 만다.

"나는 상대적으로 많이 가졌다." 그녀가 솔직하게 말한다. "나는 기득권의 얼굴로 보이기 때문에 싸움도 못한다." 그녀가 조용하게 말한다. "삶은 조심스럽게 문학은 거침없이" 그녀가 단호하게 말한다. 그래, 그런가. 그래서 그녀의 시가 막힌 데 없이 그렇게 잘 읽히는가. 그래. 그래서 그녀를 둘러싼 잡음들이 들리지 않는 것인가. 그녀가 또 말한다. "값싼 박수는 싫다." 그래서 그녀는 이렇게 당당한가. 그녀는 세 번째인가 네 번째 "내가 한 말, 다 거짓말이야." 한다. 나는 그녀가 거짓말이라고 하는 이유를 다 알 것만 같다.

나는 그녀에게 "남자"에 대해 묻는다. 나로서는 이것이 마지막 질문이다. 내가 읽은 한 그녀는 '남자' 전문가다. 그녀는 짧게 답한다. "내가 가장 사랑하는 동물." 그리고 사이를 두었다가 "신비하고 예쁘고 불쌍하다."고 말한다. 나는 불쌍하다는 말을 얼른 이해하지 못한다. 그녀는 남자의 벗은 등을 봐라. 얼마나 불쌍한데 라고 말한다. 아 참, 그러고 보니 아까 그녀는 "어느 녀석하고 연애를 해도 내 강도를 못 따라와요" 라고 말했었구나. 내 정열의 포로가 안 되려고 도망간다고, 그래서 내가 또 이겼구나 하는 절망감을 맛본다고 말했었구나. 그녀가 「사마천」을, 「키 큰 남자」를 얘기하는 것은 이런 이유 때문인가. 그렇다면 그녀가 팔을 걸 수 있는 진짜 키 큰 남자는 영영 못 만날 수도 있지 않을까?

그녀와 여러 시간 마주 앉아 있어 그녀에게 전염된 탓인가 의욕이랄까 열망이랄까 이런 것들이 내 안에서 꿈틀거리는 느낌이 든다. 나는 집에 돌아가면 당장 TV 코드를 뽑아버려야겠다는 생각을 한다.

그리고 닥치는 대로 시집을 읽고 싶다는 생각, 미친 듯이 시를 쓰고 싶다는 생각을 한다. 또 멀리 여행을 떠나고 싶다는 생각도 한다. 나는 딱 보름간 시간이 있는 사람에겐 어디를 여행지로 추천하고 싶으세요 하고 묻는다. 그건 개인의 구미, 취향에 따라 달라진다고 그녀가 말한다. 정말 여행을 많이 해 본 사람만이 할 수 있는 대답이 아닐까? 그녀는 시인이라면 뉴욕, 파리, 프라하를 권한다고 말한다. 그런 곳에 가서 히피로 지내보면 아티스틱한 착각에 빠져 재미있을 것이라고 한다. 물론 가기 전에 꼭 공부를 하고 가야 한다는 말도 잊지 않는다. 그녀는 상투화로부터 결별하는 것이 여행이라고 한다. 오늘 이후에도 내 생활은 조금도 달라지지 않을지도 모른다. 여전히 하루에 몇 시간씩 TV를 보면서 보내고, 시집은커녕 신문조차 읽지 않을지도 모른다. 그녀의 표현대로 "한국어와의 고립"을 맛볼 수 있는 여행 같은 건 떠날 엄두도 내지 않을지도 모른다. 그러나 가끔씩은 그녀에게서 느꼈던 넘치는 에너지가 생각나지 않을까?

다시 그녀의 차를 타고 지하철역으로 간다. 역시나 차를 타기에는 너무 가까운 거리라고 생각한다. 아이 참. 그녀가 좀더 많이 걸어다녀서, 좀더 날씬해지면 좋을 텐데. 아무리 운동을 하고 나면 몸이 흔들려서 시가 안 써진다고는 하지만 그래도 조금만 더 걸으면 좋을 텐데. 아이 참. 그래서 좀더 예쁘게 걸으면 백 배는 더 멋져 보일텐데. 아이 참.

〉〉〉 2002년 5월 16일

白鶴峰 1

멀리서 보는
白鶴峰

슬프고
두렵구나

가까이서 보면 영락없는
한 마리 흰 학,

봉우리 아래 치솟은
저 팔층 사리탑

고통과
고통의 결정체인
저 검은 돌탑이
왜 이토록 아리따운가
왜 이토록 소롯소롯한가

투쟁으로 병들고
병으로 여윈 知訥스님 얼굴이
오늘
웬일로
이리 아담한가
이리 소담한가

산문 밖 개울가에서
합장하고 헤어질 때
검은 물 위에 언뜻 비친
흰 장삼 한자락이 펄럭,

아
이제야 알겠구나
흰빛의
서로 다른
두 얼굴을.

1941년 전남 목포 출생. 서울대 미학과 졸업. 1969년 『시인』지에 「황톳길」 등을 발표하며 작품활동 시작. 1964년 대일 굴욕외교 반대투쟁에 가담해 첫 옥고를 치른 이래, 8년간의 투옥, 사형 구형 등의 고초를 겪음. 시집 『황토』 『타는 목마름으로』 『五賊』 『애린』 『검은 산  하얀 방』 『이 가문 날의 비구름』 『별밭을 우러르며』 『중심의 괴로움』 『花開』 등. 저서 『밥』 『남녘 땅 뱃노래』 『살림』 『생명』 『생명과 자치』 『사상기행』 『예감에 가득 찬 숲그늘』 『옛 가야에서 띄우는 겨울편지』 『대설(大說) 남』 『김지하 사상전집』(전3권) 『김지하의 화두』 『절, 그 언저리』 등. 아시아 · 아프리카 작가회의 로터스 특별상(1975), 국제시인회의 위대한 시인상(1981), 크라이스키 인권상(1981) 등과 이산문학상(1993), 정지용문학상(2002), 만해문학상(2002), 대산문학상(2002) 등 수상. 명지대 국문과 석좌교수.

김지하 대 조동일,
조동일 대 김지하

김지하 시인과의 데이트는 조금 특별한 방식으로 이루어졌
다. 김지하 시인과 조동일 선생이 만나는 자리에 내가 끼는 형식으
로. 이런 자리를 만들어 놓고 나를 거기에 '투입' 한 것은 〈시와시학
사〉의 김재홍 선생님이었다. 나는 '투입' 당하면서도 무엇을 어떻게
해야 하는 것인지 정확히 알지 못했다. 김지하 시인이 '정지용 문학
상' 을 수상하는 것을 계기로 마련되는 것임에 분명한 자리지만, 조
동일 선생이 김지하 선생의 수상을 축하하자고 만나는 그런 자리가

아닌 것 또한 명백했다. 어쩌면 나뿐만 아니라 나를 그 자리에 보낸 김재홍 선생님조차도 이 만남을 어떻게 진행할 것인지, 또 어떻게 진행될 것인지 예측하지 못했는지도 모른다. 김지하 시인이나 조동일 선생도 마찬가지였을 것이다. 어쨌거나 두 사람은 만났다. 자리가 파할 때 조동일 교수는 넉 잔 술 덕분에 얼굴이 조금 붉어져 있었다. 김지하 시인은 "정말 만족입니다."라고 인사했다. 이 두 사람 사이에 무슨 일이 있었을까?

두 거물이 만나는 현장을 포착하기 위해 나는 조금 일찍 약속 장소로 나갔다. 나대로는 그렇게 한다고 했다. 그런데 두 거물은 이미 상봉해 있었다. 김지하 시인 앞에 찻잔이 놓여 있는 것으로 봐서 그는 나보다 적어도 10분은 더 일찍 왔을 것이다. 나는 조금 당황했지만 한편으론 안심했다. 적어도 이 두 분이 폼을 잡는 그런 사람은 아니겠구나 하는 생각을 했던 것이다. 10년 전 우연히 짧게 마주친 이후로는 처음이라고 하면서도 두 사람의 해후는 요란하지 않았다. 김지하 시인이 조동일 교수에게 난을 그린 그림을 선물한 것을 빼면 그 해후는 맹숭맹숭하기까지 했다. 그저 서로의 근황을 얘기했고 또 서로 어떻게 건강을 관리하는지에 대해 말했다. 그런 평범한 얘기들 틈에서 두 사람의 관계를, 아니 더 솔직히는 힘의 역학 관계를 알아내려고 했지만 그것은 결코 쉽지 않았다. 얘기 내내 김지하 시인이 조동일 교수를 '조형'이라고 불렀는데 나는 이 '형'이라는 말을 어떻게 이해해야 할지 조금 혼란스러웠다("형"이라는 말이 가지는 그

무한한 함의!). 조동일 교수는 김지하 시인을 어떻게도 부르지 않는데다가(적어도 그 찻집에서는 그랬다) '형'이라고 불리는 사람의 태도가 너무나 정중했기에 내 혼란은 쉽게 해결되지 않았다.

차를 마신 후, 나는 두 분을 모시고 〈시와시학사〉로 갔다. 거기서 두 분이 대담을 하기로 되어 있었다. 가면서 나는 이 두 사람의 공통분모는 무엇일까 생각해 보았다. 두 사람은 생김새며 차림새부터가 많이 달랐다. 김지하 시인은 청색 개량 한복 차림으로 조금은 구부정한 모습으로 걷고 있었고 조동일 교수는 밤색 양복 차림에 너무도 꼿꼿한 모습으로 걷고 있었다. 내게 그 모습은 그들의 삶을 그대로 대변하는 것같이 느껴졌다.

대담은 비교적 편안한 분위기 속에서 이루어졌다. 조동일 교수는 대담이라기보다 방담 형식으로 진행하겠다고 말하고, 두 사람이 어떻게 인연을 맺게 되었는지에 대한 얘기를 먼저 꺼냈다(어떤 이야기가 오고 갔는지를 기록하는 것은 내 몫이 아니다. 그것은 다른 사람이 상세히 정리해 줄 것이다). 두 사람의 관계를 설명하자면 4·19를 얘기하지 않으면 안 된다. 그러나 나는 그 길고도 긴 사연을 단 한 문장으로 압축하고자 한다. 김정강이 4·19 회고록에서 서울대 문리대 사람들 중에서 가장 주목해야 할 인물로 두 사람을 꼽았는데, 이론가 조동일과 천재 예술가 김지하가 바로 그들이라는 것.

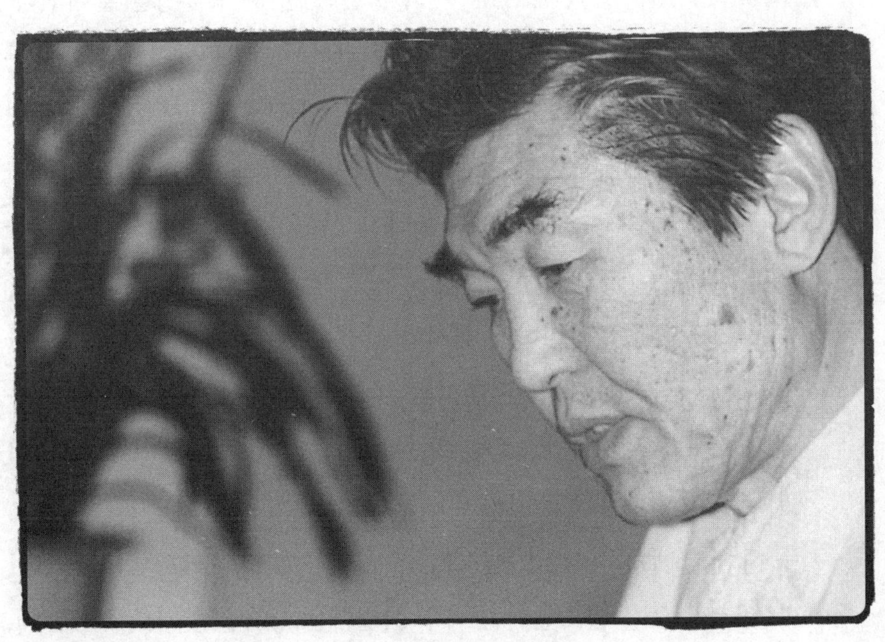

조동일 교수가 이야기를 하면 김지하 시인이 "맞아, 그래."하면서 고개를 연신 끄덕끄덕 했다. 또 "그거 참 중요한 지적이야" 하기도 했다. 김지하 시인이 얘기를 할 때면 조동일 교수가 "그래, 그래." 라고 맞장구를 쳐주었다. 조금 속되게 말하면, 분위기 정말 끝내줬다. 조동일 교수는 "우리 둘은 지금까지 남아서 계속 뭘 찾으려고 분투하고 있지." 하면서 두 사람의 친연성을 계속 강조하지, 김지하 시인은 "그것도 내가 배운 게 당신이야." 하면서 판소리를 시에 도입하게 된 것을 조동일 교수의 덕으로 돌리지, 분위기가 좋지 않을래야 않을 수가 없었다.

나의 사전 정보에 의하면 김지하 시인은 한 번 얘기를 시작했다 하면 다른 사람에게 틈을 주지 않는 것으로 되어 있었다. 조동일 교수에 대해서 들은 얘기도 그와 비슷했다. 그러나 두 사람의 대화는 정말 너무나 평화롭고 공평하게 진행되고 있었다. 그리고 또 한 가지. 두 사람의 얘기가 생각만큼 어렵지 않다는 것도 내게는 인상적이었다. 글로 그들을 읽으면서는 너무 어렵다는 생각을 하기도 했었는데, 그들의 대화는 너무나 일목요연하고 분명했다. 때로 두 사람의 대화가 선문답같이 느껴지기는 했다. 그 선문답은 서로가 상대방의 얘기의 핵심을 너무나 잘 파악함으로써 쓸데없는 질문을 줄이고, 다음에 나올 얘기가 무엇인지까지 짐작하여 이야기의 반복을 피함으로써 가능해진 것이었다.

대학 시절 이후 제대로 만나본 적도 없다는 사람들이 이렇게 서로의 생각을 꿰뚫고 있는 것을 우정의 힘만으로는 설명할 수 없을 것이다. 워낙 유명한 사람들이라 틈틈이 서로의 글을 읽어왔는지도 모른다. 아니면 천재라는 소리를 듣는 사람들은 이 정도 얘기면 서로 척 알아듣는 것인지도 모른다. 그도 아니면 두 사람만이 아는 무슨 비법이 있는 것일까? 시간이 흐를수록 분위기는 고조되었지만 두 사람의 어조는 처음과 다름없이 차분했다. 나는 '야, 이런 대강연을 혼자만 듣다니' 하는 생각을 했다.

두 사람은 서로의 차별성을 계속 강조하면서도 서로를 이 시대의 중요 인물로 손꼽기를 주저하지 않았다. 그러나 나는 두 사람 모두 자기 자신에 대한 프라이드가 누구보다 강한 인물이라는 점을 금방 간파했다. 이런 경우, 상대방을 추켜세우는 것은 자기 자신을 추켜세우는 것과 다름없다고 해야 할 것이다. 두 시간이 넘는 대담 동안 비슷한 얘기가 여러 번 나왔지만 다음의 대화는 두 사람의 자존심과 서로에 대한 애정을 단적으로 보여준다. "어떻게 조동일과 김지하를 합치느냐 그것이 문젠데 지금은 합쳐지지 못할 거야. 다음 세대를 기다려야지." "결론을 너무 빨리 내는 것 아니야? 나도 똑같은 얘길 해보지." 앞의 것은 조동일 교수의 말이고, 뒤의 것은 김지하 시인의 말이다.

두 사람은 똑같은 얘기를 다른 방식으로 얘기하고 있는 것 같았다. 조동일 교수가 자기 얘길 하면 김지하 시인은 그걸 받아 자기 식으로 다시 얘기했고 김지하 시인이 얘길 하면 조동일 교수가 그렇게 했다. 여기서 내가 "자기 식"이라고 말한 것은 아주 중요하다. 두 사람은 상대방의 입장을 서로 존중했고 또 그것을 충분히 인정했지만 자

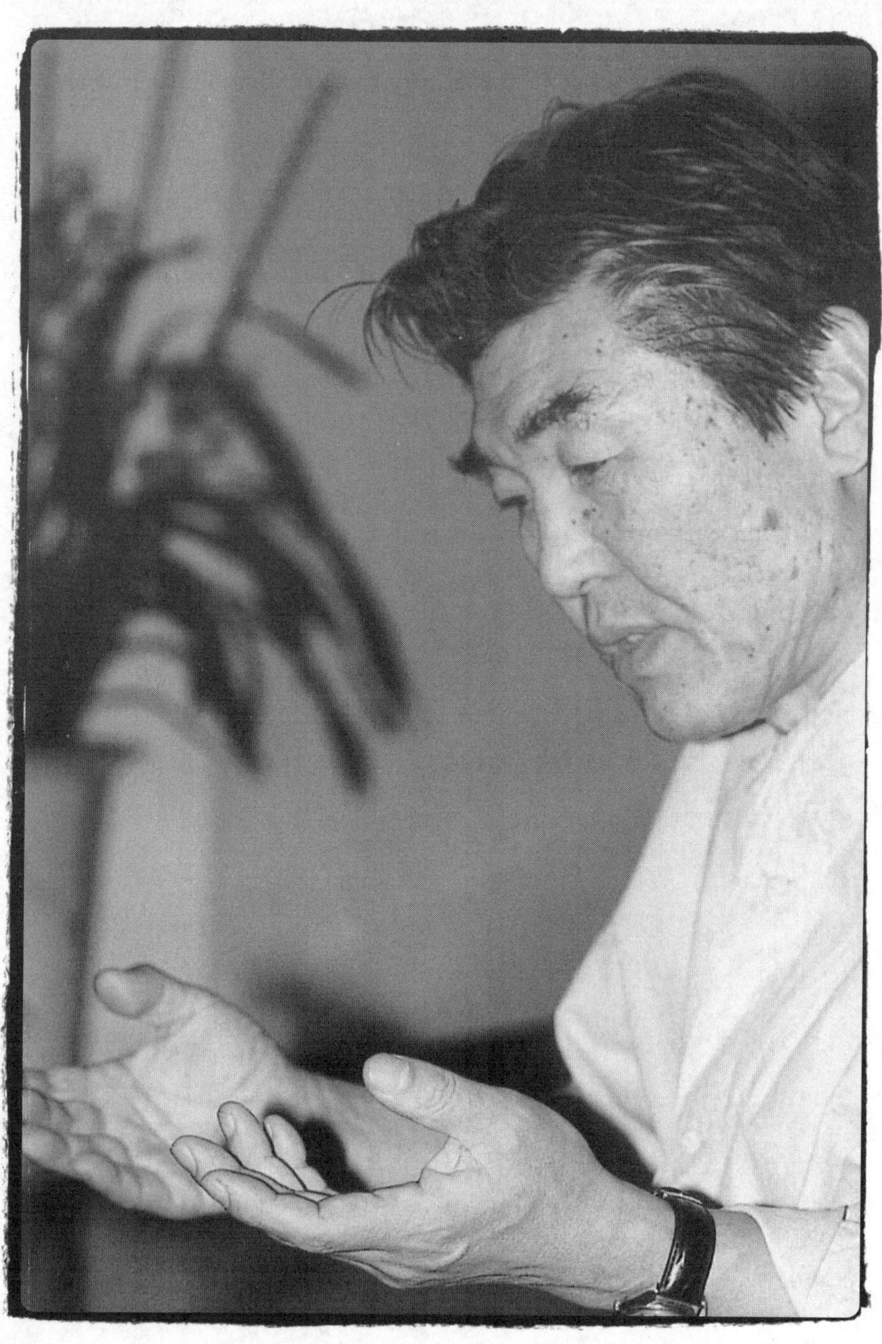

기 식으로 고쳐 말하는 것은 잊지 않았다. 두 사람 다 그렇게 했다. 그러나 나는 지금, 그 날 김지하 시인이 포용력이 대단한 사람이구나 하고 생각했던 것을 기억한다. 왜 그런 생각이 들었는지를 꼭 집어서 설명할 수는 없다. 그가 조동일 교수보다 2년인가 아래고, "조동일 교수가 내 스승"이라고 거침없이 말해서일 수도 있겠지만 그것만은 아닌 것 같다. 하여튼 그 날 내게 김지하 시인은 어떤 것도 다 담아낼 것 같은 커다란 그릇으로 생각되었다.

　두 사람의 사상 편력을 거쳐 시 얘기가 나오게 된 것은 조동일 교수가 "창작 자체가 더 가치 있는 것"이라고 말을 한 직후였다. 김지하 시인은 "이제부터 시작이구만."이라고 말했다. 사실 그런 셈이었다. 이 자리가 마련된 것도 따지고 보면 김지하 시인의 시가 정지용 문학상을 받게 되었기 때문이니까. 김지하 시인은 "이번 상이 나는 싫지 않아." 라고 했고, 지용은 능력 있는 시인이라고 말했다. 또 술이 취하면 제일 많이 부르는 노래가 지용의 것이라고 했다. 그리고는 막 자신의 시 세계에 대해 본격적으로 얘기하려 했다. 그러나 "후세 연구가들의 일을 뺏지 말라꼬." 라면서 조동일 교수는 시인의 말을 막았다. 아니, 막았다기보다 시인을 보호했다고 해야 할 것이다. 김지하 시인이 "그러면 우리가 얘기를 마쳐야 해." 라고 해서 우리는 한바탕 웃었다. 그러면서도 김지하 시인은 조동일 교수의 의견을 존중해 주었다. 조동일 교수는 국문학의 대가답게 김지하 시인에게 애정어린 충고를 아끼지 않았다. 서정시가 시의 본령이니 대작을 쓰려고 하지 말고 서정시를 써라. 이름이 부담스러워 시를 못 쓸 수도 있다. 그러나 망상을 떨쳐버리고 나날이 열심히 써라. 그것이 조동일 교수가 들려준 말이었다. 김지하 시인은 "조형 충고를 다 받아들이고 이걸로 끝내지." 라는 말로 대담을 마무리했다.

❧

대담이 끝나고 반주를 곁들인 저녁 식사 자리가 이어졌다. 거기서의 분위기도 대담할 때의 분위기가 별반 다르지 않았다. 정치, 경제, 사회, 문화를 총망라하고 동서양을 두루 넘나드는 얘기들이 오갔다. 때가 때이니만치 대통령 선거 얘기도 나왔는데, 김지하 시인은 지금 한창 물망에 오르고 있는 사람 각각을 평하면서 한 사람의 편을 들어주었다. 김지하 시인이 누구를 지목했는지는 평소에 그의 글에 관심이 있는 사람이라면 짐작하기 어렵지 않을 것이다. 너무 많은 얘기들이 오갔으므로 그것들을 다 기억해 낼 수는 없다. 그러나 조동일 교수의 외국 정치에 대한 해박한 지식과 노조 문제에 대한 깊은 통찰은 나로서는 정말 놀랄만한 것이었다. "정치 안 한 것, 행복하게 느껴진다."는 말도 인상적이었지만 김지하 시인의 말 중에서 특히 잊을 수 없는 것은 "아무것도 한 게 없는 것 같은데 환갑을 지났어." 했던 것이다. 뒤의 말은 우선, 게으르게 살아가는 나 자신을 반성하게 했다. 그리고 이것이 김지하구나 생각하게 했다. 조동일 교수와 김지하 시인이 제일 잘 맞는 부분이 있다면 바로 이것이 아닐까 하는 생각도 들었다. 멈출 줄 모르는 의욕! 새로운 것을 향한 끝없는 도전.

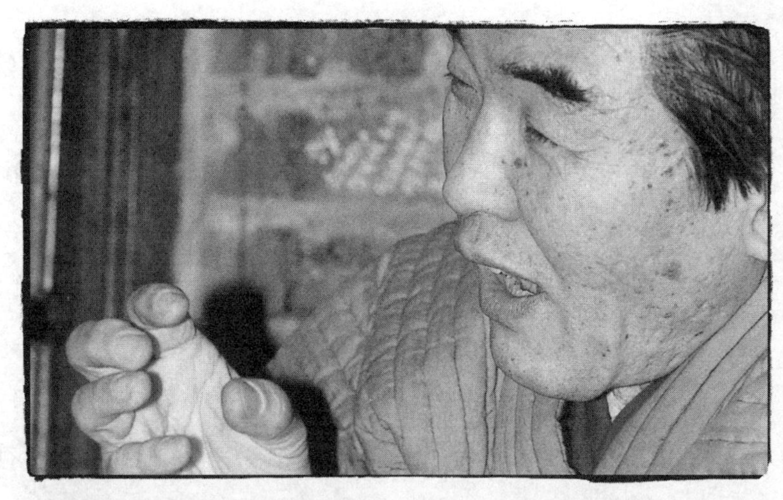

　여기쯤에서 이 글을 끝맺어도 좋겠지만 김지하 시인 특별부록을 붙이고 싶다. 없어도 되겠지만 있어서 더 재미있는 그런 특별부록. 김지하 시인에게는 반쯤 허락을 받았으니 그냥 여기다 써도 되지 않을까 싶다. 김지하 시인의 일상에 대해. 그는 요즘 주말 부부라고 했다. 사모님(그는 마누라, 우리 애기 엄마, 두목 이 세 가지를 막 섞어서 사용했다)이 토지문학관 관장이 되어서 평일에는 거기에 가 있다고. 덕분에 요즘 설거지며 음식 만드는 것에 재미를 붙이고 있다고 했다. 젊어서는 마누라 우습게 봤는데 지금은 설설 긴다고 하면서도 별로 싫은 것 같지는 않았다. 관장 역할 잘 하라고 자신이 참모 노릇까지 해준다는 데 뭐. 그의 말을 그대로 옮기면 "문화를 중심으로 프로그램을 만들도록 돕지"다. 그리고 그의 아들에 대한 얘기. 스물 아홉인데 장가갈 생각도 않고 연애도 않는다고 말했다. 걱정하는 투는 아니었고 그냥 그렇다는 얘기였다. 그리고 주머니에 들어가면 절대 다시 안 내놓는 구두쇠라고 하면서도 바로 그 점 때문에 아들에 대해 안심하고 있는 것 같았다. 서로 닭 소 보듯 한다면서도 그 아들 애길 몇 번 한 걸 보면 깊은 애정이 있는 것 같고……. 참, 김지하 시인은 술도 담배도 하지 않았다. 이제는 술 안 먹어도 말 잘 한다, 먹고 싶지도 않다고 했다. 끊은 지 2년 반 정도 된 담배는 가끔씩 피우고 싶다고. 그러나 약 봉지를 떼기 전에는 피우지 않는 것이 좋을 것이다. 식사가 끝나자 그는 약 봉지를 몇 개나 꺼냈는데, 가만히 보니 먹는 양이 한 주먹은 되는 것 같았다. 김지하 시인은 시작(詩作) 활동에 강력한 의욕을 보이는 말들을 많이 했던 것 같다.

　이 글에서 못다 쓴 얘기가 너무나 많다. 지면이 정해져 있기 때문이기도 하고 대담 정리자와의 일 분담 때문이기도 하다. 어쨌거나 이 시대의 두 지성을 이렇게 짧게 스케치한다는 것이 아쉽다. 두 분도 할 말이 엄청 남아 있을 것이다. 조동일 교수는 김지하 시인에게 나이가 좀더 들면 대담집을 하나 내자고 제의했었다. 꼭 그 날이 올 것이다. 그때 두 지성(至聖)은 또 우리에게 어떤 비전을 제시해 줄까?

〉〉〉2002년 3월

마음의 수수밭

마음이 또 수수밭을 지난다. 머위잎 몇장 더 얹어 뒤란으로 간다.
저녁만큼 저문 것이 여기 또 있다.
개밥바라기 별이
내 눈보다 먼저 땅을 들여다 본다
세상을 내려놓고는 길 한 쪽도 볼 수 없다
논둑길 너머 길 끝에는 보리밭이 있고
보릿고개를 넘은 세월이 있다
바람은 자꾸 등짝을 때리고, 절골의
그림자는 암처럼 깊다. 나는
몇 번 머리를 흔들고 산 속의 산,
산 위의 산을 본다. 산은 올려다 보아야
한다는 걸 이제야 알았다. 저기 저
하늘의 자리는 싱싱하게 푸르다.
푸른 것들이 어깨를 툭 친다. 올라가라고
그래야 한다고, 나를 부추기는 솔바람 속에서
내 막막함도 올라간다. 번쩍 제 정신이 든다
정신이 들 때마다 우짖는 내 속의 목탁새들
나를 깨운다. 이 세상에 없는 길을
만들 수가 없다. 산 옆구리를 끼고
절벽을 오르니, 천불산(千佛山) 이
몸속에 들어와 앉는다.
내 맘 속 수수밭이 환해진다.

1942년 부산 출생. 이화여대 국문과 졸업. 1965년 『현
대문학』 등단. 시집 『신이 우리에게 묻는다면』 『사람
그리운 도시』 『하루치의 희망』 『마음의 수수밭』 『오래
된 골목』 등. 1996년 소월시문학상 수상, 1998년 제43
회 현대문학상 수상.

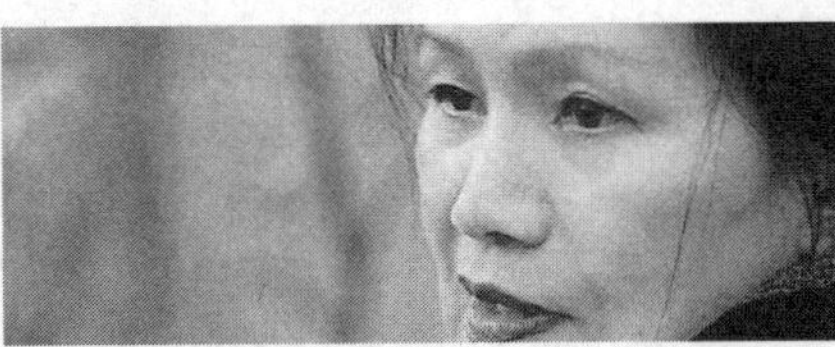

천양희

고통아 나를 쓰러트려라.
그 힘으로 내가 살아가겠다

천양희 시인과 전화로 인터뷰 약속을 하고 나서 나는 즉시 도서관으로 갔다. 그리고 그녀의 시집과 수필집들을 차근차근 읽었다. 전에 읽었을 때는 느끼지 못했던 아픔이 아릿하게 느껴졌다. 그녀의 사생활을 조금 엿듣고 난 후 다시 읽은 그녀의 시와 수필은 이렇게 내 마음을 끝도 없이 가라 앉혔다. 개인사와 문학 작품을 일대일로 대응시키는 것이 얼마나 위험한 것인지 잘 모르는 바 아니었지만 속되게도 나는 그녀의 작품 속에서 자꾸만 그녀의 상처의 흔적을 찾아

내고 있었다.

만나자마자 우리는 산쪽으로 조금 걸었다. 거기서 사진을 찍기로 미리 약속해 두었기 때문이다. 이사한 지 며칠 되지 않아서 동네 지리를 전혀 모른다면서도 그녀는 길을 잘 찾고 있었다. 수락산 끝자락일 성싶은 등산로를 오르면서 그녀는 시는 열심히 쓰지 않고 여기저기 기웃대면서 이름이나 얻으려는 사람들에 대해서 비판했다. 또 문단에 어른 노릇을 하는 사람이 없다고 개탄했다. 그녀가 이사하고 집을 어떻게 꾸몄는지, 왜 검은색 의상을 즐겨 입는지 잠시 애기한 후 우리는 바로 시 애기로 들어갔던 것이다. 그녀는 구체적인 사건과 실명을 거론하면서 문단의 비리(?)를 조목조목 따져나갔다. 그녀가 얼마나 열띠게 애기를 했는지 사진작가는 사진이 너무 어둡게 나오지 않을까 걱정했다. 내가 그런 애기만 하면 이런다면서 그녀는 금방 밝게 웃었다. 그리고 솔바람 소리도 좀 찍어달라고 사진작가에게 말했다.

커피숍으로 자리를 옮기고 나서도 나는 무언가 애깃거리를 마련해서 글을 써야 한다는 본래의 목적을 잊어버리고 그녀의 말에 연신 맞장구를 치면서 재미있어 했던 것 같다. 그녀가 들려주는 애기들이 우스개여서가 아니라 너무나 옳은 말들을 너무나 직설적으로 했기 때문에 속이 다 후련해서였다. 조금 피곤하다면서도 그녀의 목소리는 힘이 있었고 큰 눈은 너무나 밝게 빛났다. 드디어 그녀가 외로움은 견뎌도 권태는 못견디겠다는 얘기를 할 때, 나는 속으로 '이때다' 생각했다. 그래서 선생님의 시나 수필을 읽으면 상처의 결 같은 것이 만져진다, 그러나 선생님은 너무 추상적으로만 말씀하시는 게 아닌가, 이제는 조금 구체적으로 써보시면 어떨까 하고 물었다. 지금 생각해보면 내 질문도 너무나 추상적이었다. 그러나 그녀는 내가 묻고 싶은 것이 무엇인지 정확히 알고 있었다. 그녀는 구체적으로 쓰기는 어려울 것이라고 했다. 부모, 형제, 사랑, 아이 얘기는 아직 못 쓰겠다고 네 가지를 꼭 집어서 말했다(왜 '사랑' 만 관념어인가!). 어머니, 아버지를 소재로 각각 「그믐달」과 「아버지의 편지」라는 시를 쓴 적은 있지만 더 이상 세세한 얘기는 쓸 수 없을 것이라고. 그 이야기는 그 자체로 너무나 절실해서 쓰려고 하면 가슴이 콱 막힌다고. 그리고 다 비워내지 않는 것이 더 낫다고, 결코 그처럼 소중한 것이 없다고 했다. 그때 나는 '상처와 회복' 에 대해 얘기했던 것 같다. 그녀는 자신의 시 「흑포」 속에 "상처가 곧 꽃이니!"라는 구절이 있는데, 상처를 꽃으로 피우면 회복된 것이 아니겠냐고 했다. 그리고 가져갈 건 혼자 가져가겠다고 했다. 그리고 넋두리처럼 "내 속엔 웅덩이가 너무 많아"라고 했다. 이것은 내게 다 못할 얘기가 많다는 뜻으로도 여겨졌지만 또 한편, 남들이 모르는 얘기가 많다는 뜻으로도 이해되었다. 그녀는 비밀이 어느 세상에 있을지 모른다는 말로 내 질문을 받았다. 그녀는 언제나 내 마음이 내 화두라면서 마음이 안 좋을 때는 시가 안 된다고 말했다. 누구에게 미운 마음이 들 때나 화가 날 때보다는 차라리 고통스러울 때가 좋다는 것이다. 고통도 힘이 되므로. 그러나 요즘은 절실한 슬픔도 빠지고 오기도 빠지고 고통도 색이 바래는 것 같다고, 힘이 빠지려고 한다고 말했다. 그녀의 '고통의 시학' 을 들으면서 나는 그녀의 시 「풀 베는 날」을 떠올렸다. 그리고 "풀아 날 잡아라/내가 널 당겨 일어서겠다"라는 구절을 "고통아 나를 쓰러트려라. 그 힘으로 내가 살아가겠다"로 패러프레이즈 했다.

　이렇게 예쁜, 이렇게 열정적인, 이렇게 분명한 그녀도 내년이면 갑년이 된다. 그녀는 나이는 저절로 먹어가는 것이라면서 나이 먹는 것이 부끄러운 것이 아니라 부끄러운 일을 할 때 부끄러운 것이라고 말했다. 그리고 나이에 좌우되어 하고 못하는 건 없다고 말했다. 당연히 그럴 것이다. 그러지 않고서야 딸벌이나 될 나에게 이렇게 격이 없이 대할 수는 없을 것이다. '권위' 라는 말이 적당한 표현은 못되는 것 같지만 그녀에게서 어떤 권위가 느껴진다면 그건 그녀 스스로를 높이는 데서 나오는 것이 아니라 그녀가 지닌 엄격성, 분명한 원칙, 그런데서 나오는 것이 분명했다. 아주아주 솔직히 말하면, 술 마시고 운 적이 딱 두 번 있다는 얘기를 들으면서도 이상하게 나는 이 분 앞에서는 모든 걸 조심해야겠다는 생각을 하게 되었다. 자기가 좌절하면 자기 자신이 초라해진다는 얘기나 마음을 잘 써야 행복해진다는 얘기는 전혀 나를 겨냥한 것이 아니었지만 나는 자꾸 마

다이어트에 실패했는가?

그렇다면 천양희 시인을 만나야 한다. 그를 만나면 툭 튀어나온 배를 내려다보면서
나이가 들면 몸매가 망가지게 마련이라고 스스로 위안하고 있는
자신이 부끄러워질 것이다.

음을 가다듬게 되었던 것이다.

　나는 "어떻게 하면 저도 시를 잘 쓸 수 있을까요?"라는 질문을 "시를 쓰려는 학생들에게는 어떤 말씀을 들려주고 싶으세요?"로 바꾸어 물었다. 그녀는 학생들에게 강의를 하거나 강연을 할 기회가 있으면 언제나 많이 생각하고 많이 읽고 많이 쓰고 많이 찢어버리라는 말을 한다고 했다. 그리고 꼭 하루살이에 대해서도 얘기한다고 했다. 하루살이는 물 속에서 천 일을 있다가 스물 다섯 번 허물벗기를 한 후에 태어난다고 한다. 그리고 꼭 하루 하늘을 날고 짝짓기를 한 후 죽는다고 한다. 하물며 하루살이가 이러한데 문학 작품이 태어나는 과정이 어떠해야겠는가. 그녀는 문학을 쉽게 보려면 차라리 연예계로 가라고 한다고 했다. 그리고 우리는 요즘 학생들이 시보다는 영화나 광고 쪽 일을 더 하고 싶어하는 세태에 대해 나름대로 진단을 내렸다. 그녀는 좋은 글을 쓰면 먹고 살아진다면서 잘 먹고 잘 산다는 건 "정신 있게 사는 것"이라고 부연 설명했다. 그리고 또 "우리가 옛날 선비잖아요? 선비가 장사꾼보다 못하면 안 되잖아요"라고 말했다. 좋은 시에 대해 묻자 그녀는 공감을 주고 감동을 주는 글이라고 답했다. 그리고 시에 순정을 바치면 정말 좋은 시를 쓸 수 있다고, 운명을 걸고 써야 한다고 말했다.

　그녀는 아파트 베란다에 풍경(風磬)을 메달아 놓고 시상이 안 떠오를 땐 그것을 '땡' 소리나게 친다고 했다. 그러면서 풍경 끝에 물고기를 메달아 놓은 이유를 아냐고 물었다. 물고기는 잘 때도 눈을 뜨고 잔다. 그처럼 정신을 차리고 용맹정진하라는 의미로 물고기를 달아 놓는다. 나는 그녀가 시를 쓰는 모습을 떠올려 보았다. 어렴풋한 새벽에 깨어난다. 시상이 떠오르지 않는다. 베란다로 나가서 풍경을 친다. 다시 방으로 돌아와 앉는다. 그리고 쓰던 원고지를 북 찢어버린다. 다시 쓴다. 그녀는 내 멋대로의 상상을 몇 가지 정정해주었다. 놀랍게도 그녀는 네 시간 이상은 자지 않는다고 했다. 밤 두 시에 잠자리에 들어서 아침 여섯 시면 일어난다고 했다. "아침에 일어나시면 제일 먼저 무얼하세요?"라는 질문에 그녀는 "나는 마음 속에 절한 칸을 늘 넣고 있다"고 대답했다. 나는 금방 알아듣지 못해 눈을 동그랗게 떴는데 그녀는 자신이 독실한 불자는 아니지만, 아침마다 구업(口業)을 짓지 않게 해달라고 기도한다고 했다. 남에 대한 배려 없이 함부로 내뱉는 말들 때문에 상처를 많이 받아서 자신은 입으로 상처를 주지 않으려고 한다는 것이다. 그녀는 문단이 의외로 말이 많다면서, 정말로 그 사람을 위해서 하는 말이라면 단 둘이 있을 때 본인에게 직접 해야지 남들과 모여 있을 때 얘기해서야 되겠느냐고 했다(나는 그녀가 어떤 말에 어떤 상처를 받았는지는 알 수 없었지만, 그리고 그것에 대해 물어보지도 않았지만 그녀가 받은 상처의 깊이가 어떤 것인지는 충분히 느낄 수 있었다).

기도가 끝나면 그녀는 문예지들을 꼼꼼하게 읽어본다고 했다. 그래서 요즘 문단은 다 꿰고 있다고 자신 있게 말했다. 그리고 시집 부쳐오는 것도 일단은 다 읽어본다고 했다. 이 부분에서 나는 무척 놀랐다. 부쳐오는 시집 중 절반은 한 두 편 읽어본 후 바로 쓰레기통으로 보낸다는 사람을 본 적도 있고, 시집 보낸 사람에게 칭찬의 말로 너의 시집을 내가 처음부터 끝까지 다 읽어주었다고 하는 사람을 본 적도 있기 때문이다. 나의 경험으로도 잘 못 쓴 시집을 끝까지 읽는 다는 것은 여간한 인내를 필요로 하는 것이 아니다. 도저히 읽어줄 수 없는 시집이 분명히 있다! 그녀는 아무리 시시해보이는 시라도 그 것을 쓴 사람은 얼마나 정성 들여 썼겠는가 생각하면서 일단은 끝까 지 다 읽는다고 말했다. 나는 이것이 그녀의 정말 정말 훌륭한 면이 라고 생각한다. 물론 그녀는 누구나 시를 쓸 수는 있지만 아무나 잘 쓸 수 있는 것은 아니라는 말은 했다.

그녀는 시를 쓰는 건 저녁에 하고 아침, 점심 시간을 주로 독서로 보낸다고 했다. 완성된 시는 그대로 덮어두고 다음 날 다시 읽어본 단다. 시간이 많아서 책을 많이 읽는다고 했지만 시간이 많다고 다 책을 많이 읽는 것은 아니다. 시내에 나갈 때는 일부러 조금 일찍 나 가서 서점에 꼭 들르는 것도 아무나 할 수 있는 일이 아니다. 그녀의 시가 팽팽한 긴장을 유지하는 이유 중 하나는 바로 이런 정신 때문이 아닐까.

좋은 시를 쓰는 시인들이 그렇겠지만, '시'를 빼놓고 그녀의 삶을 얘기하기는 어렵다. 그녀가 스스로를 "피 흘리고 사는 전업 시 인"이라고 표현한 것처럼 시가 그녀 삶의 전부라고 해도 과언이 아

닐 것이다. "시가 사람을 살리는 것"이라는 말을 조금더 확대 해석해 본다면, 그녀는 시 때문에 살아남았는지도 모른다. 나는 그녀에게 시인이 된 계기에 대해 물었는데, 그녀는 기억을 저 멀리 초등학교 4학년 때까지로 가지고 갔다. 그때 교내 동시대회에서 「제비」, 「동생」, 「연필」로 상을 받았는데, 김한숙 선생님이 "너는 앞으로 시인이 될 거야"라고 말해주었다고 한다. 그때는 '시인'이 무엇인지 정확히 알 수 없었지만, 막연히 선생님이 말씀하신 거라 좋은 것일 거라고 생각했고 중학생이 되어서 시인이 무언지 알게 되었다고 했다. 누구의 말 한 마디가 평생을 끌고 가더라라는 그녀의 말은 그 표현 자체도 인상적이었다.

그녀는 집안 분위기도 자신이 시인이 되게 하는데 한몫 한 것 같다고 했다. 그녀의 아버지가 당송(唐宋)시에 능했고, 작은 오빠도 시인은 아니었지만 시를 써가지고 다녔고 아코디언도 잘 했다고 한다. 언제나 책을 접하는 집안 분위기 때문에 그녀는 자연스럽게 책도 많이 읽을 수 있었고, 고등학생 때부터는 시인이 되어야겠다고 생각했다고 한다. 그녀는 "사람이 되어야지", "알아서 해야지" 하시던 어머니의 말과 "자리를 지켜야지" 하시던 아버지의 말을 지금도 잊지 못한다고, 그래서 언제나 그 정신을 이어받으려고 한다고 하는데, 그 두 분의 그 말씀도 그녀가 시인이 되게 하는 데 한 몫 했을 것임이 틀림없다. 그래서 그녀는 지금도 사람다운 사람이 되려고, 시인이라는 자신의 자리를 함부로 바꾸지 않으려고 하는 것이리라.

그녀의 시집에 찍한 약력은 너무나 화려하다. 1962년 이화여대 입

학. 1965년 『현대문학』 등단. 그러나 그녀에게도 고등학교 졸업 후 3
년 간의 투병이라는 아픔이 있었다. 병명도 알 수 없는 병에 걸려 투
병을 했는데, 그때 시심을 많이 키운 것 같다고 한다. 그리고는 대학
에 가기 위해 각성제를 먹고 공부를 했다고 한다. 그리고 여섯 달인
가 여덟 달만에 본고사와 국가고시를 거쳐 이화여대에 합격했다고
한다. 이화여대 다니는 사람은 어떻게 생겼나 십 리 이상을 걸어 구
경하러 오는 사람이 있는 그런 시절이었다. 투병한 기간을 제외하면
그때까지 그녀의 삶은 그야말로 탄탄대로였던 것 같다. 대학 3학년
때 『현대문학』으로 등단, 원하던 시인이 되었으니 그녀에게 부러운
것이 있었을까? 그리고 추측컨대, 화려한 연애가 시작되었을 것이다.

그녀는 이쯤에서 이런 말을 했다. 나만 승승장구하란 법이 어디 있
냐고. 그녀는 힘들 때면 아무 걱정 없이 살았던 대학 시절까지의 삶
을 떠올려 보는 모양이었다. 그리고 자신만 그렇게 행복을 누리는
것은 공평치 않다고 생각하는가 보았다. 이런 생각이 결혼 이후 밀
어닥친 고통(나는 '불행'이라고 쓰지 않고 '고통'이라고 썼다)을 감
당하게 하는 힘이 되었을 것임에 틀림없다. 그녀는 어릴 때 꿈 중 못
이룬 게 있다고 했다. 그녀의 집에 더부살이하던 사람이 있었는데
그녀의 아버지보다 나이는 훨씬 많았지만 아버지 앞에서는 언제나
두 손을 앞으로 모으고 "어르신"이라고 부르곤 했다고. 그 시절 부잣
집에서는 흔했던 풍경이겠지만 그녀는 그런 모습을 지켜보면서 어
려운 사람 도와주고 가난한 사람 공부도 시켜야겠다고 생각했다고
한다. 나는 그녀에게 그런 기회가 오기를 소망한다. 그녀는 아직 젊

기에. 그리고 아직 꿈을 버리지 않고 있기에.

　어떤 사정이 있었는지 정확히 알 수 없지만, 그러나 조금은 짐작하지만 그녀는 등단 이후 18년 동안은 시를 잠시 접어둘 수밖에 없었다고 했다(데뷔 18년 만인 1983년에 첫시집 『신이 우리에게 묻는다면』을 내면서 그녀는 시인으로 본격적으로 활동하기 시작했다. 그리고 지금까지 네 권의 시집을 내었고 소월시문학상과 현대문학상도 받았다). 시보다 '생활' 이 더 절실했기에. 그동안 그녀는 어떤 마음이었을까? 그 18년 동안 그녀는 늘 우울했다고 한다. 사는 데 바빴지만 마음 속으로는 울고 다녔던 것이다. 언젠가는 거기로 돌아가야지 하는 마음과 함께. 그녀는 글을 써야 사는 건데 하는 생각도 늘 했다고 한다. 그래서 그녀는 지금이 더 행복하다고 했다. 그녀가 하고 싶던 것을 하고 사니까. 사실, 그녀는 내가 예상했던 것보다 훨씬 더 행복해보였고 안정되어 보였다. 여기에 특별한 뜻은 없다. 60세, 독신, 전업 시인이라는 정보가 있다면 누구나 조금은 쓸쓸한 이미지를 떠올리지 않을까? 그러나 직접 만난 그녀는 그렇지만은 않았다는 의미다.

　그녀는 저녁으로 내게 아구찜을 사 주었다. 저녁을 먹으면서도 우리의 대화는 한순간도 끊어지지 않았던 것 같다. 그리고나서

나는 그녀의 따뜻한 배웅을 받으면서 집으로 돌아왔다. 그때는 잘 몰랐지만 지금 생각해보면 천양희 시인이라는 사람은 숨길 줄 모르는 사람, 아름답게 포장할 줄 모르는 사람인 것 같다. 그러나 그녀가 누구에게나, 언제나 그렇게 하리라고는 생각지 않는다. 잘은 모르지만, 그녀는 사람을 조금 가리지 않을까 싶다. 그녀가 내게 자신의 감정을 모두 드러내보인 것은 내가 시를 쓴다는 사실 때문이 아니었을까? 그녀는 나를 인터뷰 기자나 대학 강사로 대하지 않았다. 기쁘게도, 그녀는 나를 시를 쓰는 동업자(同業者)로 대접해주었던 것 같다. 나와 헤어지고 나서 그녀가 내게 한 말들에 대해 후회를 했는지 어쨌는지는 알 수 없다. 그러나 나는 그녀가 나한테 털어놓듯 한 얘기들 때문에 맘 상하게 되는 일은 절대 만들지 않아야겠다고 생각하게 되었다. 아무리 그녀가 고통도 힘이 된다고 생각한다지만 아직까지도 사람이 주는 고통을 받아서야 되겠는가. 이제는 사람들이 그녀에게 보여주는 따뜻함이 그녀 시의 힘이 되었으면 좋겠다. 참, 그녀는 인터뷰 전체를 통해 친구가 있었으면 좋겠다는 말을 세 번쯤 한 것 같다. 진정한 의미에서의 친구 말이다. 그녀에게 좋은 친구가 나타나서 그녀 삶의 힘이 되어주었으면 하고도 생각한다.

〉〉〉2002년 1월

충남 논산 출생. 〈중앙일보〉 신춘문예에 단편 「여름의
잔해」가 당선되어 등단. 1993년 당시 〈문화일보〉에 소
설을 연재하다가 돌연 절필을 선언, 삼 년여의 침묵 끝
에 중편 「흰 소가 끄는 수레」를 발표, 문단 안팎의 주목
을 받으며 작가로 복귀했다. 작품집 『토끼와 잠수함』

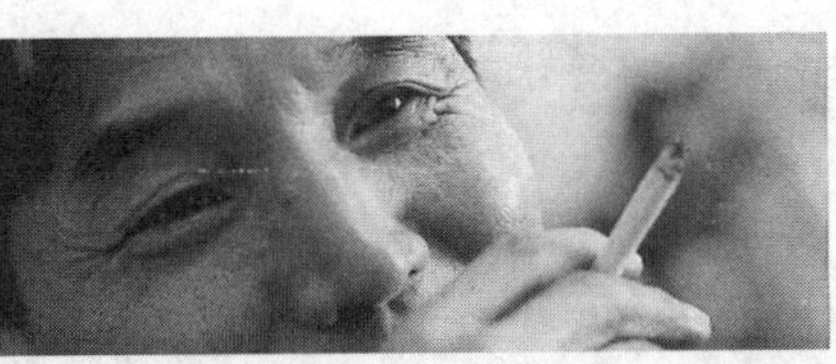

『흰 소가 끄는 수레』 『향기로운 우물 이야기』. 장편소설 『죽음보다 깊은 잠』 『풀잎처럼 눕다』 『불의 나라』 『침묵의
집』 『외등』. 산문집 『젊은 사슴에 관한 은유』 『사람으로 아름답게 사는 일』 『더러운 책상』 등. 대한민국문학상(1981),
김동리문학상(2001), 만해문학상 수상. 명지대 문창과 교수.

사랑을 잡아라!
펜을 들어라!

　　낯선 사람과 두 시간 반 동안 얘기를 나누고, 그 사람이 어떤
사람인지에 대해 얘기해야 한다는 것이 무척 부담스럽다. 물론 나는
이런 일을 여러 번 한 적이 있다. 대게는 얘기하는 도중에 저절로 이
렇게 이렇게 쓰면 되겠구나 하는 그림이 그려졌었다. 시간이 짧을
때는 비록 엉터리일망정 직관에 의지하게 된다. 나는 이번에도 나의
직관력에 의지해보려 애썼지만 소설가 박범신에게 그것이 별로 통
했던 것 같지 않다. 그의 곁에 '포진' 하고 있었던 그의 제자들 때문

에 나는 나의 '내공'의 힘을 발휘하지 못했던 것일까? 아니면, 박범
신이라는 인물 자체가 타인의 '해석'을 거부하는 그런 사람이기 때
문일까?

　그의 연구실에 들어서자 몇 명의 여성들이 일어설 채비를 하
고 있었다. 졸업한 제자들이라고 했다. 졸업한 제자들이 이렇게 몰
려들 온단 말이지……. 일단 나는 그에게 높은 점수를 주었다. 권하
는 소파에 앉으면서 나는 그의 연구실을 한바퀴 휙 둘러보았다. 크
고 작은 인형들, 잘 마른 꽃다발들, 학생들과 찍은 사진들, 그리고
'내 집'처럼 연구실을 지키고 있는 조교. 그의 연구실은 "교수 연구
실"이라기보다 "학생회실"에 가까운 분위기를 내고 있었다. 소설가
교수에 대한 학생들의 애정을, 아니다. 제자들에 대한 소설가 교수의
애정이라고 해야 할 것이다. 그의 연구실은 한 마디로 그것을 그대
로 보여주고 있었다. 딱딱해진 분위기를 부드럽히기 위해 나는 그의
조교를 불러 앉히기도 했는데, 조교는 박범신 선생님을 만난 건 행운
이라고 했다. 그리고 강의 노트는 없지만 수업 시간에 한번도 같은
얘기를 한 적이 없다고 했다. 그의 인기를 다시 한번 증명해 주기라
도 하듯 인터뷰 중 재학생 한 사람과 졸업생 한 사람이 그를 찾아왔
다. 그리고 인터뷰 내내 우리는 함께 있었다. 그리고 그가 제안한 소
위, "2차"까지 같이 갔다.

　그는 내가 생각했던 것보다 훨씬 젊었고 훨씬 미남이었고 훨씬 멋

쟁이였다. 나의 생각은 소설책 표지에서 본 몇 장의 사진들에 근거해 만들어진 것이었는데, 나의 예상대로라면 그는 조금 더 늙어 보이고 조금 더 초췌해 보이고, 무엇보다 조금 더 '엉망' 이어야 했다. 그러나 그는 그렇지 않았다. 내가 예상했던 것만큼 '엉망' 이 아니어서 오히려 섭섭할 정도였다. 사진 작가가 찰칵찰칵 셔터를 눌러댈 동안 그는 아주 세련된 포즈를 취했다. 그가 일부러 폼을 잡았다는 의미는 아니다. 그는 나에게 자신의 문학 세계에 대해 열심히 얘기하고 있었지만 그의 온몸이 본능적으로 카메라가 요구하는 자세를 연출했다고 해야 할 것이다. 왜 있지 않은가. 많이 해 본 사람이면 저절로 터득하게 되는 그런 것. 황토색 티셔츠와 갈색 목도리의 메치, 제자가 선물해주었다는 빤질빤질한 스니커즈 스타일의 신발과 새끼 손가락에 낀 반지까지. 그의 차림새도 예사롭지 않았지만 카메라에 반응하는 그의 자세야말로 정말 놀라운 것이었다.

길지 않은 시간이었지만 그는 자신의 문학관에 대해 내게 많은 것을 들려주었던 것 같다. 그러나 그가 아무리 많은 얘기를 했어도 나는 내가 알아들을 수 있는 것만 들을 수밖에 없는 것이고, 또 달리 생각하면 내가 듣고 싶은 것만 들을 수밖에 없는 것이 아닐까? 그래서 나는 그의 많은 말들 중 내게 인상적이었던 것만을 얘기할 수밖에 없는 것이다. 그의 말 중 무엇보다 기억에 남는 것은, 그래서 이것이 박범신이구나 생각하게 했던 것은, 그가 "사랑의 노선"을 걸어왔으며 앞으로도 그러할 것이라고 한 것이다. 젊은 시절, 그는 무척 사랑을 받고 싶었다고 했다. 그가 왜 그렇게 사랑을 갈망했는지를 밝히자면 그의 가족사부터 차근차근 따져나가야 할 것이다. 이것을 설명하는 것은 그의 몫이다. 어쨌거나 그는 사랑을 받고 싶었다고 했다. 그러나 지금은 많이 팔리는 것만이 사랑을 받는 것인가 하는 생각을 한다고 하는 것으로 미루어 젊은 시절 그가 생각했던 사랑은 책이 많이 팔리는 것과 밀접한 관련이 있었던 것이 틀림없다. 70, 80년대를 주름잡던 그의 소설들이 사랑을 잡으려는 그의 처절한 몸부림의 소산이었다고 하면 과장일까? 아무튼 그가 얼마나 사랑 욕심쟁이인가 하면 그의 강의 시간에 학생들이 딴짓을 하면 사랑을 못 받는 듯한 느낌이 든다고 했다. 이 대목에서 나는 그가 "여든이 넘어도 연애소설을 쓰겠다"라고 말하는 이유를 알아차릴 수 있었다. 그리고 어설프게 알고 있는 정신분석학의 지식으로, 그가 "요새는 아내의 얼굴에서 어머니의 얼굴을 느낀다"고 한 말도 이해할 수 있었다.

또 하나 그의 말 중 인상적이었던 것은 손이 글을 쓰고 있다는 느낌이 드는 순간에 대한 것이었다. 그는 아직도 컴퓨터 자판을 두드리는 대신 원고지에 직접 글을 쓴다고 했다. 내가 그의 소설책에서 본 그의 자필 원고는 굵은 글씨로 글자 한 자가 원고지 한 칸을 가득 메우고 있었다. 그는 이렇게 손으로 직접 쓸 뿐 아니라 쓰다가 글씨가 틀리면 그 페이지를 새로 쓴다고 했다. 그렇게 손으로 쓰고 있

으면 뿌듯하게 일하고 있다는 느낌이 든다고 했다. 그가 목디스크에 요추골다공증을 앓게 된 것도 다 원고를 쓰느라 생긴 병 아닐까? 그러나 그는 손이 쓰고 있다는 그 뿌듯한 느낌을 끝까지 포기하지 않을 것 같다. 그가 마약 먹은 것처럼 황홀하다고 한 순간도 바로 그렇게 글을 쓰는 순간이었으므로.

지금 우리 문단에서는 70~80퍼센트는 안 해야 할 사람이 문학을 하고 있다는 말은 우리 문단을 비판하기 위해서 한 소리만은 아니었다고 생각된다. 문학이 얼마간은 재능을 필요로 한다는 얘기 도중 그는 그런 말을 했다. "앞날에 쓰고 싶은 게 많은 사람은 운명적인 빛깔을 느껴야 된다"라는 너무나 멋스러운 말도 했는데, 그에게 언제부터 운명적인 빛깔을 느꼈는지에 대해 물었을 때, 그는 말을 아꼈다. 그는 태어날 때부터라고 말하고 싶었던 것은 아닐까?

소설가 박범신에게는 많은 수식어가 붙는다. '인기 작가', '최고 인기 작가', '저명한 작가' 등의 수식어와, 또 조금은 색깔이 다른 '순수 작가', '본격 작가' 등이 그것이다. 나는 이 수식어들을 시간적으로 나누어 정리할 수밖에 없는데, 그가 절필을 선언했던 1993년 이전에는 주로 '인기 작가'의 이름으로, 1996년 다시 집필을 시작하면서는 '본격 작가'의 이름으로 더 많이 불리지 않나 싶다. 나와 얘기를 나누는 동안 그는 스스로를 '베스트 작가'였다고 말했다. 그리고 '15년 간 인기 작가'였다는 표현도 썼고, "나는 독자가 고정적인 타입"이라는 말도 했다. 꽤 여러 번 이런 표현을 썼으므로 나는 머리 속으로 이 말들에 밑줄을 그어 놓았다. 그리고 적당한 때를 골라 어떤 소설가로 불리는 것이 좋으냐고 물었다. 그는 '청년 작가'라고 했다. 그리고 그것이 문학에 대한 순정을 지니고 있으며, 끊임없이 새로운 것에 대한 자기 모반을 시도하는 사람이라고 설명했다. 그의 어깨 너머로 "청년 작가 박범신"이라고 씌어진, 옆에는 "청년 박범신"의 얼굴이 그려진 액자 두 개가 보였다. 술집으로 자리를 옮겼을 때, 그는 이 얘기를 다시 꺼냈다. "아까 나한테 어떻게 불리고 싶냐고 물었죠?" 이렇게. 그리고 이렇게 대답했다. "그 사람, 천상 작가다 하는 소리를 듣고 싶다"고. 이런 사람에게가 아니면 누구에게 천상 작가라는 말을 붙이겠는가.

그를 만난 곳이 학교 연구실이고 제자들과 함께이다 보니 자연 교수로서의 그에 대해 관찰하지 않을 수 없게 되었는데, 그는 학교를 서재의 연장이라고 생각한다고 말했다. 그는 학생들에게 스승이 아니라 '작가 선배'로 여겨지길 바란다고 했다. 실제로 그는 학생들을 친구처럼 대했다. 그가 최근에 문학잡지에 싣고 있는 소설에 대해 제자가 강평했을 때, 물론 그 강평은 아주 좋은 소설이라는 것이었는데, 그는 아주 크게 웃었다. 그 웃음은 내가 그와 함께 있으면서 본 웃음 중에 가장 활짝 핀 것이었다. 그는 자신의 꿈이 좋은 작가를 한 사람이라도 건져보는 것이라고 했다. 그리고 학생들의 문학에 대한 사랑이 절대적이기를 바란다고 했다. 문학에 대한 순정의 범위 내에서는 희생이 필요하다고 말했다. 그가 말하는 희생이란 이를테면 이런 것이다. 사랑에 빠지게 되면 시험 공부에 소홀하게 되고 그러다 보면 성적이 떨어지는 것. 나는 희생만 하고 아무 소득도 거두지 못하는 사람도 많다고 말했다. 실제 내 주변에는 이런 사람이 적지 않다. 소설가가 되겠다는 일념으로 직장도 없이 소설에 몰두하지만 소설책을 내기는커녕, 소설가로 등단도 못한 사람들. 그는 열렬히 사랑하다 헤어진다고 해도 뜨겁게 사랑했던 기억은 남게 되는 것이라고 했다. 그 기억만으로도 손해보는 장사는 아니잖냐고 했다. 그의 사랑의 비유는 매우 적절했던 것 같다. 나는 사랑에도 문학에도 너무나 속된 사람인가!

그는 이제 나이가 들어서 그런지 제자들에게 문학에 헌신하라는 말을 덜 하게 된다고 했다. 자신이 학생들의 인생의 선택에 영향을 미치는 것이 옳을까 하는 생각을 점점 더 하게 된다는 것이다. 그럴 땐 어떻게 해야 할지를 모르겠다고 했다. 그의 말을 그대로 옮기자면, "그때가 가장 괴롭죠"가 된다. 그러나 그는 문학을 하겠다는 사람들은 문학에 대한 헌신적인 사랑으로 병들기를 바란다는 말을 잊지 않았다. 그리고 소설을 쓰려는 젊은 사람들이 새겨두어야만 할 말도 들려주었다. 자신이 2, 30대였을 때는 직관이나 우직한 순정만으로도 문학이 가능했지만, 지금 작가는 문학에 대한 절대적인 사랑이 필요하다고 했다. 문학에 헌신할 준비를 하는 것이 컴퓨터의 하드 웨어에 해당된다면, 소프트 웨어는 다양한 문화에 대한 '훈제' 혹

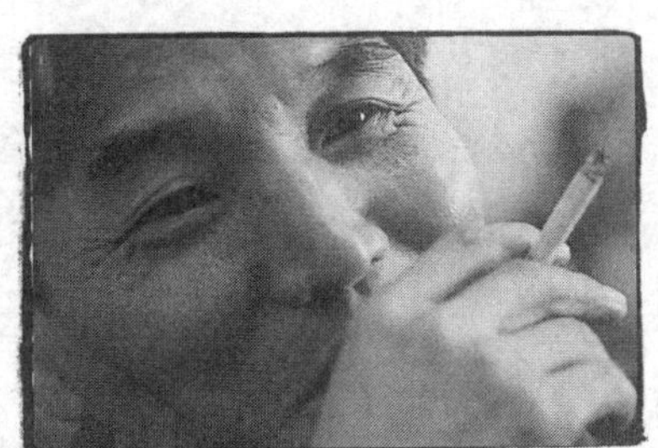

그의 어깨 너머로 "청년 작가 박범신" 이라고 씌어진,

옆에는 "청년 박범신"의 얼굴이 그려

진 액자 두 개가 보였다. 술집으로 자리를 옮겼을 때,

그는 이 얘기를 다시 꺼냈다. "아까 나한테 어떻게 불

리고 싶냐고 물었죠?" 이렇게. 그리고 이렇게 대답했

다. "그 사람, 천상 작가다 하는 소리를 듣고 싶다"

고. 이런 사람에게가 아니면 누구에게 천상 작가라는

말을 붙이겠는가.

은 '훈향'이 필요하다고 했다. 요즘은 모든 장르, 사회 전반에 대한 감수성이 필요하다는 것이다. 그리고 자신의 세계관이나 지향하려는 바에 합당한 '브랜드'가 있어야 한다는 말도 했다. 그는 자신의 제자들 중에 벌써 등단한 사람, 지금이라도 당장 등단할 수 있을 만큼 소설을 잘 쓰는 제자들 이름을 열 명 대기도 했다. 그가 소설을 어떤 식으로 지도하는지는 알 수 없으나 테이블 위에 놓여 있는 학생들의 소설 원고에 군데군데 검은 글씨가 쓰여져 있는 것으로 보아 그는 비교적 꼼꼼하게 소설을 읽어주는 스타일이 아닐까 싶다.

　　다음 얘기를 하는 것은 조금 조심스럽다. 내가 그의 말을 오독한 것이 아닌지. 혹은 그의 말을 듬성듬성 건너뛰면서 들은 것은 아닌지. 그는 〈문학사〉가 뭔지 모르겠다는 말을 했다. 자신은 15년간 인기 작가였지만 그래도 돈이 안 된다고 말했다. 내가 조심스럽다고 말하는 이유는 이런 대목들 때문이다. 그는 자신이 말하는 것에는 얼마간 '위악'이 들어 있다고 말하기도 했는데, 인기 작가지만 돈이 안 된다는 말에도 그 위악이 들어가 있을 것이다. 그리고 소설이 오래 읽히려면 '스캔들'이 필요하다고 말했다. 이때 스캔들은 베토벤이 장님이었다거나 고호가 살아서 그림 한 점만을 팔았다 하는 식의 스캔들이라는 설명도 곁들였다. 한국 작가들 이름도 몇 명 대었는데 그것은 여기서 밝히고 싶지는 않다. 어쨌든 그 말은 나도 스캔들을

갖고 싶다는 의미로 이해해야 할지, 작품이 아니라 스캔들에 의해 오래 남는 것은 부당하다는 뜻으로 받아들여야 할지, 아니면 작품에도 운명이라는 것이 있다는 의미로 생각해야 할지 내게 의문을 남겼다. 그리고 주변에서 자신을 전략이 없는 작가라고 말한다고 했다. 그래서 손해를 많이 본 것이 사실이지만 특별히 전략을 세울 생각은 없다고 말했던 것 같다.

내가 그와 제자들이 함께 하는 술자리를 뒤로 하고 야간 강의를 위해 일어나야만 했을 때는 그와 제법 낯도 익고 말도 제법 통할만한 때였다. 내게 박범신은 어떤 소설가였냐면, 친해지기는 어려운 그러나 친해지면 아주 좋을 것 같은 그런 사람이었다. 이제 제대로 된 애기를 좀 할 수 있겠구나 하는 느낌이 드는 찰나, 나는 그 자리를 떠나야 했던 것이다. 그를 만나고나서부터 지금까지 계속하고 있는 생각. 아직도, 아니 앞으로도 그는 독자들의 사랑이 필요할 것이고 사랑이 필요한 한 그는 끝까지 쓸 것이다.

〉〉〉2001년 12월

비 오는 날은 국수를 먹는다

왜?
그냥 먹고 싶으니까
내 살아온 날들의 눈물 같은 국물
진하디 진한 국물에도
목이 메인다
국수면발처럼 기나긴 생애
어떻게 살아 왔느냐다
씹지도 않고 넘어가는 면발
다시 태어나지 않아도 좋을
내 생애가 미안하다
비 오는 날은 국수를 먹는다
왜?
비가 내리니까
비참하게 주룩주룩—
내 온 생애를 적시니까
구름이 흘러가다 멈춘 곳
바로 여기!
살아 있다고 국수를 먹는다

1950년 서울 출생. 고려대 영문학과 졸업. 1978년 『세계의 문학』으로 등단. 〈백지〉 동인. 89년 인천문학상 수상. 시집으로 『별을 찾아서』 『녹슨 단추가 달린 주머니 속의 시』(89) 『검은 소에 관한 기억』(90) 『연안부두 가는 길』(94) 『중독된 땅에서』(2001) 등이 있다.

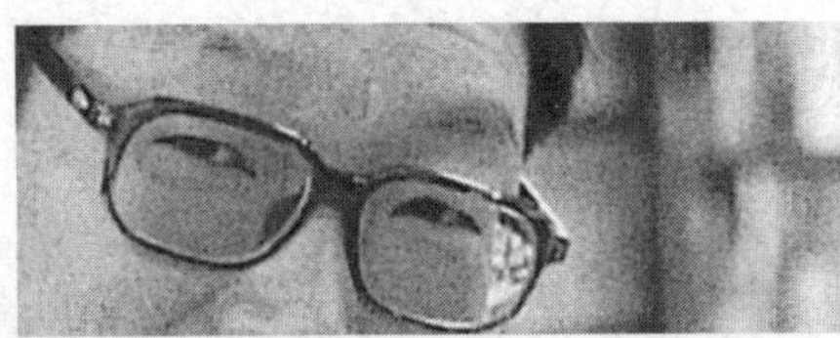

채성병

시에 사로잡힌
자유인

수원

채성병 시인을 만나러 가는 길은 멀고도 험난했다. 무엇보다 나는 출발지에서 그의 집이 있는 수원까지의 시간 계산에 서툴렀고 복잡한 지하철 노선도를 읽는 데도 서툴렀다. 게다가 방향 감각마저 없어서 지하철역에서 내려서도 어느 곳에서 택시를 타야 하는지 감을 잡을 수 없었고, 택시에서 내려서도 카페 "장미빛 인생"이 있을 법한 건물을 찾는데도 시간을 허비해야 했다. 약속 시간에 한참 늦어 "장미빛 인생"에 도착했을 때, 그는 이미 맥주 세 병을 비우고 있었다. 세 시면 술을 마시기에는 이른 시간인데……. 사진 작가 오종은과 함께였지만, 나는 그가 맥주의 대부분을 마셨으며 그가 먼저 술을 시키자고 했을 것이라고 단정했다. 순전히 술에 대한 그의 명성 때문에.

장미빛 인생

나도 나지만, 채성병 시인이 누군지도 몰랐을 사진 작가는 도대체 무슨 얘기를 나누며 이 어색한 시간을 보내고 있을까? 나는 약속 시간이 한참 넘어가자 그런 생각을 했었다. 그러나 내 생각과는 달리 두 사람은 사진 얘기와 그림 얘기를 거쳐 고등학교 시절에 방송반 활동을 했던 얘기를 하고 있었다. 그들의 대화에 끼어들면서 나는 그가 고등학교 시절 방송반에서 엔지니어를 했다는 사실, 그리고 대학교 졸업 후에 한동안 사진에 빠졌었다는 사실, 또 미술에도 안목이 있으며 미술 하는 사람들 중에 아는 사람도 꽤 있다는 것을 알 수 있었다.

그와 사진 작가는 '순수 예술'을 하는 것이 얼마나 어려운지 잠시 얘기했다. 아니, 채성병 시인 쪽에서 시와 사진의 친연성을 강조하면서 순수 예술을 하면서 살아가는 일의 지난함에 대해 계속 강조했던

것 같다. 그리고 자신은 천상병 시인이나 김종삼 시인 같은 타입이
좋다고 했다. 그가 "왜 구속을 받으며 사느냐", "영원한 자유인으로
사는 것이 좋다"는 내용의 얘기를 계속 한 것으로 보아 천상병 시인
이나 김종삼 시인은 그에게 자유인의 한 표상으로 이해되고 있는 것
같았다. 자유인, 그것도 영원한 자유인이라……. 나는 때를 놓칠세
라 '자유인'들은 자신은 좋을지 모르나 자유인을 옆에서 보는 사람
들은 힘들 수도 있지 않겠냐고 말했다. 그리고 가족이나 친구들을
생각해보라는 말까지 해버리고 말았다. 만난 지 30분도 안 되어서
말이다. 그는 친구들한테는 절대 그래서는 안 된다고 엄격하게 말했
다. 그러면서 안사람에게 제일 미안하다고 말했다.

나는 친구들에게 뭘 그래서는 안 되며, 부인에게는 무엇이 미안하
다는 것인지 묻지 않았다. 아니, 물을 수 없었다. 그럴 의도가 전혀
없었다고 한다면 그것은 거짓이 되겠지만, 적어도 그때 나는 그를 비
난하거나 공격하는 빛을 내보이지는 않았던 것 같다. 그러나 그가
너무나 엄숙하게 얘기했으므로 나는 조금 미안해졌다. 사실, 나는 그
를 만나면서부터 내가 예상했던 것과는 다르게 그가 너무나 단정하
고 모범생답다는 점에 놀라고 있었는데 그의 그러한 대답 역시 그를
성실하게 보이게 했다. 그의 말자체도 그랬지만, 그가 말하는 태도는
더 그랬다.

나는 점점 그에 대해 호기심이 생겼다. 도대체 이렇게 단정하고 이
렇게 반듯한 사람이 어떻게 "영원한 자유인"의 반열에 들어서게 되
었을까? 깨끗하게 다림질한 소라색 와이셔츠에 붉은 빛이 도는 넥타

이를 반듯하게 맨 이 사람이 어떻게 '알코올 중독' 에 직업이라곤 한 번도 가져본 적이 없는, 좋게 말해주어 '전업 작가' 일 수 있을까? 물론 그는 오늘의 사진 촬영을 의식해 멋을 낸 것이리라. 그렇다고 해도 그 반듯한 분위기까지야 어떻게 하루아침에 만들겠는가. 나는 그의 과거를 재구성하고 싶어졌는데, 그와의 긴 대화를 거쳐 내가 파악한 바 그의 과거는 이렇다.

중·고등학교 때까지는 굉장한 모범생이었다. 선생님들이 말썽 부리는 학생들을 그에게 맡겨 놓을 정도였다. 그리고 고대 영문과에 입학했다. 외교관이 되는 것이 꿈이었다. 대학 시절 프랑스 문학을 접하면서 시에 눈을 뜨게 되었다. 영·미 문학의 섭렵을 거쳐 우리 문학에 관심을 가지게 되었는데 그때 제일 먼저 읽은 것이 김수영이었다. 마침 김수영은 선린상고 선배여서 "우리 선배도 시인인데, 나도 시인이 될 수 있다"는 생각을 굳히게 되었다. 그러나 그는 김수영 같은 모더니스트가 되기보다 서정시인이 되겠다고 생각했다. 시 중에서도 가장 어려운 게 서정시이기 때문이다. 결혼은 스물 여덟에 했다. 그때는 빨리 집에서 해방되고 싶었다. 전자공학과 대학원에 다니는 아들이 있다(그는 아들이 공부도 잘 하고 효자라고 자랑했던 것 같다). 등단은 1978년에 『세계의 문학』을 통해서 했다. 그리고 지금까지 시집을 다섯 권 내었다. 아, 대학 졸업 후 몇 달 간 신문사에 취직했던 일도 기록해 두어야겠다. 신문사 기자 생활은 수습 기간을 마치고 기자증을 받자마자 막을 내렸다.

사진 작가가 연말 모임을 이유로 먼저 자리를 뜨자, 나는 그에게

깨끗하게 다림질한 소라색 와이셔츠에
붉은 빛이 도는 넥타이를 반듯하게 맨 이 사람이 어떻게
'알코올 중독'에
직업이라곤 한 번도 가져본 적이 없는,
좋게 말해주어 '전업 작가'일 수 있을까?

천상병 시인이나 김종삼 시인의 시를 좋아하느냐 삶을 좋아하느냐, 아니면 그 둘 다를 좋아하는 것이냐고 물었다. 그는 자유인으로 사는 것은 좋으나 작품은 그것으로는 안 된다고 말했다. 그리고 그 분들이 쓴 작품의 양이 너무 적다고 했다. 또 더 좋은 작품이 있어야 하는데, 그게 안타깝다고 말했다. 이 말은 그의 시에 대한 욕심도 함께 보여주었다고 생각된다. 천상병 시인이나 김종삼 시인처럼 영원한 자유인으로 살면서도 시는 그들보다 더 잘 쓰자는 것.

채성병 시인을 인터뷰 대상으로 정하면서, 내가 꼭 물어봐야겠다고 생각한 것이 하나 있었다. 바로 하루 일과다. 소위 전업 시인의 하루 일과가 어떤 것인가 하는 것이다. 그러나 나는 그 질문을 단도직입으로 할 수는 없었다. 아니 설사 그렇게 물었다고 해도 그는 내가 기대하는 것처럼 일목요연하게 답을 하지는 않았을 것이다. 이것이 특별히 어려운 질문이라거나 곤란한 질문이어서가 아니라 그의 말하는 방식이 그렇기 때문일 것이다. 그는 어떤 질문에도 솔직하게 답했지만, 필요 이상으로 말을 길게 하지는 않았다고 생각된다. 그래서 그의 하루 일과 또한 여러 가지 질문을 거쳐 내 나름대로 재구성할 수밖에 없었는데, 이것은 그의 과거를 재구성하는 것처럼 또렷하게 그려지지는 않았다. 하긴 과거와 달리 하루 일과는 매일이 다르고 그때그때 상황마다 달라질 수 있을 것이니 어찌 벽에 붙여놓은 생활계획표처럼 반듯하게 구획할 수가 있겠는가.

아침 다섯 시 기상. 늦어도 여섯 시면 기상. 여덟 시경 아침을 먹음. 오전 시간은 주로 음악을 들으면서 보냄. 점심을 먹자마자 집 근처 광교산으로 등산. 두 시간 정도 소요. 당뇨 때문에 혈당이 떨어질까 봐 시간을 꼭 지킴. 약수를 받아서 내려옴. 혼자 점심, 저녁을 먹을 때가 많음. 아침, 점심, 저녁 설거지 다 함. 이상은 그의 보름 간격의 음주기가 휴지기에 들어갔을 때의 일과다. 음주기일 때는 다섯 시 기상. 눈 뜨면서부터 술 마심. 슈퍼마켓으로 감. 거기서 소주를 마시며 술집이 문을 열 때까지 기다림. 술집이 영업을 시작하면 거기서 마심. 그 다음? 그 다음은 그가 말해주지 않은 것인지 내가 물어보지 않은 것인지 모르겠다. 하긴 아침부터 술을 마신다는데 무슨 다른 일과가 있겠는가.

시인과 농부

"장미빛 인생"을 나와 우리는 버스를 탔다. 남문 쪽에 있는 찻집으로 옮기기 위해서였다. 거기서 우리는 그와 나를 "중매"한 사람을 비롯한 예닐곱 명의 젊은 시인들을 만나기로 되어 있었다. 한 30분쯤 버스를 탔을까? 그는 지나는 정거장마다 중요한 곳이 있으면 설명했다. 그리고 가족들 얘기, 친구들 얘기도 해주었다. 그의 친절은 고마웠지만 나는 그 친절에 충분히 응대하지 못했다. 퇴근길이라 버스는 사람들로 가득했고, 우리 둘에게선 제법 술 냄새가 날 터였고, "하, 하, 하, 하!" 정확히 네 음절로 나누어 웃는 그의 웃음소리는 혼자 듣기에는 너무나 컸다. 어쨌거나 우리는 남문 근처에서 버스를 내려서 약속한 찻집으로 들어갔다. "시인과 농부"라는 조금은 낡은 듯한 이름답지 않게 근사한 인테리어에 고급스런 음악이 흐르는 우아하고 멋진 찻집이었다. 그러나 흡연석이 하나도 없고, 출입문에는 아이들은 데려오지 말라는 글까지 써붙여 놓은 조금은 이상한 찻집이기도 했다. 그곳에서 한 30분 앉아 있었을까? 그는 나가고 싶다고 했다. 담배를 피우지 못해서 불편하다고. 하긴 애초에 "장미빛 인생"도 나를 위해, 그러니까 내가 찾아오기 쉬우라고 정한 장소였을 뿐 그가 즐겨하는 분위기는 아니었다. 이 찻집을 약속 장소로 정한 것은 젊은 시인들을 배려한 그의 선택이었다고 생각되었다.

중국성

그래서 우리가 자리를 옮긴 곳이 수원에서 오향장육을 제일 잘 한다는 집이었다. 오향장육에 어찌 이과두주가 따르지 않겠는가. 우리는 술잔에 술을 채웠고 그는 "좋은 시 씁시다"라며 건배를 제의했다. 그리고 그는 시에 대해 여러 가지 얘길 했다. 우리 젊은 시인들은 누구 할 것 없이 "이제는 시 얘기는 그만하자"고 한 번씩은 말했던 것 같다. 그러나 다른 데로 흘러갔던 얘기도 그에게 이르면 다시 시 얘기가 되어 나오고 말았다. 많은 얘기를 들었지만, 그의 시론은 크게 두 가지로 요약할 수 있을 것 같다. 좋은 시를 쓰려면 자기 자신에 충실해야 하는데, 그러기 위해서는 무엇보다 경험이 중요하다는 것이 첫 번째다. 그리고 두 번째는 많이 써야 한다는 것이다. 그의 표현대로라면 "작품 많은 사람이 이기는 거 아닙니까?"가 되겠는데, 그는 이 말을 여러 번 했던 것 같다. 물론 이 말은 제일 앞에 "좋은"이라는 말이 생략되어 있는 것이리라. 그렇게 분위기는 무르익어 갔다. 그는 이렇게 좋은 날이 또 올지 모르겠다고 했다. 그 말은 내 마음을 너무나 아프게 했다. 나는 그러니까 "제발" 건강하시라고 말했다. 건강하게만 살아 있으면, 그리고 시만 열심히 쓰고 있으면 왜 더 좋은 날이 오지 않겠는가.

빈대떡 집

이 글도 그의 음주 얘기가 상당한 부분을 차지하게 되고 말긴 했지만 그는 우리가 흔히 예상하는 그런 알코올 중독자는 아니었다. 그는 스스로 "나는 알코올 중독이야"라고도 했지만, 그리고 그 알코올 때문에 정신 병원에 갔다왔다는 소문도 있었지만(소문은 사실이었다. 그는 자신이 기꺼이 정신 병원으로 갔던 것이 음악가 슈만을 이해하기 위한 것이었으며, 또 새로운 세계를 경험해 보고 싶다는 열망 때문이었다고 했다), 글쎄 그를 알코올 중독자라고 할 수 있을까? 그는 한 보름 술을 마시고 나면 이제는 먹으면 안 된다고 생각해서 절제를 한다고 했다. 술을 마시면서도 그는 술 마시는 자신을 끊임없이 지켜보고 있는 것인가. 그는 말을 하다가 생각이 잘 나지 않으면 "이거 술 먹어서 그런가보다"라고 겸연쩍어 했다. 그러면서도 생각

나지 않는다는 그 부분을 정확히 기억해냈다. 특히 나를 놀라게 한 것은 그가 시를 맨정신일 때만 쓴다고 한 것이었다(맨정신일 때만!). 오향장육집에서 다시 빈대떡집으로 옮기고 하느라 술을 꽤 마셨을 듯한데 그는 조금도 흐트러진 모습을 보여주지 않았다. 그리고 젊은 시인들끼리 어울리도록 자리를 비켜준 것이다. 그의 말 그대로 이젠 절제를 해야 될 것 같아서 그런 것인지 일찍 자리에서 일어났다. 아 홉 시도 안 된 이른 시간이었는데도 말이다. 정말 나로서는 뜻밖이 었다.

　놀라운 얘기를 하나 더 해볼까. 아이디 "azul", 24시간 전자오락 몰 두, 다섯 달만에 디아블로 "독파", 익스텐션 확장 팩까지 깸. 이것이 누구 얘기일 것 같은가. 이 사람의 온라인 상 별명이 "할배"라면 짐 작이 가겠는가. 바로 채성병 시인 이야기다. 쉰이 넘은 나이에 차도 핸드폰도 없는 사람이 온라인 게임 도사라면 믿을 수 있겠는지(아마 도 이 글을 읽는 오십대 시인들 중에는 온라인 게임이 무엇인지 모르 는 분도 상당수 계시리라)? 아무리 술을 끊으려는 의도로 전자 오락 을 시작했다고는 하지만, 그것이 취미에 맞지 않는다면 무슨 수로 그 렇게 매달렸겠는가. "젊은 애들이 하는 건 알고 싶잖아요." 이것이 그가 설명한 이유다. 그와 더 오랜 시간을 같이 있었다면 그는 또 얼 마나 다른 모습을 보여주었을지 모르겠다. 그러나 그는 그렇게 자리 를 떴고 남은 젊은 시인들끼리 늦게까지 술을 마셨다. 우리는 채성 병 시인을 안주 삼았던가. 별로 그랬던 것 같지 않다. 나는 그들에게 채성병 시인에 대해 이것저것 물어보았던가. 그렇게 하지 않았던 것

같다. 아무리 자세히 물어본들 그들의 대답이 어떻게 채성병 시인의
본모습일 수 있겠는가.

김우창, 감태준, 이남호 선생님께

글을 마치려는 지금, 꼭 써두지 않으면 안 될 것이 있다. 채성병 시
인은 나한테 글 속에다가 세 분한테 고맙다는 말을 꼭 써달라고 ‘특
별 주문’을 했다. 김우창 선생님, 감태준 선생님, 이남호 선생님이
그들이다. 나는 그분들이 어떻게 고맙게 해주셨냐고 물었는데 그는
“주위의 도움이 없었으면 힘들었을 것”이라고만 답했다. 무엇이 힘
들었을 것이라는 건지에 대해서는 말하지 않았다. 이것이 그가 말하
는 방식일 것이다. 그의 어법으로 미루어 짐작컨대, 정작 그분들한테
고맙다는 말을 제대로 해본 적이 없는 것이 아닐까? 혹시 김우창 선
생님, 감태준 선생님, 이남호 선생님이 이 글을 읽는다면 채성병 시
인이 각별히 감사하는 마음을 가지고 있다는 것을, 진심으로 감사하
고 있다는 것을 꼭 알아주셨으면 좋겠다.

>>> 2001년 11월

소나무 아래서

소나무 아래서 본다
천년 푸르다는 지조 높은 용상을
우러러 가까이 본다
옮기면 죽어버리는 그 고집
한자리 지키며 영생이라도 꿈꾸는
그 절개
오직 하늘과 독대하며
고개 꺾지 않는
가슴팍 속내를 꽝꽝 치다가
아차! 가지 사이사이
주먹 내어미는 솔방울을 본다
화가 났을까
푸른 손가락 잎이 바늘 같은
몸집 크지만 날카롭고 예민한
그러나 과묵한 소나무 저 속 깊은 곳에서
툭툭 불거져 튀어나온
울화 주머니?
수세기를 서서 세상 바라보며
천년 깡다구도 속이 끓어
온몸으로 덮은
대바늘 잎으로도 터트리지 못한
분(憤)이 있을까
그러나 이 땅 소나무는 반전(反轉)을 한다
나 오늘 잎은 버리고 가슴만 기대니
저 단단한 침묵의 열매도 속 연다

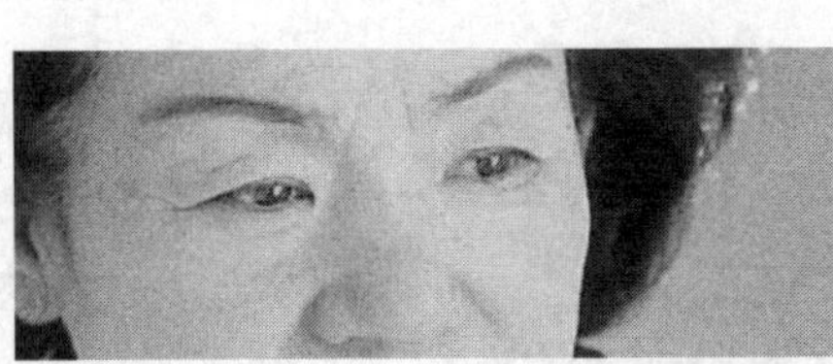

1943년 경남 거창 출생. 숙명여대 국문과 및 동 대학원 졸업. 문학박사. 1972년 『현대문학』으로 등단. 시집 『아버지의 빛』 『어머니, 그 삐뚤삐뚤한 글씨』 등. 시선집 『이제야 너희를 만났다』. 대한민국 문학상. 시와시학 작품상 수상. 명지대 문창과 교수.

거친 세상, 따뜻한 눈,
삼천 원 짜리 스카프

2001년 9월 25일 오전 10시 35분

나는 신달자 시인과 접선을 하고 오라는 지령을 받았다. 임무를 성실히 수행하는 첩보원이라면 당연히 사전 준비를 철저히 할 것이다. 그러나 나는 준비를 하면서 이 지령을 제대로 수행할 수 있을까 하는 의문을 가졌다. 전화 속 목소리가 '신달자 시인'이라고 목표물을 정해 주었을 때, 나는 그녀를 잘 알고 있다고 생각했었다. 『백치슬픔』

의 몇 구절쯤은 아직도 외우고 있으며『물 위를 걷는 여자』가 일으켰
던 반향을 똑똑히 기억하고 있기 때문이었을 것이다. 또 그의 책을
대라면 몇 권쯤은 거뜬히 댈 수 있을 것이고 아무리 많은 사람들 속
에서도 그를 찾아낼 수 있을 것 같았기 때문이었을 것이다. 그러나
대한민국에서 그의 이름을 모르는 사람이 얼마나 될까 하는 생각을
하자 나는 슬그머니 자신이 없어졌다. 나는 문인들이 모이는 자리에
서 그를 본 적이 있는가 기억을 되살려 보았지만 적어도 내 기억 속
에는 그가 없었다. 그러니까 나는 '풍문'으로만 그를 알고 있을 뿐이
었던 것이다. 더구나 내가 그의 책을(시집이든 수필집이든 소설책이
든) 제대로 읽어본 적이 없다는 데 생각이 미치자 이번 일은 내가 할
수 없는 일이라는 생각까지 들었다. 그러나 내용을 확인하고 나면
바로 폭발해버리는 첩보영화 속의 지령들처럼, 이것은 내가 거부할
수 있는 성질의 일이 아니었다.

2001년 9월 28일 12시 정각

약속 시간에서 일 분의 오차도 없는 시간이었다. 흰색 승용차 한
대가 봉원사 정문 쪽으로 미끄러져 들어왔다. 나는 차 속의 인물이
신달자 시인임을 확인하곤 반갑게 인사를 했다. 그가 차에 타라는
신호를 했다. 비록 종이 위에서이긴 하지만 너무나 익숙해져 있는

얼굴이어서 나는 별로 긴장하지는 않았던 것 같다. 그는 어디 가까운 데 가서 점심을 먹자며 미사리 쪽이 어떻겠냐고 했다. 물론 그것이 내게 결정권이 있는 제안이 아니라는 것은 알 수 있었지만 미사리라면 카페촌으로 너무도 유명한, 그러면서도 나는 한 번도 가보지 못한 곳이어서 내게 그곳은 나쁘지 않았다.

　나는 "학교(그는 명지대전문 문예창작과 교수다)나 댁에서 뵙게 될 줄 알았는데, 뜻밖에도 드라이브를 하게 되네요" 했다. 그는 작년 이후 몸이 안 좋아져서 학교는 쉬고 있다고 했다. 나는 그의 부군되는 분이 작년에 돌아가셨다는 정보는 가지고 있었지만 그가 학교에 나가지 않고 있다는 사실은 전혀 몰랐다. 나는 조금 무안해지기도 하고 미안해지기도 했다. 학교를 쉬고 있는 줄도 모르고 인터뷰를 하러 왔구나 하는 자격지심! 그러나 굳이 변명하자면 내가 그것을 미처 짐작하지 못할 수밖에 없었던 이유가 하나 있기는 하다. 그를 만나기 전, 나는 심심풀이 삼아 인터넷으로 '신달자'라는 이름을 검색했는데, 거기서 그의 이름으로 되어 있는 인터넷 카페를 하나 찾을 수 있었다. 그 카페는 명지대 학생들의 모임이었는데, 회원이 서른 명도 넘었다. 그래서 나는 그 카페가 그가 학생들을 데리고 하는 창작 모임이 아닐까 혼자 짐작했던 것이다. 그런데 정작 이 카페 얘기를 하자 그는 자신은 모르는 일이라고 했다. 아마도 그를 좋아하는 제자들이 그의 이름으로 모이는 것인 모양이었다. 나도 대학에서 시간 강의를 하지만, 요즘 학생들이 이렇게 하기가 쉬운 일이 아니다. 그의 비법은 무엇일까?

차 안에서 나는 제일 어려운 얘기를 먼저 해버려야겠다고 생각했다. 특별한 이유가 있었던 것 같지는 않다. 그러나 찻집에서 마주앉아 얘기를 할 때보다 이렇게 차 안에서 옆으로 앉아 있을 때, 그러니까 서로 눈을 쳐다보지 않아도 될 때 얘기를 하는 것이 좋겠다는 생각 정도는 무의식적으로 했을지도 모르겠다. 우선 나는 나에게 지령을 내린 분께서 「아버지의 빛」, 「어머니, 그 삐뚤삐뚤한 글씨」에 오면서 시가 급격히 좋아졌다는 말을 했다고 했다. 그리고 그 분이 신달자 선생님을 만나서 "사연"을 잘 들어보라는 얘기를 했다는 말도 했다. 사실 그것은 다른 사람을 끌어들여 내 말을 대신한 조금은 비겁한 방법이기는 했다. 그러나 나는 그 두 가지 얘기를 미리 해버림으로써 내가 가진 볼을 가볍게 그의 코트로 넘겨 보낼 수 있었다. 이 볼을 어떻게 처리할지는 그의 문제가 되어버렸던 것이다. 그가 그 볼을 어떤 식으로 처리했는지는 천천히 얘기하기로 하겠다.

2001년 9월 28일 오후 12시 30분

라이브 카페촌으로 명성이 높은 미사리였지만, 추석 명절을 며칠 앞둔 평일 낮에 그런 곳을 찾는 사람은 많지 않은 듯했다. 그는 차 안에서 그랬던 것처럼 카페 안에서도 나에 대해 이것저것 물었는데, 그것이 자신을 인터뷰하러 온 낯선 아이(그의 눈에 나는 그렇게 비치

지 않았을까?)에 대한 탐색만은 아닌 것 같았다. 다른 시인들을 인터뷰할 때 그들이 그랬던 것처럼 그도 나의 신상에 대해 가볍게 물었지만 그의 질문은 사람의 마음을 열게 하는 그런 힘이 있었다. 그러나 그렇다고 나에 대해 지나친 관심을 보여 나를 부담스럽게 할 정도는 아니었다. 뭐랄까 내게는 그가 사람들 자체에 대한 관심과 애정이 많은 사람으로 느껴졌다. 아마도 그는 그 관심과 애정으로 내가 그에 대해 파악하는 것보다 더 빠르고 정확하게 내가 어떤 사람인지에 대해 파악하고 있었으리라.

주문한 음식이 나오자 그는 고개를 깊게 숙여 기도를 했다. 무엇을 기도하는 것일까? 그의 기도가 하도 엄숙하고 아름다워서 나는 그런 생각을 잠시 했다. 나는 분위기를 조금 가볍게 하고 싶어서, 이 글은 가볍게 쓸 것이므로 얘기도 가볍게 하고 싶다 따라서 특별히 녹음을 한다거나 하지는 않겠다고 말했다. 그는 '재미있게, 능력껏' 쓰라는 주문 아닌 주문을 했다. 그리고 자기는 너무 재미없게 살아와서 딱딱하게 쓰는 글은 싫다고 했다. 글쎄, 내게 그런 능력이 있기는 한 것인지…….

그리고 우리는 무슨 얘기를 했던가. 아마도 그의 어머니, 아버지에 대한 얘기를 했던 것 같다. 그가 이번에 상을 받게 되는 시집이 『어머니, 그 삐뚤삐뚤한 글씨』여서 어머니 얘기는 피해갈 수 없는 것이기도 했지만, 그는 오래 묻어두었던 비밀을 털어놓는 것처럼 어머니 얘기를 오래오래 했다. 그리고 어머니가 그렇게 힘들어 했던 아버지에 대해서도 오래 얘기했다. 누군들 부모가 없으며, 어떤 시인인들

부모의 영향이 없었겠는가. 그러나 그에게 있어 부모는 아주 특별했다. 내가 특별하다고 한 것은 시인으로서의 그에게 미친 영향이 너무나 구체적이었다는 의미이기도 하고, 또 그가 언제나 그런 부모를 의식하면서 시를 써왔다는 의미이기도 하다. 그러나 여기서 나는 이 얘기를 잘 설명해낼 자신이 없다. 그가 「아버지의 빛」에서, 그리고 「어머니, 그 삐뚤비뚤한 글씨」에서 쓴 것 이상 더 어떻게 그와 그의 부모에 관한 얘기를 하겠는가. 아마도 그의 문학적 자전은 아버지와 어머니에 관한 얘기로 가득 찰 것이다. 그것 이상 내가 무슨 이야기를 할 수 있겠는가. 그러나 그의 어머니……. 그가 제일 안 좋은 처지에 있을 때 돌아가셨다는 어머니. 그 어머니 얘기를 하면서 그의 눈에 눈물이 살짝 고였다고 하면 그때 그곳의 분위기가 전달이 될까?

나는 도서관에서 뽑아본 그의 저서 목록이 엄청 많았던 것을 기억하고는 글을 많이 쓰시는데, 특별히 시간을 정해 놓고 글을 쓰시는지요 하고 물었다. 왜 그런 사람들 있지 않는가. 하루에 몇 시간씩은 꼭꼭 글을 쓴다는 그런 사람들. 그는 마치 내가 진짜로 궁금해하는 것이 무엇인지 알고 있다는 듯이 이렇게 말했다. 그건 자발적인 요구도 있었지만 당시의 시대적인 분위기가 많이 작용했다고. 80년대는 사보와 여성지들이 많이 쏟아져 나와서 그런 류의 글을 요구했다고. 그리고 그때 활동하던 여자 시인들치고 수필집 한 권 안 낸 사람은 없다고. 나는 본의 아니게 그에게 "왜 그렇게 수필을 많이 쓰셨어요?"라고 물은 것처럼 되고 말았지만 그 대답도 나쁘지 않았다. 나는 '수필'에 그의 영광과 상처가 다 함께 들어 있구나 짐작하게 되었는데, 그 영광은 그 무렵 여성시인 치고 수필집 한 권 안 낸 사람 없는데 그 중에서 그의 수필집이 제일 많이 읽혔다는 영광이고 상처는, 그럼으로써 상업적인 시인 혹은 탤런트 시인으로 매도당하게 된 데 대한 상처이다.

그는 아직도 자기를 소설가로 소개하는 사람들이 많다고 했다. 내가 "그건 싫으세요?" 했더니 그럼 진짜 소설가한테 미안하다고 했다. 그가 자기 자신의 정체성을 어디서 찾고 있는지 잘 보여주는 대목이었다. 그리고 에세이는 앞으로는 자전적인 것 말고는 쓸 생각이 없다고 했다. "이 남자"(그는 그의 부군을 분명히 이렇게 불렀다)를 만나서 죽을 때까지의 얘기를 쓸 것이라고 했다. 그리고 그 수필은 계몽적인 것이 될 것이라고 했다. 나는 "계몽적"이라는 말의 의미를 묻지 않을 수 없었는데, 그는 그것이 상식적인 삶이 가장 훌륭한 삶이라는 얘기를 들려준다는 의미에서 계몽적이라고 했다. 그는 자신의 결혼 생활에서 얻게 된 결론이 바로 상식적인 삶이 가장 훌륭한 삶이라는 것이라고 했다.

그는 자신의 시작(詩作) 계획도 들려주었다. 내년 봄에는 '종이'를 테마로 한 시들을 모아 시집을 낼 계획이라고 했다. '종이'는 기계화 시대에 우리가 돌아가야 할 정신적 고향이라고, 종이를 정신화시키고 거기에 자전적인 요소를 집어넣어서 시를 쓸 계획이라고 했다. 그리고 그는 자기 시에 대해서도 냉정하게 평가했다. 대학 때는 발랄한 시를 썼는데, 어려운 연애를 하면서 시가 경직되고, 상투적으로 되었다는 것이다. 나는 그 '어려운 연애'에 대한 사연이 궁금하지 않은 것은 아니었지만 그것을 물어볼 수는 없었다. 왜 그럴 때 있지 않은가. 너무 궁금하지만 다른 한편으로는 그 얘기가 나올까 봐 마음이 졸여지는 때. 그때가 꼭 그랬다(그때나 지금이나 나는 그의 시집 『어머니, 그 삐뚤삐뚤한 글씨』의 맨 마지막에 있는 시 「고백」을 통해 그의 결혼 과정을 어렴풋이 짐작할 수 있을 뿐이다. '스물 다섯' '유부남' '포도송이 같은 아이' …). 어쩌면 나는 그때 제발 그 얘기는 하지 않아 주었으면 싶기까지 했던 것 같다.

글쎄, 잘은 몰라도 그를 처음 보는 사람이라면 그에게 그렇게 어두운 면이 있다는 것을 짐작하기 어렵지 않을까 싶다. 그의 양미간에 있는 깊은 주름도 그의 아픔을 말해주기에는 너무나 장식적이라는 생각이 든다. 물론 그는 힘들 때 남을 만나서 자신을 던지지 않으려고 무던히 애를 썼다고 했다. 그래서 새벽에 혼자 강릉까지 간 적도 많았단다. 그리고 또 한 가지. 그는 힘들 때면 동대문 시장을 혼자서 돌아다닌다고 했다. 남들 보기에는 굉장히 화려해 보이지만, 그리고 실제로 화려하게 보이려고 애쓰기도 하지만, 자신은 싸구려 물건들도 많이 산다고 했다.

그것이 돈 많이 안 들이고 스트레스를 해소하는 나름대로의 방법으로 그는 목에 두르고 있는 까만 스카프를 가리키며 이것도 동대문 시장에서 삼천 원 주고 산 것이라고 했다. 그가 스카프를 뒤적이는 사이 나는 그의 손목에 차고 있는 시계에서 샤넬 문양을 똑똑히 보고야 말았는데, 나는 '삼천 원짜리 스카프'와 '샤넬 시계' 이것이야말로 그의 실체가 아닌가 하는 생각을 했다. 그는 근사한 특급 호텔 커

카운슬러가 필요한가? 카운슬러로는 신달자 시인을 적극 추천한다. 그는 당신이 하는 어떤 얘기에도 깊은 공감을 표해 줄 것이다.

피숍에 앉아 있으면 거기에 너무 어울릴 것이다. 그러나 그가 포장마차에 앉아 소주를 홀짝인다고 해도 전혀 어색할 것 같지 않다. 그래서 그와는 무슨 얘기를 해도 좋을 것 같다. 어떤 얘기를 해도 잘 통할 것 같다. 그가 자신의 힘들었던 시절을 얘기하고 있을 때, 나는 혼자 그런 생각을 했다.

그는 이제는 느슨하게 감정이 흐르는 대로 살아보고 싶다고 했다. 유일하게 목적을 두는 것은 죽을 때 "이 사람 참 좋은 시를 쓴 사람이었다, 이 사람 괜찮은 사람이었다"라고 기억되는 것이라고 했다. 그는 어려운 현실 때문에(그가 말하는 어려운 현실이란 어려운 연애, 어려운 결혼, 남편의 쓰러짐, 24년에 걸친 간병 이것이 아닌가 짐작해 본다. 24년간의 간병이라니!) 해 놓은 것이 없다고 했다(세상에. 그렇게 많은 일을 하고도 한 것이 없다고 하다니!). 그리고 요즘이 자신의 인생에 있어 최대의 평화를 누리고 있는 시간이라고 했다. 부모님이 돌아가시고, 부군도 돌아가시고, 따님마저 미국에 가 있는 지금. 이런 시간이 생애 최대의 평화라는 것이 좀 아이러니했지만, 실제 그는 너무 편안해 보이고 여유로워 보였으므로 나는 그 말을 조금도 의심하지 않았다. 그는 지금같이 평화로운 시간에는 나태해지기가 쉬운데 시가 자신의 삶에 긴장감을 준다고 했다. 더불어 자신이 가장 열등감을 가지는 것이 바로 시라고 했다. 강연 부탁이 들어오면 얼마주겠냐고 건방지게 굴기도 하지만 시한테만은 열등감을 가지고 있다고 했다. 시 앞에 무릎을 꿇더라도 몇 편의 좋은 시를 쓰고 싶다고……. 이런 욕심은 정말 보기 좋다는 생각을 했다.

그는 무슨 화제를 꺼내도 즉각 시원시원하게 대답했다. 무엇보다 인상적인 것은 그가 정확한 문장으로 분명하고도 명료하게 답했는 것이다. 그의 말은 그대로 받아 적어도 주어 목적어 서술어가 정확할 것 같았다. 이래서 수많은 강연에 불려다니는 것인가보다 싶었다. 그리고 정확히 기억할 수 없지만, 그가 고른 용어들은 때로 나에게 강렬함을 넘어 격정적인 느낌을 주었다. 그만큼 그가 열정적인 사람이라는 의미이리라.

2001년 9월 28일 3시 15분

라이브 가수가 두 번인가 바뀌었다. 카페 안에 있던 손님들도 하나둘 나가고 우리 둘만 남겨져 있었다. 라이브 가수는 우리만을 위한 음악을 선사하고 있는 셈이었다. 그는 음악을 많이 듣는 편이며, 자기 방에는 항상 전축이 있다고 했다. 그러나 그가 특별히 라이브 음악에 귀를 귀울였다고는 생각되지 않는다. 하긴 노래 솜씨는 신통치 않았고 알만한 노래도 아니었다. 그는 곡이 끝나기를 기다렸다. 우리 둘만을 위한 공연을 베풀어준 가수에게 박수를 쳐주기 위해서. 곡이 끝나고 우리는 박수를 힘껏 쳤다. 그리고 그 카페를 나왔다.

2001년 9월 28일 오후 3시 54분

그는 나를 삼성역 앞에 내려주었다. 그리고 "맛있는 것도 사주고 기분도 내려고 했는데…"라는 말과 "다음에 다시 만나자"는 말로 만남을 마무리했다. 어떤 힘이 나를 그렇게 이끌었는지는 모르겠지만, 나는 어느새 그의 '편'이 되어 있는 느낌이었다(누구라도 그와 얘기를 나누면 이렇게 되지 않을 수 없으리라고 생각한다). 그동안 나는 왜 그의 책을 사지 않았던가. 왜 그를 읽으려 하지 않았던가. 그것은 그의 유명세 때문이었다고 생각된다. 그가 너무 유명하다는 사실이 오히려 나로 하여금 그의 책을 읽기 싫게 만들었던 것 같다. 그러나 이제 그를 찬찬히 읽어볼 수 있을 것 같다. 멀어져가는 그의 흰색 차를 보면서 나는 그를 위해 기도했다. 그가 행복해지기를. 그가 좋은 시를 더 많이 쓰게 되기를도 아니고, 그가 건강하기를도 아니고, 그가 행복해지기를, 그것을 기원했다. 진정 행복해지기를(그에게 무엇이 행복인지는 나는 모른다. 그러나 그것이 무엇이든 그가 행복해지기를……).

2001년 9월 29일 이후

그를 만나고 와서 나는 몇 명의 문인들과 통화를 할 기회가 있었는데 나는 대화 중에 일부러 신달자 시인을 인터뷰하고 왔다는 얘기를 슬쩍 끼어 넣었다. 혹시 무슨 얘깃거리가 있지 않을까 해서. 그리고 혹시 내가 신달자 시인에게서 받은 느낌들이 너무나 주관적인 것은

아닐까 해서. 다행히 그 사람들은 내가 틀리지 않았다는 것을 확인
해 주었다. 그들의 평은 한 마디로 '좋은 사람' 이라는 것이었다(사
실 이런 경우가 그리 흔한 것은 아니다). 그래서 나는 이 글을 기쁘게
끝마칠 수 있게 되었다. 무엇보다 좋은 사람을 한 사람 사귀게 된 것
같아서.

〉〉〉2001년 9월 28일

우리가 물이 되어

우리가 물이 되어 만난다면
가문 어느 집에선들 좋아하지 않으랴,
우리가 키큰 나무와 함께 서서
우르르 우르르 비오는 소리로 흐른다면

흐르고 흘러서 저물녘엔
저 혼자 깊어지는 강물에 누워
죽은 나무뿌리를 적시기도 한다면,
아아, 아직 處女인
부끄러운 바다에 닿는다면.

그러나 지금 우리는
불로 만나려 한다.
벌써 숯이 된 뼈 하나가
세상에 불타는 것들을 쓰다듬고 있나니

萬里 밖에서 기다리는 그대여
저 불 지난 뒤에
흐르는 물로 만나자,
푸시시 푸시시 불꺼지는 소리로 말하면서
올 때는 人跡 그친
넓고 깨끗한 하늘로 오라.

1945년 함남 홍원 출생. 연세대학교 영문과 및 동대학
원 국문과 졸업. 1968년 『사상계』 신인문학상 당선.
1975년 제2회 한국문학작가상, 1992년 제37회 현대문
학상 수상. 시집 『허무집』 『풀잎』 『빈자일기』 『소리집』
『붉은 강』 『바람 노래』 『오늘도 너를 기다린다』 『그대
는 깊디깊은 강』 『벽 속의 편지』 『어느 별에서의 하루』 등. 산문집 『허무수첩』 『추억제』 『그물사이로』 등. 동화 『숲의
시인 하늘이』 『하늘이와 거위』 등. 동아대 국문과 교수.

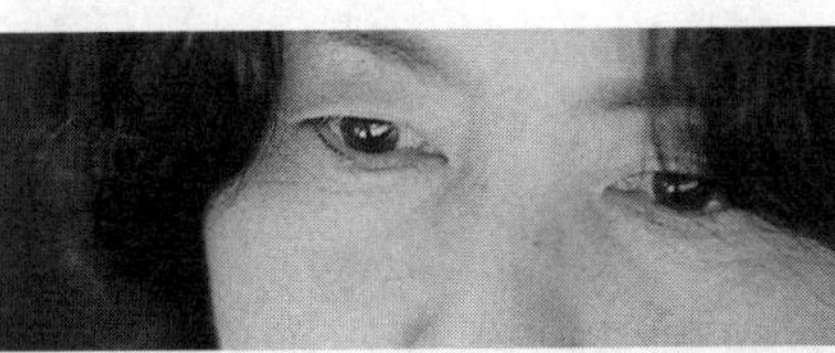

강
은
교

검은 눈동자 속 출렁이는
바다

전화

　강은교 시인과의 만남을 약속하기 위해서, 그리고 그 약속을
재확인하기 위해서 나는 그에게 꼭 세 번 전화를 했다. 그때마다 그
가 전화를 받았고, 그때마다 나는 전화 속 목소리가 그임을 눈치채지
못했다. 그의 목소리가 너무나 어렸기 때문이다. 그의 예쁘고 고운
목소리는 금방, 어떤 남자가 내게 했던 말을 떠올리게 했다. 언젠가

술자리에서 두어 번 어울린 적인 있는 남자 시인이 나에게 프로포즈를 한답시고 한 소리가 '내가 여지까지 본 사람들 중에서 강은교 시인 다음으로 예쁘다' 였던 것이다. 나는 뭐 예쁘다는 소리를 별로 들어보지 못한 데다가 이 예쁘지 않음이야말로 나의 장점이라고 굳게 믿고 있기 때문에 그 정도의 말만도 그 남자로서는 나에게 최대의 과찬을 해준 것이라고는 생각한다. 그러나 아무리 그렇다고 해도 나를 유혹하겠다는 놈이(이럴 땐 '놈' 일 수밖에) 강은교 시인이 제일 예쁘다고 하다니…….

그러나 그 어리고 예쁜 목소리 속에서 나는 이상하게도 쓸쓸함이 랄까 외로움이랄까 하여간 그런 냄새를 맡을 수가 있었다. 내가 전화를 할 때마다 그가 집에 있었다는 사실 때문이었을까? 그의 독특한 어조 때문이었을까? 나의 괜한 선입견 때문일까? 확실치 않지만 하여간 나는 그와의 세 번에 걸친 짧은 전화 통화에서 그런 냄새를 흠씬 맡았다. 그리고 그 냄새는 무엇보다 강렬한 것이어서 강은교 시인을 직접 만나서 맡은 그 어떤 냄새보다도 오래 기억에 남아 있다.

김포 공항

김포 공항에서 강은교 시인을 기다리면서도 그를 어떻게 알아볼 수 있을까 걱정하지 않았던 것은 그의 시집에 실려 있던 사진 속 얼굴을 기억하고 있어서가 아니었다. 핸드폰이라는 편리한 기기가 있으므로 언제든 전화를 하면 되겠지 하는 생각에서였다. 그러나 핸드폰을 쓸 필요도 없이 나는 그를 첫눈에 알아보았다. 아! 강은교! 160cm 정도의 키. 화장기 없는 얼굴. 하얀 깃이 달린, 하얀 세로 줄무늬의 검은 정장. 단발 스타일의 웨이브 머리. 그는 그렇게 나타났다. 방송을 의식한 차림인지 아닌지 나로서는 알 수 없는 일이지만 그의 차림은 그저 평범한 중년 여성의 그것이었다.

녹화까지는 시간이 많지 않았으므로 우리는 인사를 하기 바쁘게 방송국으로 가야만 했다. 그러니까 뭐랄까 그는 그 날 이른바 '두 탕'을 한꺼번에 뛰어야했던 것인데, 하나는 나와 인터뷰를 하는 것이고, 다른 하나는 방송 출연을 하는 것이었다. 짐작하겠지만 방송 출연 일정에 내 인터뷰 시간을 맞출 수밖에 없었다. 사실 이런 방식은 내가 제안한 것이었는데, 결과적으로 좋은 방법은 못 되었던 것 같다. 처음엔 다대포가 내려다보인다는 그의 아파트를 찾아가려 했지만, 그리고 그도 그것을 원했지만, 방송 출연 계획이 있다는 것을 알고는 나는 그가 방송하는 것을 지켜보는 것이 좋겠다고 생각했다. 사람이란 여러 가지 상황에 놓이면 여러 가지 모습을 보이기 마련이리라 생각했기 때문이다. 그러니까 나와 대화할 때의 모습, 방송할 때의 모습이 어떻게 같고 다른가 비교해 본다면 재미있는 글이 되지 않을까 하는 그런 욕심. 그 욕심에서 나는 방송국 동행을 자처했던 것이다.

방송국으로 가는 택시 안에서 그는 나에게 작년에 낸 산문집 『젊은 시인에게 보내는 편지』와 다른 사람들이 자신의 작품 세계에 대해 쓴 글, 또 어느 잡지에서 대담했던 글을 내게 주었다. 그는 산문집 속지에 내 이름과 날짜를 쓰고는 "언제나 아름답게 출렁이기를"이라고 덧붙였다. 달리는 택시 안이었건만 그의 필체는 전혀 흔들리지 않아서 많이 해 본 솜씨(?)임을 짐작케 했다. 그는 이 "출렁이다"는 것이 자신의 시론이라고 얘기했다. 그 속뜻이야 얼른 짐작키 어렵지만 그 말은 말의 울림만으로도 아름다운 느낌을 주었다.

강은교 시인이 나에게 준 '자료'들은 사실 내게는 크게 흥미로운 것은 아니었다. 그는 그 속에(그러니까 그가 건네 준 자료들 속에) 자신이 하고 싶은 얘기가 대강 다 들어 있다고 했지만 내가 원하는 것은 그런 것이 아니었던 것이다. 나는 성장을 한 그에는 관심이 없었고 알몸의 그에 더 관심이 있었다. 그러나 '대담'에서 그가 부산 지역의 모 백화점 광고를 했다는 정보를 하나 입수했다는 수확은 있었다.

방송국

녹화가 시작되기까지는 시간이 좀 남아 있었으므로 우리는 방송국 로비에서 캔음료를 하나씩 마셨다. 그가 내게 "한명희 씨는 지금 몇 살이에요?" 하고 물었다. 사실, 그는 대화 내내 내 이름을 자주 불렀는데, 그것이 그와 나의 거리를 많이 좁혀주었던 것 같다. 내가 서른 일곱이라고 하자, 그는 바로 그 나이에 부산으로 내려가 교수 생활을 시작했다고 했다. 서울이라는 공간이 너무 싫어서 무조건 내려갔었지만 낯선 공간이라는 두려움 때문에 부산 생활이 쉽지만은 않았던 것 같다. 밤에는 무서워서 야간 수업을 하기가 어려울 정도였다고 하니…….

그는 생각보다 말을 잘 했고, 또 말을 많이 하기도 했다. 그러나 나는 그의 말을 듣기보다 그의 눈을 들여다보는데 정신을 팔고 있었다. 사실 처음 볼 때부터 그의 눈은 무척이나 인상적이었다. 쌍꺼풀진 큰 눈에 검은 눈동자가 너무나 촉촉이 젖어 있어서 눈을 감으면 눈물이 확 쏟아질 것 같았다. 그래서 그 눈을 바라보는 나까지도 젖어드는 느낌을 갖게 했다. 그의 눈에 있는 물기는 이슬보다 큰 것, 빗물보다 큰 것, 그래. 바다의 물기 그것이었다. 나는 그의 오른쪽 눈 흰자위 아랫부분의 검은 점 하나를 발견하고 나서야 눈 들여다보기를 그만두었다.

내게는 방송국이 무척 낯선 공간이었지만, 그에게 방송국은 익숙한 공간인 듯했다. 내가 선생님은 꽤 방송을 많이 타신 셈이지요 했더니, 그는 자신의 시와 관련된 다큐멘터리는 여러 편 제작되었지만 방송 출연을 직접해 본 적은 없다고 했다. 그가 KBS와 MBC에서 다큐멘터리를 찍었고, EBS에서도 찍은 적이 있다고 방송국을 하나하나 거명했다.

김춘수

유감스럽게도 그날 방송은 그가 주인공이 아니었다. 방송국에서

새로 나온 김춘수 시인의 시집에 대해 얘기해달라는 요청을 했고, 그가 흔쾌히 승낙한 것이었다. 그는 김춘수 시인에 대한 부채감 비슷한 것 때문이라고 출연 이유를 설명했다. 나는 다음 대목을 설명하는데 있어 많은 어려움을 느낀다. 그는 김춘수 시인과 자기가 여러 가지로 비슷하다고 했다. 자란 환경(이 '환경'이란 말이 그에게는 아주 좁은 의미로 쓰이고 있는 듯했다)도 비슷하고, 영향을 받은 시인도 비슷하다고 했다. 그러나 그는 김춘수 시인과 전혀 교분이 없으며, 다른 사람들이 김춘수와 강은교가 친하다는 식으로 말하는 것은 싫다고 말했다. 그리고 환경이 비슷하다는 말을 오해하지 말하는 말을 두어 번했던 것 같다.

초대된 손님은 그말고도 김정환 시인과 국문과 출신의 코미디언이 있었다. 방송 녹화는 예상했던 것보다 훨씬 지루하고 훨씬 따분했다. 필시 분위기를 띄우기 위한 목적으로 초대되었을 코미디언도 '김춘수'라는 대시인 앞에서는 주눅이 들어버렸고(그게 노시인에 대한 예의였는지도 모르겠다), 오락 프로에서라면 소리를 질러대는 역할을 맡았을 방청객들도 모두 숨을 죽이고 있었다. 내가 그렇게 보아서 그럴까? 사회자를 포함한 네 명의 출연자들 중에서 가장 말을 잘한 사람이 그였다. 손짓, 몸짓을 가장 많이 한 사람도 그였고, 방청석을 가장 자주 쳐다보았던 사람도 그였다. 녹화가 30분을 넘어가자 그는 아주 여유로운 모습을 보였던 것이다. 그는 가끔씩 나와 눈을 맞추기까지 했다. 더러 원고를 쥐고 있는 손이 떨린 적도 있지만 그의 말만은 조금도 흐트러짐이 없었다. 대기실에서 분장을 하면서 대본을 찬찬히 읽는 모습도 그랬지만, 녹화 중에 다른 사람이 얘기하는 동안 자신의 대본을 다시 읽고 있는 모습은 영락없는 '모범생'의 그것이었다. 그도 자신을 모범생이라고 했지만 내가 그에게서 받은 모범생다운 인상은 하도 강한 것이어서 그가 녹화장에 앉아 다리를 꼬았을 때 깜짝 놀랐을 정도다.

그를 조명하는 프로가 아닌데다가 책을 소개하는 딱딱한 교양 프로라 그의 여러 가지 면모가 부각될 가능성은 전혀 없어 보였다. 더구나 두 시간이면 될 거라던 녹화가 네 시간이 다 되어서야 끝이 났으므로 나는 시간이 아까워 미칠 지경이었다. 왜냐! 그는 8시 30분 비행기를 예약해 놓은 상태였던 것이다. 솔직히 말해서 이런 시간 배분은 나를 약간 불편케 했다. 시간 약속을 할 때부터 그는 가능하면 서울에 적게 머무르고 싶어했는데, 결국은 14: 30 부산 출발, 20: 30 서울 출발의 표를 끊고야 말았던 것이다. 물론 이것이 나와의 인터뷰를 가볍게 여긴 때문이 아니라는 것을, 그리고 그가 왜 그렇게 했는지를 지금은 충분히 이해하고 있다. 그러나 그때 나는 조금은 서운했었다.

김정환

일곱 시 십 오분. 녹화가 끝났을 때가 바로 그 시간이었다. 바로 공항으로 행하리라는 예상과는 달리 그는 김춘수 선생, 김정환 선생과 함께 저녁을 먹자고 제안했다. 김춘수 선생은 그냥 집에 갔으면 좋겠다고 했으므로 그와 나, 김정환 시인 셋이서 가벼운 술자리를 하게 되었다. 그는 방송국에 오면서 자기가 아는 사람이 김정환 밖에 없다고 했었는데, 김정환 시인도 이에 질세라 오늘은 강은교 시인 만난 것만으로도 성공한 것이라고 했다. 두 사람의 우정을 짐작케 하는 대목이지만 나는 자세한 내막을 들을 기회를 가질 수 없었다.

김정환 시인은 연세대학교에서 있었던 한 행사에서 영화배우 장미희가 만여 명이 넘는 관중들 앞에서 강은교 선생의 시 "우리가 물이 되어"를 낭송했다고 전해 주었다. 한창 가물 때라 그 시가 아주 뜻깊게 들렸다고……. 강은교 시인의, 혹은 그의 시에 대한 인기를 한참 얘기하던 김정환 시인은 짓궂게도 원래는 장미희가 시를 한편 낭송하고 싶다면서 고은 선생이나 김지하 선생의 시를 골라 달라고 했었다고 말했다. 강은교 시인은 금방 샐쭉한 표정이 되는 것 같았다. 김정환 시인이 "장미희가 무식해서 그렇습니다." 라고 말해서 우리는 모두 웃었다.

나는 강은교 시인이 시에 대한 욕심이 무척 많은가보다고 추측하게 되었는데, 나의 이러한 추측은 몇 가지 단서에 근거한 것이다. 첫째, 황동규 시인의 시 「즐거운 편지」가 영화 『편지』에 나온 후, 황동규의 시집이 엄청 많이 팔렸다는 것이 화제가 되었을 때의 반응. 두 번째, 선생님의 시집 중에서 가장 많이 나간 것이 뭡니까 하고 물었을 때의 그의 반응. 첫 번째 것은 별로 설명하고 싶지가 않고, 두 번째 것에 대해 얘기하자면……. 그는 『풀잎』이 가장 많이 팔린 시집인데 29쇄나 찍었다고 했다. 그리고 그것이 김수영 시집 다음으로 많이 팔린 시집이라고 했다. 시집 표지의 사진을 바꾸고 나서 시집이 덜 팔린다고 했는데 그것이 정말인지, 또 그가 진정 사진 때문이라고 생각하는지는 나로서는 짐작키 어려운 대목이다. 하여튼 그의 말은 전체적으로는 부드러웠지만 중간중간 자신의 시에 대해 얘기할 때는 너무나 진지했다.

방송 녹화 중에도 그는 '문학과 권력과 소외'의 관계에 대해 잠시 얘기했었는데, 술자리(그것은 사실 술자리라고 하기에는 너무나도 조출하고 짧은 것이었다)에서도 그는 문학의 힘은 '소외'라고 했다. 김정환 시인과 나는 "선생님은 '소외' 되어 있다고 보기 어렵다"고 함께 공박했는데, 그는 그것이 자신의 시에는 안 좋은 영향을 미치는 것 같다고 말했다.

그와 나는 각자의 몫으로 배당된 맥주를 다 마시기도 전에 자리에서 일어나야 했다. 비행기 시간이 얼마 남지 않았기 때문이다. 나는 방송국에서 시간을 너무 많이 빼앗긴 것에 다시 화가 났고, 이 화기애애한 술자리를 이렇게 일찍 끝내야 한다는 것, 그리고 강은교 시인의 술자리에서의 모습을 지켜볼 수 있는 기회를 잃게 되었다는 것에 화가 났다. 김정환 시인은 비행기 시간을 뒤로 미루는 것이 어떻겠냐고 했지만, 비행기는 여덟 시 사십 분 것이 마지막이어서 시간을 미루는 것이 의미가 없었다. 서울에서 일 박을 하지 않는 한 말이다. 그러니 어쩌겠는가. 그와 함께 공항으로 갈 수밖에. 생맥주에 소주를 조금씩 섞어서 마시는 독특한 술버릇의 김정환 시인을 혼자 남겨 놓고 그와 나는 공항으로 향해야 했다.

그러나 그 어리고 예쁜 목소리 속에서 나는 이상

하게도 쓸쓸함이랄까 외로움이랄까 하여간 그런

냄새를 맡을 수가 있었다. 내가 전화를 할 때마다

그가 집에 있었다는 사실 때문이었을까? 그의 독

특한 어조 때문이었을까? 나의 괜한 선입견 때문

일까? 확실치 않지만 하여간 나는 그와의 세 번

에 걸친 짧은 전화 통화에서 그런 냄새를 흠씬 맡

았다. 그리고 그 냄새는 무엇보다 강렬한 것이어

서 강은교 시인을 직접 만나서 맡은 그 어떤 냄새

보다도 오래 기억에 남아 있다.

택시

　택시 안에서 그와 나는 무슨 말을 했던가. 우선, 그는 녹화 내용이 편집될 수 있다던 방송국 사람 말에 대해 몹시 걸려 했다. 녹화가 끝났을 때, 누군가가 "말씀하신 내용 중 어려운 것이 많아서 조금 편집을 해야 할 것 같다"고 했던 것이다. 50분 방송할 것은 세 시간 넘게 찍었으니 아마 모르긴 해도 반 이상은 잘려 나갈 것이다. 그는 자신이 말을 그렇게 어렵게 했냐고 여러 번 물었다. 그의 깔끔한 성격을 잘 드러내 보여주는 대목이었다. 그리고 또 김춘수 시인에 대해서도 얘기했다. 그의 너무나 솔직한 성격에 대해. 그리고 작품 세계에 대해. 그는 또 자신이 지금 쓰고 있는, 또 앞으로 쓸 역사적인 인물들을 소재로 한 시들에 대해 얘기했다. 이것은 그의 예전 작품과도 다르고 다른 사람들이 역사적인 인물들 다룬 방식과도 다른 것이라고 했다. 나는 약간의 장난기가 발동해서 "선생님. 특별히 경쟁하는 시인 없으시죠?" 하고 물었다. 아무리 무딘 사람이라도 그 분위기에서는 그것이 "선생님. 스스로 제일 인기 있는 시인이라고 생각하시죠?"의 의미라는 것을 알아차릴 수 있었을 것이다. 그는 그냥 웃었다. 나는 그 웃음을 긍정으로 해석했다. 그는 "요새 젊은 사람들은 참 잘 써요" 해서 나의 해석에 확신을 주었다.

　나는 그와의 짧은 만남이 못내 아쉬웠다. 그러나 그가 조금 더 일찍 와 주었더라면이나, 그가 조금 더 늦게 가주었으면 하고 생각할 수는 없었다. 그는 늘상 일이 끝나면 곧장 집으로 간다고 했다. 어릴 때부터 그렇게 습관이 들었다고 했다. 그래서 나는 어떤 사람들과 자주 어울리느냐고 묻지 않을 수 없게 되었다. 그 말은 그렇게 집에 일찍 들어가면 사람들 사귈 틈이 없지 않겠냐는 말의 다른 표현이었다. 그는 친구가 없다고 했다. 나이가 들면서 친구가 중요하다는 생각을 하지만 중·고등학교 시절에도 친구가 없었다고 말했다. 나는 순간 부잣집 딸에 공부 잘 하고 얼굴 예쁜 여학생 하나를 그려보았다. 그런 여자 아이가 말까지 없다면. 게다가 책을 너무 많이 읽은 아이라면…….

　나는 집에 돌아가면 제일 먼저 하고 싶은 일이 뭐냐고 물었다. 대답이 금방 나오지 않았으므로 나는 금방 떠오르는 일이 없나보다 하고 생각했다. 그러나 그게 아니었다. 그의 검은 눈이 출렁이고 있었다. 나는 다시 그의 눈 속으로 빠져들 것만 같았다. 그가 짧게 말했다. "창 밖 보는 거…….” 그는 벌써 그 검은 눈으로 바다를 보고 있었던 것이다. 아마도 그는 바다를 보기 위해 다대포에다 집을 얻었으리라. 그리고 그 집에서 바다가 가장 잘 보는 곳에 소파를 두었으리라. 그리고 하루의 대부분을 그 소파에 앉아서 보내리라.

다시 공항

　그의 모습이 탑승구 안쪽으로 완전히 사라질 때까지 나는 그의 뒷

모습을 처다보고 있었다. 돌아서는 나의 발걸음이 가볍지만은 않았다. 미국 비자를 받으려면 운전 면허가 있어야 된다고 해서(사실 이것은 미국에서는 운전면허 없이 생활하기 어렵다는 말을 그가 잘못 이해한 것이었지만) 할 수 없이 운전 면허를 땄다는 그(실제 그는 미국 비자를 받아서 버클리 대학에서 잠시 있다 왔다). 한국에서 쓰던 핸드폰을 미국에서 그대로 쓸 수 있는 줄 알고 핸드폰을 샀다는 그. 그가 비행기를 제대로 타고 내릴 수 있을지, 그리고 택시를 제대로 잡고 그의 집 앞에서 잘 내릴 수 있을지. 새벽을 위해서 일부러 일찍 잠을 잔다는 그. 매일 바닷가로 산책을 나간다는 그. 산책을 나가서는 바다를 향해, 나무들을 향해 거기 있어 주어서 고맙다고 인사를 한다는 그. 나의 이 무심한 글이 그의 맘에 상처를 입히지나 않을지.

>>> 2001년 4월

고백성사
—못에 관한 명상 1

못을 뽑습니다
휘어진 못을 뽑는 것은
여간 어렵지 않습니다
못이 뽑혀져 나온 자리는
여간 흉하지 않습니다
오늘도 성당에서
아내와 함께 고백성사를 하였습니다
못자국이 유난히 많은 남편의 가슴을
아내는 못본 체하였습니다
나는 더욱 부끄러웠습니다
아직도 뽑아내지 않은 못 하나가
정말 어쩔 수 없이 숨겨둔 못대가리 하나가
쏘옥 고개를 내밀었기 때문입니다

1947년 부산 출생. 1968년 〈한국일보〉 신춘문예로 등
단. 시집 『오이도』 『못에 관한 명상』 『등신불 시편』 등
이 있음. 정지용문학상, 편운문학상 수상. 문학수첩 대
표.

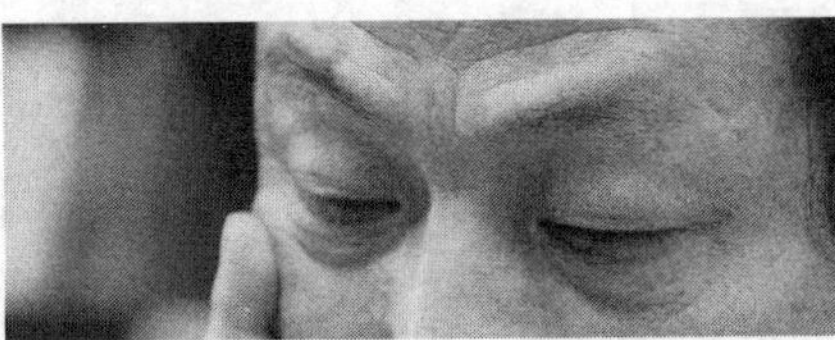

그와의 아홉 시간, 그리고 그의
아홉 가지 매력

특이한 헤어 스타일(60년대식 영화에서 말고는 나는 이런 머리
스타일을 한 사람을 본 적이 없다), 까만 얼굴(이 까만 얼굴 때문에
소위 '문화 재벌'이란 소리를 듣고 있는 지금에도 그는 여전히 촌사
람처럼 보인다), 좌중을 사로잡는 대화술(그는 어떤 자리에서건 대
화의 중심에 있다), 웃을 때 손등으로 입을 가리는 버릇(이것 때문에
그가 쓰는 거침없는 말투와 야한 농담들에도 불구하고 그를 천진하
고 순수한 사람으로 느끼게 된다), 이것이 김종철 시인에 대해 내가

가지고 있었던 인상들이었다. 이 인상들은 그에 대한 세심한 관찰 끝에 나온 것은 아니지만 나와 같은 거리에서 김종철 시인을 바라보는 사람이라면 누구나 이 비슷하게 느끼지 않을까 생각한다. 그러니까 뭐랄까, 나는 김종철 시인에 대해서 모른다고 할 수는 없어도 또 딱히 그에 대해서 안다고 할 수 있는 입장도 아닌 셈이었다.

이 글을 쓰기 위해 김종철 시인을 만나보고 온 지금(그것이 김종철 시인과 나와의 첫 ‘대화’였다)에도 그간 내가 그에 대해 가졌던 인상들이 바뀐 것 같지는 않다. 다만 거기에 ‘불타는 뱀눈’을 하나 더 추가할 필요는 있겠다. ‘불타는 뱀눈’. 이 말이 지니는 함의는 무척 복잡한데 그것을 여기서 미리 밝히고 싶지는 않다. 그러나 이 글의 끝에서 그것은 자연스럽게 의미를 드러내리라.

그는 쓸데없는 겉치레 인사말을 던지지 않았다. 먼길 오느라 고생했다거나, 내가 받을 상도 아닌데 등등. 따라서 나도 애초에 그에게 의례적인 아첨을 할 필요가 없었다. 정지용상 수상을 축하드려요, 진작에 받으셔야 했는데, 기타 등등의 말들을. 그는 또 내가 인터뷰를 하러 오겠다고 했을 때 내 얼굴과 이름이 잘 매치되지 않았다고 솔직히 말했다. 그래서 나도 그에 대해 평소에 관심이 많았던 것처럼 과장할 필요가 없었다. 그는 나를 위해 뭔가 들려줄 말들을 준비해 두고 있는 것 같지 않았다. 따라서 나는 특별히 ‘일거리’를 가지고 그를 만나고 있다는 느낌을 갖지 않아도 되었다. 그냥 지나가다 우연히 들른 사람처럼, 또 오래 전부터 서로 잘 알고 있었던 사람처럼 그냥 그렇게 얘기를 나누면 되었다.

　사실 다른 때 같으면, 그러니까 수상 시인을 만나고 그에 대한 글을 써야 하는 그런 자리라면, 나는 그 시인의 시집들을 모두 읽고 무언가 물어 볼 말들을 노트에 빼곡이 정리한 후 그를 만났을 것이다. 그리고 하나하나 대답이 나올 때마다 노트에 차근차근 받아썼을 것이다. 그러나 나는 이번에는 그렇게 하지 않았다. 그냥 좀 '자유스럽게' 하고 싶었다. 그리고 김종철 시인을 만나서는 역시 그런 나의 결정이 옳았다고 생각했다. 많은 질문거리를 마련해 왔더라면 너무나 스스럼없이 대하는 그의 태도에 나는 강제로 '무장해재' 당하는 기분이 들었을 것이다. 이렇게 사람을 편하게 대하는 것, 그것이 내가 김종철 시인에게서 느낀 첫번째 매력이다.

　내가 '노트'를 미리 준비하지 않았다고 했지만, 그에 대해 궁금한 것이 없었던 것은 아니다. 무엇보다 나는 시인으로서의 김종철이 아니라 성공한 출판인으로서의 그에 대해 알고 싶었다. 이것을 나의 속물근성이라고 탓해도 하는 수 없다. 대한민국 출판사상 유례 없는 대박을 터트려 떼돈을 벌고 있다는 소문이 자자한 사람에게 이 정도의 호기심도 느끼지 않는다면 그것 또한 도리(?)가 아닐 것이다. 그러나 그의 출판사 사무실에서 그를 만나자마자 나는 그에게 있어 시와 일이 결코 분리되어질 수 없는 것임을 알게 되었다. 무엇보다 시인들이 모이는 자리에서 언뜻언뜻 보았던 그와 출판사 의자에 앉아 있는 그의 모습이 전혀 다르지 않다는 점이 내게 그런 느낌을 갖게 했겠지만, 일에서 요구되는 정확성을 시어에서 언어 하나하나를 고르는 정확성에 비유하는 그를 보면서 나는 그런 생각을 했던 것이다. 그의 말대로라면 시를 잘 쓰는 사람이 일도 잘하는 사람이 될 것인데, 이런 생각은 시인과 직업인을 오래 병행하면서 그가 몸으로 터득한 것을 터이다. 이것은 그가 시인들은 사업에 성공하기 어렵다는 통념에 오래도록 저항했다는 의미도 될 것이고, 돈 벌면 시 쓰기 어렵다는 생각을 거부했다는 말도 될 것이다. 따라서 그에게 시가 먼저냐 일이 먼저냐는 것을 묻는다는 것은 어리석은 질문일 수밖에 없다. 내가 그의 사무실에 앉아 있는 동안 그에게 걸려 온 전화가 문인들한테서 온 것이 반, 사업 관련해서 온 것이 반이었다고 하면 그의 정체(?)에 대한 보다 구체적인 설명이 될까?

그의 정체를 얘기하면서 나는 그에게서 느낀 두 번째 매력을 얘기한 셈이다. 그의 또다른 매력은 그의 형 김종해 시인과 관련된다. '내가 기억력이 비상한 사람인데, 어릴 때 형이 하도 박치기를 많이 시켜서 머리가 나빠졌다' 는 어떻게 보면 그럴싸하고 어떻게 보면 말도 안 되는 그런 얘기를 하고 있을 때 마침 그의 형 김종해 시인에게서 전화가 왔다. 나는 당연히 안 듣는 척하면서 통화 내용에 귀를 귀울였다. 통화 내용은 별 것이 없었다. 저쪽에서 점심은 먹었나,

맛있게 먹어 라는 등등의 얘기를 하는 모양이고 이쪽에서는 나는 안 먹었다. 형은 먹었냐, 형도 맛있게 먹어라 정도로 응수했다. 동생 머리통이 깨지는 줄도 모르고 동네 아이들과 박치기 시합시키는 형, 그렇게 번번이 당하면서도 형을 쫓아다니는 동생. 그 두 형제가 자라서 똑같이 시인이 되고 똑같이 출판일을 하고 있다. 더 이상 어떻게 형제애를 과시할 수 있겠는가(그러나 나는 이 두 형제가 시와 일에서 서로 어떤 교감을 가지고 있는지 잘 모르겠다).

　사무실 밖으로는 개나리가 한창이고 하늘은 푸를대로 푸른 봄. 김종철 시인은 가족들이 모두 이탈리아에 가고 집에 가봐야 아무도 없다는 이유로(다른 식구들은 모두 이탈리아에서 열리는 북 페어에 갔다고 했다), 그리고 혼자 집에서 라면 끓여먹기 싫다는 이유로, 나에게 점심은 물론 저녁까지 사겠다고 했다. 이런 게 바로 김종철식 대접이 아닌가 나는 잠깐 생각했다. 호사스런 대접을 받으면서도 내가 별로 부담을 느끼지 않을 수 있었던 것은, 그가 돈이 엄청 많은 사람이어서가 아니라 그런 식으로 내게 식사를 권했기 때문이라고 생각한다. 그리고 그것이 딱딱할 수도 있는 그와의 대면을 무척 부드러운 것으로 만들어 주었다. 아낌없이 내게 시간을 내어주는 것 같으면서도 나를 부담스럽게 하지 않는 것, 그것이 내가 그에게서 느낀 네 번째 매력이다(사무실을 떠나기 전에 사무실 풍경을 짧게 묘

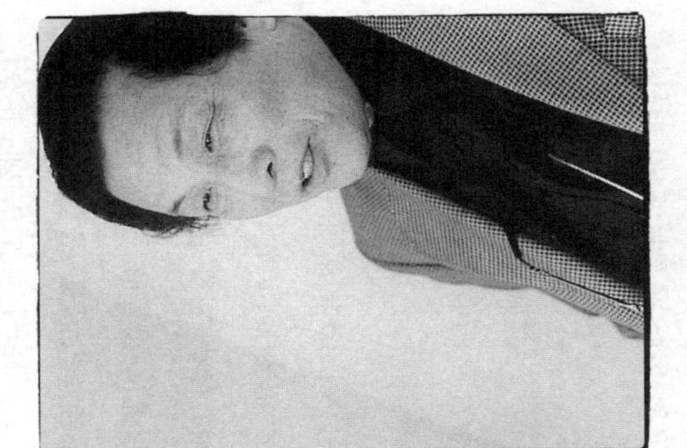

적어도 하루쯤, 아니 더도 말고 하루 저녁만이라도
즐겁고 유쾌하게 보내고 싶다고 생각하는가? 그렇다면 김종철 시인을 만날 것을 권한다. 왜 그런지는 그를 만나보면 안다. 그러나 한 가지! 당신이 얼굴이 예쁘거나 몸매가 좋거나 화술이 뛰어나거나 돈이 많거나, 아니다. 돈은 빼기로 하자. 하여튼 뭐 그런 특장이 하나쯤 있지 않다면 그를 만나지 않는 것이 좋다. 이것도 왜 그런지는 그를 만나보면 안다.

사해 두는 것이 좋겠다. 사무실은 평범하다 못해 허름하다. 사무실이 두 군데고 지금 이사 중이라는 점을 감안한다고 하더라도 이건 명색이 대한민국에서 몇째 간다는 출판사 주간이 있을만한 환경은 아닌 것 같다. 큰 책상과 책꽂이가 세로로 마주보고 있고 가운데 소파가 놓여 있다. 책꽂이 가운데쯤 이번에 새로 나온 시집 『등신불 시편』이 스무 권 정도 누워 있다. 이 시집들은 어찌 보면 일부러 숨겨 놓은 것도 같고, 어찌 보면 그냥 편한데 놓아둔 것 같기도 하다. 어쨌든 '소중하게' 다루어져 있는 것 같지는 않다).

출판인 김종철에 대한 호기심이 다 풀린 것이 아니었기 때문에 나는 점심을 먹으러 가는 차 안에서 '해리포터 시리즈'에 대해 물었다. 물론 이 시리즈가 나오기 이전에도 『걸리버 여행기』니 『숨겨진 성서』니 하는 책들을 내서 많은 솔솔찮은 재미를 보았다고 하지만, 아무래도 "문학수첩"을 일약 문화 재벌사로 만들어준 책이 바로 단군 이래 최대의 판매 부수를 기록했다는 '해리포터 시리즈'이기 때문이다(김종철 시인은 앞으로는 어느 누구도 이런 판매 부수를 기록할 책을 출판할 수 없을 것이라고 장담했다. e-북이라든가 다른 형태를 취한다면 모를까 지금 같은 종이책으로는 말이다). 그는 '해리포터'를 책이라는 의미를 넘어 '문화' 현상으로 설명했다. 지금 해리포터를 보고 자란 아이들이 어른이 되었을 때, 그때는 이미 전세계가 단일 문화를 이루고 있을 것이고 그때 세계인들이 공통된 화제로 삼을 수 있는 얘기는 단연 '해리포터'가 될 것이라고. 그리고 그는 또 '해리포터 시리즈'가 가져다준 부에 대해, 앞으로 그 책이 불러올 수많은 '돈'에 대해 얘기했다(나를 김종철 시인에게로 안내했던 "문학수첩" 직원은 세간에서 얘기하는 것만큼은 돈을 못 벌었다고 했지만, 나는 그 '세간'에 포함되어 있지 않았던 때문인지 "문학수첩"의 성공은 나의 상상을 훨씬 뛰어넘는 것이었다). 더불어 해리포터를 출판할 수 있었던 어찌보면 운명적인 사건, 그러나 논리로는 설명할 수 없는 일이 있다고 했다. 이 때뿐만 아니라 얘기를 나누는 중간중간 나는 그가 자기 자신의 예지력이랄까 통찰력 같은 것을 믿고 있는 사람이란 느낌을 받았다. 이것이 성공한 사람이 가지는 자신감인지 아니면 그가 정말 영적인 사람인지 나는 아직도 알지 못한다. 그러나 그런 얘기를 할 때 그는 너무나 진지하고 경건했으므로 나는 그의 신비력을 믿어주고 싶다. 하긴 시인들이란 원래 주술사들이까 그가 그런 능력을 갖지 말란 법도 없지 않은가. 그에게서 이따금 풍기는 영적인 분위기. 그것이 내가 그에게서 발견한 다섯 번째 매력이다.

가족들 얘기가 나온 것은 아마도 그가 지닌 신통력을 얘기하던 끝이었을 것이다. 김종철 시인의 신통력의 마법에 걸린 그의 가족들. 그 가족들은 그의 마법에 빠져 있을 뿐만 아니라 그의 시에도 빠져 있었다. 그는 가족들이 그의 시의 첫 독자라고 했다. 그는 가족들이 그의 시에 대해 내리는 '판결'에 충분히 따르는 듯했고, 그의 가

족들은 그의 시를 척도로 해서 좋은 시와 나쁜 시를 가르는 듯했다. 그러나 나는 그의 일부 시는 가족들, 특히 딸들에게는 읽히기 부적당할 수도 있겠다고 말했다. 너무 짙은 성적인 담론이 튀어나오는 시들이 그렇고 엄마 외의 다른 여성을 향한 연정을 노래한 시들이 그럴 것이다. 딸들은 독자이기 이전에 자식이므로. 그러나 김종철 시인네 식구들은 이미 너무나 '전문적인' 독자들이어서 남편의 시, 아버지의 시를 그런 식으로는 읽지 않는 모양이었다. 그러니까 그의 온 식구들은 그의 '시'를 중심으로 뭉쳐있는 셈이다(요즘은 그의 '일'을 중심으로도 똘똘 뭉쳐 있는 모양이었다). 어느 나라, 어느 시대를 막론하고 화목한 가정의 가장은 매력적인 남자일 것이라고 생각한다.

　김종철 시인의 일곱 번째 매력은 호텔 커피숍에서 발견했다. 그는 정지용상을 받게 된 것에 대해 진심으로 기뻐하고 있었다. 그가 수상을 하게 된 것에 대해 겸사를 남발하지 않는다는 것이 내게는 처음부터 특이하게 느껴졌었는데 차를 마시면서도 그는 상을 받게 된 것이 기쁘다고 당당하게 말했다. 그는 혹시 상을 받을 기회가 온다면 언젠가 한 번은 멋지게 수상을 거부하리라는 생각을 했던 적도 있다고 했다. 그러나 이번 상은 즐겁게 받겠노라고 했다. 상의 권위나 기타 여러 사정을 감안한다면 경우에 따라서 이 상은 대수롭지 않은 것이 될 수도 있을 것이다. 나의 짧은 추측은, 그가 아주 '좋은 때' 상을 받게 되어서 그런 게 아닐까 하는 정도에 머물렀다. 그러나 그는 보다 깊은 얘기를 했다. '정지용상 선정 이유서'를 받았는데, 거기에 쓰여진 글이 너무나 자기의 시세계를 잘 파악하고 있는 것이었다고 했다. 상을 받는다는 사실 그 자체보다 자신을 정지용상 수상자로 '선정한 이유'가 더 맘에 든다는 얘긴데, 이것을 '나의 작품 세계를 잘 알아주어서 기쁘다'는 말로 해석해도 좋을지 모르겠다. 이유야 어떻든 자기에게 주어진 상을 당당히, 기쁘게 받는 담백함. 이 담백함이 내가 김종철 시인에게서 발견한 일곱 번째 매력이다.

김종철 시인은 자신의 시에 대해 얘기할 때 유달리 강한 눈빛을 내뿜고 있었는데, 그 작은 눈에서 나오는 눈빛이 어찌나 강렬한지 나는 어떻게든 그의 눈빛을 피하고 싶을 지경이었다. 등신불 연작을 쓰기 위해 직접 중국 구화산을 찾아가 등신불을 보고 왔다는 얘기, 지난번 시집 『못에 관한 명상』과 이번 시집 『등신불 시편』이 어떻게 관련이 있는가 하는 얘기, 또 이 다음 시집은 '못'을 사회사적인 것으로 다룰 것이라는 얘기 등등을 할 때 나는 그냥 착한 학생이 되어 숨죽여 선생님의 얘기를 듣고 있어야 했다. 그는 자신의 시 작업을 어떤 방향으로 진행할 것인지에 대해 자세히 들려주었다. 그래서 나는 그 계획이 시간적인 것까지 포함하느냐고 물었는데, 그는 이제는 간격을 길게 가져갈 필요가 없다고 생각한다고 했다. 그 말을 나는 즉각 앞으로 더 열심히 시에 매달리겠다는 말로 해석했는데, 그가 입으로는 표현하지는 않았지만 나는 그의 눈빛과 어조에서 강한 자신감과 의욕을 느낄 수 있었다.

출판사에서 밥집으로, 밥집에서 다시 찻집으로, 거기서 다시 맥주

집으로 장소가 바뀐 것 만큼이나 우리의 대화도 무척 다채로웠다고 생각된다(그를 시의 세계로 이끈 아그네스 수녀와의 인연, 오로지 돈 안 들이고 대학가기 위해 시에 매달렸던 고등학교 시절, 이십 대 초반의 신춘문예 데뷔와 그에 따른 영광, 월남 파병 시절, 그리고 3· 40대 때의 파란만장했던 일들은 '문학적 자전' 코너에서 그의 육성으로 들을 수 있으리라). 그리고 당연히 우리의 얘기는 정지용상 수상과 관련된 얘기에 머무르지 않아서 우리가 공통으로 아는 인물들에 대한 강평으로까지 이어졌다. 그는 사람을 '모사' 하는 데도 특별한 재주를 가지고 있어서 나는 그런 얘기를 듣는 것이 무척 즐거웠다. 그는 나와 가까운 사람들(물론 그 사람들이 나보다는 그와 더 가까울 것이라고 생각한다)을 거침없이 '강평' 하기도 했는데 그 강평은 유머와 해학을 동반하고 있으면서도 예리한 데가 있었다. 그는 이런 강평을 그 강평의 대상자들에게도 그대로 하는 모양인데, 그가 하는 말을 듣고 기분 나빠하는 사람은 별로 없을 것 같다. 나는 그가 남들은 하기 어려운 얘기도 가볍게 잘 풀어서 하는 사람이라고 믿게 되었는데 이것이야말로 그의 중요한 매력이라고 생각한다. 그의 시가 재미있는 것도 이 때문일 것이고, 그의 주변에 늘 사람들이 많은 것도 이 때문이 아닐까.

  김종철 시인의 아홉 번째 매력을 얘기하자면 다시 '돈' 얘기

를 하지 않으면 안 된다. 나는 아직 '시인'과 '돈'을 연결시키는데 어려움을 느끼고 있는 사람이지만 아무래도 여기서 그 얘길 뺄 수는 없다. 그는 자신의 의지와 관계없이 굴러 들어오게 된, 그리고 앞으로 굴러들어올 돈에 대해 얘기하면서 그 돈을 '복음'을 전하는 데 쓰고 싶다고 했다. 이 '복음'이 종교적인 의미를 넘어서는 것임을 그는 여러 번 강조했다. 글자 그대로 '기쁜 소리'라고 하면 될까? 작게는 시를 쓰는 것도 복음을 전하는 것이고 책을 출판하는 것도 복음을 전하는 것이겠지만 그는 이 일을 좀더 본격적이고 크게 벌이고 싶어했다. 그리고 그는 때를 기다리고 있다고 했다. 그가 계획하고 있는 일이 어떤 것인지 나는 알지 못한다. 그러나 그런 얘기를 할 때 그는 다시 '불타는 눈'이 되었으므로 나는 그가 그 일을 해내고야 말리라는 확신 같은 것을 얻게 되었다. 그가 늘 웃고 다니고 농담도 잘 하지만 그를 결코 쉬운 사람으로 생각할 수 없게 하는 것이 바로 이 눈빛 때문이 아닐까 하고 나는 생각한다. 그는 여지껏 무슨 일을 하든 안 된다는 생각을 해 본 적이 없다고 했다. 그러나 나는 또한 그가 '죽어야 산다'는 얘기를 했던 것을 똑똑히 기억한다.

김종철 시인이 잡아준 모범 택시를 타고 집으로 돌아오는 길에 나는, 그 작은 키에서 나오는 무서운 힘에 대해서 오래오래 생각했다. 그리고 '행운'은 어디까지이고 '필연'은 어디까지일까에 대해서도 오래오래 생각했다. 그리고 '낯선 사람'과의 아홉 시간이 조금도 지루하지 않았던 이유, 내가 그에게 매혹당한 이유에 대해서도 생각했다.

김종철 시인은 이미 충분히 쓸만큼 많은 돈을 벌었다고 했지만
나는 그가 돈을 더 많이 벌었으면 좋겠다. 그래서 그가 말한 복음을
전하는 일에 돈을 왕창왕창 투자했으면 좋겠다. 그는 이미 훌륭한
시인이지만 앞으로 더 좋은 시인이 되었으면 좋겠다. 그래서 시 잘
쓰는 사람이 일도 잘 한다는 그의 논리가 널리널리 받아들여졌으면
좋겠다. 그리고 무엇보다 김종철 시인이 앞으로도 계속 지금의 그
헤어스타일을 하고, 지금의 그 까만 얼굴로, 지금의 그 웃음을 달고
다녔으면 좋겠다. 그리고 웃을 때 한 번씩 손등으로 입을 가려주었
으면 좋겠다. 그래서 그가 '우리가 감히 넘보지 못할 자' 가 아니라
'우리 중에 뛰어난 자' 로 남아 있었으면 좋겠다.

〉〉〉2001년 봄

맺음말

다이어트에 실패했는가? 그렇다면 천양희 시인을 만나야 한다. 그를 만나면 툭 튀어나온 배를 내려다보면서 나이가 들면 몸매가 망가지게 마련이라고 스스로 위안하고 있는 자신이 부끄러워질 것이다. 적어도 하루쯤, 아니 더도 말고 하루 저녁만이라도 즐겁고 유쾌하게 보내고 싶다고 생각하는가? 그렇다면 김종철 시인을 만날 것을 권한다. 왜 그런지는 그를 만나보면 안다. 그러나 한 가지! 당신이 얼굴이 예쁘거나 몸매가 좋거나 화술이 뛰어나거나 돈이 많거나, 아니다. 돈은 빼기로 하자. 하여튼 뭐 그런 특장이 하나쯤 있지 않다면 그를 만나지 않는 것이 좋다. 이것도 왜 그런지는 그를 만나보면 안다. 눈이 즐거우려면 장석남 시인을 만나는 것이 좋고 귀가 즐거우려면 유하 시인을 만나는 것이 좋다. 입이 즐거우려면 소설가 박상륭을 만나는 것이 좋을 것 같다 (박상륭 선생처럼 먹을 것을 가지가지 준비해 놓은 사람은 없었다). 카운슬러가 필요한가? 카운슬러로는 신달자 시인을 적극 추천한다. 그는 당신이 하는 어떤 얘기에도 깊은 공감을 표해 줄 것이다. 혹시 의욕 상실에 빠져 있는가? 문정희 시인을 만나고 오면 무엇이든 하고 싶어질 것이다. 나는 그녀를 만나고 돌아오던 날, 텔레비전을 치워버렸다. '카리스마' 라는 말이 유행인 세상이다. 진정한 카리스마의 여왕은 누구일까? 그것은 단연 김남조 시인이 되어야 한다. 고은 시인에 대해서는 나는 아직은 판단을 유보하고 있다. 내게 고은 시인은 만나고 왔지만 만나지 않은 것 같은 사람이다. 시인들에게는 진력이 났는가? 시인들의 일상적이지 않은 사고와 행동들이 꼴도 보기 싫은가? 이수익 시인을 만나면 이렇게 반듯한 시인도 있구나 생각하게 될 것이다. 요즘 같은 세상에 바보가 어디 있냐고들 한다. 그러나 바보는 있다. 김상미 시인은 내가 아는 한 바보다. 시밖에 모르는 바보.

지금 이 글을 포함해서 이 책의 글들은, 한 시인이 내게 정확히 지적해 준 것처럼 경망스럽기 그지없다. 내 글의 경망스러움을 참아 준 이 책의 인터뷰 대상자 모두에게 감사드린다. 이런 식으로 인터뷰를 하는 것도 일종의 능력이라고 할 수 있다면, 내 능력을 '발굴' 해내고 그 능력을 펼칠 장을 만들어준 김재홍 선생님께 가장 큰 인사를 드려야 할 것 같다. 여기에 실린 글의 일부는 김재홍 선생님이 주간으로 있는 『시와시학』의 청탁에 의해 쓰여진 것이다. 『정신과 표현』의 송명진 선생님께도 감사 인사를 올린다. 문인들은 물론이고 화가와 무용가, 영화감독까지를 두루 만나라고 마련해준 코너에 계속 시인들 인터뷰 글만 싣는 나의 무례를 그는 참아주었다(박범신 선생과 박상륭 선생의 인터뷰가 이 책에 포함된 것은 이런 사정과도 조금 관련이 있다). '유하' 시인을 인터뷰한 사십 매 남짓한 원고만을 보고 책의 출간을 제의해온 『시작』 김태석 발행인의 '높은 안목'에 대해서는 그저 감탄할 따름이다. 그리고 또 한 사람. 사진 작가 오종은에게 감사하지 않을 수 없다. 그의 '편안한' 사진이 없었더라면 이 책의 가치는 절반 이하로 줄었을 것이다.

   이미 저질러 놓은 일에 변명을 다는 것은 좋은 일이 아닌 줄 알고 있다. 그러나 혹시 이 글을 읽는 사람 중 한 사람이라도 나의 글 때문에 어떤 시인을 오해하게 되는 일은 없었으면 하는 생각에서 부기해두고 싶은 말이 있다. 인터뷰를 하러 갔을 때, 어떤 시인은 내게 두 시간을 내어 주었고 어떤 시인은 하루 종일을 내어주었다. 어떤 시인은 나에 대한 '정보'를 사전에 '입수'해 가지고 있었고 어떤 시인은 나에 대해 아무것도 모르고 있었다. 내 글이 누구는 편들고 있고 누구는 편들지 않고 있다면 그것은 순전히 이런 사소한 문제들이 개입되어 있기 때문일 가능성이 높다. 잡지에 발표하기 전에 원고를 미리 보았으면 좋겠다고 말한 시인들도 있고, 원고를 보여주겠다고 해도 마음대로 쓰라고 한 시인들도 있다. 나는 이런 이런 부분을 고쳐 주었으면 하는 시인들의 요구를 묵살할 만큼 배짱이 좋은 사람은 아니다. 설사 그것이 글의 제목이라고 해도 말이다. 본인의 요구가 없는데도 그가 싫어할만한 내용은 알아서 뺄 만큼 사려깊은 사람은 더더욱 못된다. 이런 점도 감안해서 읽어 주시기 바란다.

❧

　이 책이 인터뷰 대상을 선정하는 데 있어 균형 감각을 잃었다고 생각하는 사람들이 많을 것이다. 그것은 누구보다 내 자신이 잘 알고 있다. 내가 너무나 좋아하는 시인이지만 이 책에 담지 못한 분들이 많다. 지금부터 나는 그분들을 만나러 나설 것이다. 내가 좋아하는 시를 쓰신 분들이여. 결국은 나를 시의 길로 이끄신 분들이여. 내가 데이트 신청을 할 때, 그때 내 요청을 흔쾌히 받아주시기를…….

한명희